KB231732

내
아들의
연인

내 아들의 연인

정미경 소설

문학동네

| 차례 |

너를 사랑해

"너를 사랑해. 사랑한단 말이다."

Y는 다시 웃었다. 참 독특한 웃음이다. 비웃음도 아닌, 쓰거나 떫은 것도
아닌, 그저 인생과 인간을 조금 알게 되었다는 듯, 떼쓰지 말라는 듯, 조금
은 미안하다는 듯한 웃음.

*

화면이 시계추처럼 흔들린다.

여름옷을 입은 사람들이 놀란 물고기처럼 일시에 흩어진다. 공포에 질린 표정들이다. 그러나 아무도 비명을 지르지 않는다. 들까불리던 목조가옥이 폭삭 주저앉는다. 흙먼지가 집 높이만큼 자욱이 일어난다. 도로가 뒤틀리고 차들이 도로 밖으로 튕겨나간다. 고가도로는 보란 듯이 몇 토막으로 툭툭, 나누어진다. 초점이 흔들리던 화면이 안정되면서 한 노인의 얼굴이 카메라에 잡힌다.

……살던 집이 사라져버렸어요.

예견한 일이기라도 한 듯 그의 목소리는 차분하다. 화면 아래쪽에 7월 16일 니가타 현 지진 현장, 이라고 씌어 있다.

차라리 저 판에 끼어 있는 게 속 편할지도 몰라. 같이 겪을 사람들이 있다면 공포도 견딜 만하지 않을까. 참사의 현장을 보면서도 나는 그런 생각을 하고 있었다. 혼자 가슴앓이를 하며 불안한 날들을 보내다보니 별게 다 부러워진다. 어쨌거나, Y에게 여태 하던 말을 마저 마무리해야 한다.

"딱 육 개월만. 올해 말까지. 지나보면 금방이야."

"미쳤어?"

!

내뱉은 단어의 과격함과 달리 Y의 목소리는 그리 날카롭지가 않다. 높지도 낮지도 않은 것이, 살던 집이 사라져버렸어요, 하던 니가타 노인의 목소리를 닮았다. 무엇보다도 흰자위를 온통 드러내며 째려보지도 않는다. 농담이라고 생각하는 걸까. 오래 전, 그렇게 흘겨보는 Y에게 그 모습이 너무 귀엽다고 말한 적이 있었다. 진심이었다. 덕분에 나는 원도 한도 없이 눈흘김을 당해야 했다. 여자들은 쓸데없는 걸 오래 기억한다. 칠 년 사이에 변하지 않은 건 다만 그 흰자위뿐이란 건 잘 모르는 모양이다.

어쨌거나 Y의 목소리와 표정에서 나는 한 가닥 희망을 보았다. 입으론 미쳤냐고 하면서 그녀 머릿속으로는 고민과 계산이 시작된 것이다. 칠 년이란 세월은 툭 내뱉는 말 한마디만 듣고도 그 사람을 투명하게 파악하기에 충분한 시간이다.

"낼모레면 칠십이야(사실은 예순셋이다). 그냥 막내딸처럼."

"막내딸처럼?"

Y는 막내딸처럼, 을 돌림노래 부르듯 따라 하면서 남은 국물에

서 긴 낙지 다리 하나를 발굴해서는 입에 넣고 잘근잘근 씹기 시작한다.

"그러니까, 한 달에 한 번쯤 만나, 근사한 데서 밥 먹으면서 인생 전반에 대해서 얘기도 나누고, 뭐 그런 거지. 여자가 없어서 그러겠어? 영감은 지적인 여자가 좋대."

"그럼, 사법연수원 가서 알아보라고 그래."

Y의 목소리가 살짝 교만해진다. 지적인 걸로는 누구에게도 꿀릴 게 없다, 이거겠지. Y는 자작하게 졸아든 국물을 한 숟갈 떠서 남은 밥에 얹어 싹싹 비비더니 말끔하게 그릇을 비운다. 이 여자가 조금쯤은 팔팔 뛰며 화를 내길 원하고 있었을까. 칠 년이란 세월은 과연 한 인간을 투명하고 객관적으로 파악하는 데 충분한 시간일까. 기쁠 때나 슬플 때나 화날 때나 즐거울 때나 건강할 때나 배탈이 났을 때마저도 늘 밥을 먹어치우는 Y를 보고 있으면 이 여자와는 싸우지 말아야지, 하는 생각이 든다.

물방울이 송글송글 맺힌 물병에서 물을 한 컵 부어 단숨에 마신 Y는 긴 식사의 마침표를 찍듯 컵을 내려놓는다. 나는 물 대신 침을 꿀꺽 삼켰다. Y가 싫다면 그걸로 끝이다. 아무리 모래밭에 혀를 박고 죽을 일만 기다린다 하더라도, 차마 이 일로 Y를 설득하는 꼬락서니까지는 보이지 말아야 한다.

결혼을 하려 했다면, Y가 계획에 없는 임신을 했던 오 년 전에 했어야 한다. 각자의 삶의 토대를 좀더 확실히 다져놓고 안정적으로 시작하자는 결론에 둘 다 쉽사리 도달했지만 지금, 둘의 인생은 그다지 달라지지 않았다. Y는 여전히 자리를 잡지 못했고, 나로 말할 것 같으면 모든 게 더 악화되었다. 더 솔직해지자면, 삶이 전복될지도 모르는 상황이었다. 여름꽃처럼 화려하고 강렬하던 우리의 사랑은 흘러가는 세월 속에서, 나뭇등걸처럼 단단해졌다. 아니, 그렇게 단단해졌는지에 대한 확신은 없지만 무채색으로 변한 건 확실하다. 나는 우리가 21세기형 신가족이라고 생각한다.

우리는 서로의 진로, 체중과 건강, 경제상태, 생물학적인 가족과의 갈등에 대해 같이 고민해주고 사심 없는 조언을 해주었다. 때로 마음을 살짝 흔드는 이성이 출현하면 가장 먼저 털어놓았다. 그러면 둘 다, 동성의 시각에서 그 상대를 예리하게 평가해주기도 했다. 지금은 그게 귀여워 보이지? 그런 여잔 업고 살아야 돼. 혹은, 외로운 방랑자? 평생 그 녀석 땜내 나는 카고바지나 빨아대야 할 거야. 그런 조언들에 대해 우리는 대체로 수긍하는 편이었다. 그렇지? 맞지? 가족적인 정서가 아니면 주고받기 어려운 말이었다. 다행인지 불행인지, 혜성처럼 예고 없이 출현했던 그 모호한 인간들은 다가올 때와 마찬가지로 역시 혜성처럼 멀어져가곤 했다. 서로가 주는 편안함을 버리고라도 달려갈 만큼 매력적인 사람을 만나지 못해서일 수도 있지만, 그보다는 둘 사이의 결속력이 그만큼 질겼다. 어떤 사안이든 상대방의 행복을 가장 우선순위에 두고 조언을 해온 것만은 사실이다. 그러나 오늘 이 제안만큼은 꽤나 민감한 부분이 있었다. 영감과 이 문제로 얘기를 나눈 건 지난주였지만 맹세컨대 일주일 내내 그 일과 Y를 연결해서 생각해본 적은 없었다. 아니 산낙지가 처절하게 다리를 비틀며 죽어가던 좀 전까지도.

산낙지의 나비효과라고나 할까.

그나저나 살아 있는 낙지를 주문한 건 정말 잘한 일이었다. Y와 이 식당에 들어섰을 땐 저녁때가 막 지난 시간이었다. 채 정리하지 못한 식탁마다 붉은 양념이 말라붙은 전골냄비들이 널려 있었다. Y는 심란해하는 얼굴로 실내를 둘러보다 그나마 그릇이 대충 치워진 자리로 가서 앉았다. 낙지전골을 주문하자 종업원이 물었다. 산 걸로 할까요, 죽은 걸로 할까요? 그건 참 미묘한 질문이었다. 이건, 낙지의 생사간의 문제가 아니라 싱싱한 것과 슬슬 상해가는 것 사이의 선택이었다. 더 나아가 같이 식사할 사람이 소중한 사람이냐 아니냐 말해보라고 강요하는 것과 마찬가지다. 사실 죽다, 는 말이 들어가버리면 어떤 표현을 써도 분위기가 가라앉는 건 마찬가지다. 죽은 낙지. 죽어가는 낙지. 막 죽은 낙지. 죽고 싶은 낙지. 그렇다. 낙지 한 마리에도 금방 사람은 자신의 감정을 이입해버리는 것이다. 살아도 산 것이 아닌 낙지.

다 좋다. 문제는, 가격이 거의 두 배 차이가 나는 것이다. 나는 종업원을 바라보며 애매하게 주문했다. 머, 어차피 죽을 거잖아요. 종업원이 너란 인간은 그럴 줄 알았다는 얼굴로 주방에 대고 외쳤다. 여기 죽은 거 이 인분요. Y가 고개를 반짝 치켜들며 빠르게 고쳐 말했다. 언니, 산 걸로 줘요. 그러고는 종업원이 다시 주방에 소리치기도 전에 작지도 않은 목소리로 덧붙였다.

"큰 데서 깨지고 작은 데서 쪼잔하게 굴긴."

짧게, 격렬한 증오심이 끓어올랐고, 곧 그 증오가 터무니없다고 생각했다. 최근에 내가 돈 문제로 얼마나 고통을 겪고 있는지 안다면 이러진 않겠지. 최근에 돈 문제로 얼마나 어려운지 얘기한 적이 없으니 그녀를 나무랄 일은 아니었다.

종업원이 야채와 버섯 위에 산낙지가 몇 마리 놓인 냄비를 들고 와 불 위에 올려놓았다. 투명한 뚜껑 안에서 낙지는 양배추 위로 조심스럽게 다리를 뻗어보며 낯선 환경을 탐색하기 시작했다. 어때? Y가 무심하게 물었다. 그냥 그래. 상황이 어려울수록 우는 소리 하기는 더 싫다. Y는 더 묻지 않는다. 분위기 깨지 말고 기왕 시킨 산낙지나 맛있게 먹자고, 우리는 이심전심으로 합의를 본 셈이다. 낙지 다리와 머리통 여기저기가 금세 울긋불긋해졌다. 꽤나 괴로운지 여덟 개 다리가 다 따로 꿈틀거렸다. 그 꼴을 지그시 바라보고 있던 Y가 처연하게 내뱉었다. 너도 사는 게 만만찮구나. 아무래도 Y의 표정이 예사롭지가 않았다. 왜, 무슨 일 있어? 종업원이 가위를 들고 와 낙지를 토막내더니 마구 뒤섞어주고 간다.

"다 지난 일이야."

담담한 목소리와는 달리, 얼굴엔 다 지난 것도 아니고 포기해버리지도 못한 일에 대한 짙은 아쉬움이 피어났다. 벌건 국물이 급하게 끓어올랐다. Y가 좋아하는 미나리와 죽은 산낙지를 듬뿍 덜어주며 말해봐, 했더니 조랑조랑 얘기를 꺼내는데, 듣고 보니 다 지난 일이 아니었다.

Y는 재작년까지만 해도 출퇴근이 가능한 수도권을 최후저지선으로 정해놓고 학교를 알아보았다. 지난해부턴 취직만 되면 그날로 트럭에 올라타 전국 어디든 달려갈 준비가 되어 있다고 하더니 언제부턴가 이렇다 저렇다 말이 없었다. 속도 상하고 자존심도 상하는 모양이었다. 나도 Y가 먼저 얘기를 꺼내기 전엔 물어보지 않았다. 충남에서도 내륙에 있는 대학인데 최종심사까지 올라가서 지난주에 공개강의를 했고 내려간 김에 인터뷰까지 하고 왔다 했다. 아니 입이 간지러워 어떻게 그 얘길 안 하고 참았어. 그게 언제야? 그저께. 왜 말 안 했어? Y가 입술을 뾰족 내밀었다. 당당하게 그러더라. 발전기금 이억 정도를 낼 수 있냐고. 그러고는 별꼴을 다 본다는 투로 내뱉었다.

"참 나, 충북도 아닌 주제에."

충북이면 이억 낼 능력이나 있냐는 말은 속으로 삼켰다. 그래서? 뭐라고 했어? Y는 대답 대신 낙지 다리만 꼭꼭 씹고 있었다. 딱 잘라 거절했으면, 이 이야기는 그날 Y가 서울로 돌아오는 버스 안에서 실시간으로 전해들었을 것이다. 아마, 애매하게 말끝을 흐리고 나왔을 것이다. 그렇지만 딱 자르는 게 나을 뻔했다. 이억이라니. 내 탓이다. 하루 매매액이 수억씩 왔다갔다하는 거래 얘기를 칠 년간 듣더니 얘가 억이라는 숫자에 대해 현실감을 완전히 상실해버린 것 같다. 나는 먼저 돈 안 드는 분개부터 쏟아냈다. 발전기금이라니. 누구를 위한 발전기금이야. 아니, 대학이라고 원 처음 듣는 이름이구만. 거기가 이억이면 알 만한 덴 이십억이냐? Y가 한심하다는 눈빛으로 쳐다보았다. 넌 학계에 대해 그렇게도 캄캄하니? 학교 레벨하고 발전기금 액수는 반비례 그래프를 그리는 거야. 중요한 건, 하며 Y는 국물을 한 숟갈 떠먹었다. 그렇게 일단 아무 데나 자리를 잡으면 다음에 원하는 곳으로 옮기는 데 아주 유리한 고지를 잡는 셈이라는 거지.

칠 년이란 세월은 짐작과는 달리 한 인간을 투명하고 객관적으로 파악하는 데 충분한 시간이 되지 못하나보다. Y가 '아무 데나'를 위해 이억을 고민하는 사람일 줄은 몰랐다. 나는 언제부턴가 고개를 깊이 끄덕이고 있었다. 우린 둘 다, 동시에, 똑같은 나락에 떨어져 있었다. 머릿속으로 한 줄기 섬광처럼 계시가 지나갔다. 어쩌면 우리는 착한 오누이처럼 삼으로 엮은 동아줄을 허리에 묶고 단숨에 수렁에서 빠져나올 수 있을지도 모른다. 나는 눈 질끈 감는 심정으로, 뺨 한 대쯤 맞을 각오는 하고, 죽은 낙지가 싫다면 산낙지로 금방 바꾸듯, 그러나 뭐 별일은 아니라는 어투로 '딱 육 개월만' 하고 화두를 던져본 것이었다.

영감이 살면 얼마나 살겠나(전립선만 빼고는 건강상 아무 문제가 없는, 평균치 이상의, 사실은 지나치게 건강한 육십삼 세 남성에 대한 말치고는 너무 과장된 진술이긴 하다). 근래에 거의 우울증에 걸린 사람처럼 삶의 허무에 깊이 몸부림치고 있으며, 마누라가 있긴 하지만 사실 없는 것보다 더 외롭게 만든다는 것, 아무 삶의 의욕이 없는 상태라는 얘기도 했다. 인생 황혼인데 누구라도 환한 등불이 되어 여생을 밝혀준다면 뭘 아까워하겠어. 뭐 말은 그렇게 하는 거지. 빌려달라고. 사실 이억 정도야 한강에서 물 한 바가지 퍼내는 셈밖엔 안 될 테지만. 그저 한 육 개월만 친구처럼, 막내딸처럼 지내달라는 얘기까지, 리허설이라도 하고 온 듯 말은 술술 흘러나왔다. 얘기하다보니 마치 시한부 환자에 대한 호스피스 봉사를 권유하는 수녀님의 말처럼 들리긴 했지만, 원래 협상이란 게 다 그렇지 않겠는가.

영감의 재력에 대해선 Y도 잘 알고 있었다. 그 외에도 Y가 그에 대해 알고 있는 건 많았다. 정신지체아인, 영감의 서른 살짜리 딸이 날 좋아해서, 뒤로 슬그머니 다가와 손을 쑥 집어넣어 가슴을 어루만지며 히히 웃곤 한다는 것. 게임중독에 빠져 하루 종일 컴퓨터 앞을 떠나지 않는 외아들 때문에 골머리를 썩다 이젠 완전히 포기했다는 것. 그의 아내는 장롱 속에 색상과 길이가 모두 다른 모피코트 열일곱 벌을 걸어두고 지구 온난화에 대해 심히 짜증을 낸다는 것. 그리고 최근에 행정도시에 수용된 토지에 대해 칠십오억의 보상금을 받았다는 것. 무엇보다도 그 정도 돈은 영감으로선 뭐 그리 대단한 것도 아니라는 것. 자산 관리를 위해 세 사람의 전문가를 고용해놓고도 그 누구도 믿지 못해 끊임없이 의심하고 감시하는 게 유일한 일과라는 것. 그런 얘기를 내가 들려줄 땐 자신과는 아무 상관 없는 소리로 흘려들었을 것이다.

물론 모르는 것도 있다. 내게 맡긴 계좌의 손실을 영감이 아직 모르고 있으며, 돌아오는 재무감사 때까지 무슨 수를 쓰든 원금을 복구해야 하는데 현재 계좌에 남은 자금으로는 가망이 없다는 것, 어떻게든 영감을 설득해서 추가 투자를 받아내야 거래를 시작할 수 있다는 것, 그걸 받지 못하면 알량한 내 개인 자산마저 순식간에 사라져버리고 더하여 빚더미에 올라앉게 되리라는 것, 그래서 어떻게든 영감의 비위를 맞추기 위해, 나아가 시선을 딴 곳으로 돌리기 위해 채홍사 노릇을 먼저 자청하고 나섰다는 것까지는.

"육 개월?"

후식으로 나온 차가운 식혜를 한 모금 마신 Y가 혼잣말처럼 중얼거린다.

"그래, 그래봤자 올 연말이지."

미쳤어? 에서 육 개월? 까지, 바닥이 까마득한 계곡 사이를 눈 질끈 감고 휙 건너뛴 기분이다. Y는 빈 식혜그릇을 빙글빙글 돌리고 있다. 묘한 건 내 마음이다. Y가 애매한 목소리로 육 개월? 하고 되물을 땐 내가 너무 모호하게 설명을 했나, 싶었다. 가슴속을 짧게 스치고 가는, 이 헝클어진 느낌의 정체는 무얼까. 언제 인생 종치는 소리가 들려올지 모르는 형편이면서도, 내일 당장 초라하게 전사하는 일이 있더라도, Y가 흰자위 가득한 눈으로 흘기며 미쳤냐고 쏘아붙이길 원하기라도 했던 것일까. 식당을 나와 차에 탈 땐, Y를 집에 데려다주고 푹 좀 쉴 생각이었는데, 입을 뾰족하게 내밀고 창밖을 내다보며 생각에 잠긴 Y의 얼굴을 보자

이상하리만치 느닷없고 강렬한 욕정이 밀려왔다.

"우리집에 들렀다 갈래?"

"너희 집에?"

인칭대명사 놀이를 하겠다는 거야, 뭐야. 보자 하니 애 어법이 오늘 묘하다. 아까는 처음 말 배우는 아이처럼 육 개월? 하고 혀 짧은 소리를 하며 눈을 깜박이더니, 우리집이나 너희 집이나 그곳이 그곳인 줄 빤히 알면서 되묻는 심리전은 또 뭐란 말인가. 처음 말을 꺼낸 건 내가 아니고 너야. 난 아무것도 몰라. 그래도 되는 거야? 난 아무것도 모르니 모든 게 네 책임이야. 이거겠다.

듣고 있자니 속이 꼬이면서도, 우선은 지금 당장 Y와 하고 싶다는 열망이 불타올랐다.

Y는 집에 들어오자마자 화장실에 들어갔다 나오며 투덜거린다. 화장실이 이게 뭐야. 좀 치우며 살아. 화장실은 집의 얼굴이야. 네가 사는 집이 네가 누군지 말해주는 거야. 모델하우스 도우미 같은 소리까지 한다. 특급모텔을 예사로 들락거린 건, 지금보다 형편이 좋았던 탓도 있지만 서로에 대한 체면치레가 아직 남아 있을 때의 일이었다. 그나저나 Y는 올해 들어 잔소리가 부쩍 늘었다. 설거지를 해주는 것도 아니면서 싱크대에 그릇이라도 쌓여 있으면 오만상을 찌푸렸다. 마누라가 따로 없다.

방에 들어와 각자 옷을 벗고, 나는 에어컨을 켰고 Y는 전등 스위치를 내렸다. 바깥에서 들어오는 빛에 Y의 가슴이 희게 빛난다. 칠 년 동안의 중력의 흔적이 고스란히 드러나지만 아직은 괜찮다.

풍악이라도 좀 울리지 그래. 그녀는 습관처럼 투정을 한다. 세상에 음악이 많다지만 난 네 교성이 제일 듣기 좋더라, 며 그녀의 입 속으로 혀를 밀어넣었다. 누구의 혀끝에서인지 매운맛이 아릿하다. 처음엔 내가, 나중엔 Y가 위로 올라가서 했다. 절정 직전에 Y는, 늘 그래왔듯 내 이름을 부른다. 촉촉이 젖은 채 발열하는 그녀의 등을 손바닥으로 쓰다듬으며, 나는 사랑한다고, 널 사랑한다고 말한다.

사랑한다고 몇 번이나 속삭인 것 외엔, 여느 날과 거의 다르지 않은 섹스였다.

*

이 모든 게 다 전립선 때문이었다.

올해 들어서면서 영감은 화장실을 눈에 띄게 자주 들락거렸다. 그럴 때마다 매번 영 시원치 않은, 세상에 낙이라곤 없는 사람처럼 한숨을 쉬며 나오곤 했다. 그럴 순 없었다. 그런 표정마저 영감이 가져가버린다면, 진짜 인생 고달픈 사람은 어떤 표정으로 이 삶에 대처하란 말인가.

마침 화장실 앞에서 마주치게 됐을 때, 예의상 물어보았다. 회장님, 어디가 불편하세요? 그게 말이야, 전입선이 시원찮아서……영감은 전립선을 전입선이라고 발음했다. 영감이 전입선이라고 하니까 전립선보다는 전입선이 있어 보였다. 영감의 표정으로 보아서는 전립선은 암보다도 고치기 어려운 질환인 모양이었다. 뭔가 성의 있는 위로를 건네야 할 것 같았다.

그게 말이죠, 전입선의 문제는, 규칙적인 성생활이 최고의 약이라고 들었습니다.

어디선가 주워들은 풍월이었다. 나로 말할 것 같으면 전립선 빼고는 인생이 총체적으로 엉망이었지만.

그래?

그럼요. 아무리 바쁘셔도 건강은 챙기셔야죠. 제가 신경을 좀 써보겠습니다.

늙은 암고양이처럼 의심 많은 영감의 눈이 두어 번 깜박였다. 잘 가꾸어진 정원을 내다보며 차를 마시고 있는 영감의 뒤통수를 가만히 바라보았다. 그는 모든 것을 가진 사람이다, 라고 생각해 왔다. 모든 것이란 뭘까. 그가 가진 크고도 아름다운 집, 시키면 죽는 시늉도 하는 아랫사람들, 냉장고에 가득한 불로장생의 보약들, 날마다 순간마다 당신이 잠든 사이에도 새끼를 치는 돈. 마이너스 통장이란 게 무언지 모르는 남자. 그런데 물소가죽 의자에 깊숙이 앉아 있는 지금 그의 손 안에 든, 만져지는 행복은 무엇일까. 영감의 뒤통수는 뜻밖에 외로워 보였다. 앞에서 보면, 자신이 이룬 왕국의 왕 노릇에 이골이 난, 오만하고 괴팍하고 자족적인 한 남자의 얼굴이었지만 그의 뒤통수는 어디 구멍이라도 뚫려 생기가 흘러나가고 있는 듯 허해 보였다. 우울증에 걸린 공주를 웃게 만들면 왕국을 물려받는다 했지. 무언가 길이 보일 것 같았다.

꼭 일주일 전의 일이었다.

"회장님, 여자친구 있으세요?"

미스 장이 잠시 나간 사이, 나는 영감 옆으로 가서 농담인 듯 가볍게 물어보았다. 녹차를 홀짝이고 있던 영감이 뭔 뜬금없는 소리냐는 듯 쳐다보았다. 몰라서 물어본 건 아니다. 일주일 중에 엿새를 같이 지내는데다, 수컷들이란 다른 수컷 앞에서 자신의 사생활을 과장할지언정 결코 감추지 않는 법이다. 아내와는 오래전에 성생활을 접어버린 그는 가끔 여자를 산다. 그러나 한 여자를 두 번 찾지는 않았다. 여자친구는커녕 진정한 우정을 나누는 동성 친구마저 없다는 것도 잘 알고 있다.

"우정이란 게 사실 나이하곤 상관이 없잖아요. 가끔 만나서 식사도 하고 여행도 같이 다니고 할 친구가 있으면 좋겠다 싶어서, 제가 좀 알아봤습니다. 전입선이 편해야 인생이 편해지지 않겠습니까. 쉽지가 않더라구요. 지나치게 예뻐도 남의 눈에 띄어 불편하고 너무 어려도 피곤하고, 마른 여자는 보긴 좋은데 실제론 좀, 무엇보다 회장님과 애기도 통해야 하고…… 근데 이 정도면, 싶은 사람이 있어서요. 제 여동생 친굽니다. 공부하느라 서른을 넘겼는데, 나이만큼은 안 보여요. 몇 군데 대학에 강의를 나가고 있는 재원입니다. 제가 보기엔, 아주 괜찮습니다. 제가 자리를 한번 마련할까 하는데요."

해를 등지고 앉은 영감의 미세한 표정을 읽을 수는 없었지만, 싫단 소리는 하지 않는다. 가타부타 말은 않고 접시에서 포도 세

알을 집어 건네준다.

"먹게."

고기가 아닌 게 다행이다. 꼭 개처럼 느껴질 것 같다. 포도알을 손안에 쥐고 문을 닫고 나오는데 갑자기 헷갈렸다. 아까, 여동생 친구라고 했던가, 친구 여동생이라고 했던가? 거짓말도 머리가 좋아야 한다. 마음이 급해진다. 시간이 그리 많지 않다.

*

"교수님께선, 이 갑작스런 정상회담을 어떻게 생각하세요?"

격식을 차린 인사가 끝나자마자 Y를 쳐다보며 진지하게 묻는 영감 때문에 나는 마침 한 모금 삼키려던 오렌지주스를 뱉어낼 뻔했다. 가까스로 삼키긴 했지만 기도로 잘못 넘어갔는지 잔기침을 참을 수가 없다. 이 자리에서 남북정상회담이 왜, 그것도 맨 처음 나온단 말인가. Y의 전공이 정치학이라고 했더니 나름 대화를 준비한 모양인데, Y야말로 정치에는 알레르기 반응을 보이는 여자다. 그저 정치학을 전공한 영감이 친밀감을 가질 수 있도록 둘러댄 얘기였는데, 이렇게까지 마음에 새기고 있을 줄은 몰랐다. Y의 전공은 동물학이다. Y는 그냥 생물학 전공이라고 말한다. 인간도 동물이니 동물학이나 정치학이나, 크게 거짓말한 거라고는 생각 않는다.

늦지 마. 출발하기 전에 전화를 했을 때 Y는 미용실이라며 거의 끝났다고 했다. 애 봐라? 전화를 끊자 속이 살짝 비틀렸다. 어깨 길이의 생머리를 안쪽으로 둥글게 정리한 Y는 까만 고무줄로 대충 묶고 있을 때보단 확실히 예뻤다. 오 분쯤 늦게 나타난 Y는 영감에게 먼저 목례를 하고는 날 쳐다보며 공손하게 인사를 했다. 오빠, 오랜만이에요. 영감의 눈길이 Y의 얼굴을 먼저, 그리고 가슴을 재빨리 살피고는 얼른 위로 올라온다. Y는 정말 가슴 하나는 진짜다. 약간 처지긴 했지만 사이즈만은 숨겨두기엔 아까울 정도다. 마음은 가슴에 가 있으면서 입으론 정상회담이라니, 정말 정치적인 자리이긴 하다. Y가 버벅거리면 지원사격이라도 하려고 긴장하고 있는데, Y는 영감의 눈을 바라보며 조잘조잘 잘도 주워섬긴다.

"글쎄요. 갑작스럽다고 보진 않아요. 대선 전에 정상회담이 논의될 거란 건 이미 예상된 일이거든요. 쥐고 있는 패 중에서 단번에 판을 뒤집을 수 있는 최고의 카드인 건 분명하니까요. 그렇긴 해도 이토록 민감한 시기를 선택한 건 지나치게 단선적이라고밖엔 볼 수 없겠죠. 혹은 설마 이렇게 뻔한 시기에? 하는 생각의 허를 찌르는, 너무 절묘한 택일이라고나 할까요?"

나도 모르게 고개를 돌려 Y를 쳐다보았다. 애가 개미가 아닌 인간정치에도 관심을 가지고 있는 줄은 처음 알았다. 문제는 그녀의 발언이 바로 아침 신문에서 나도 읽은 기사 그대로라는 것이다. Y는 외부기고가의 신문칼럼을 순서만 약간 바꿔 고스란히 반복하고 있었다. 하긴 시간강사 경력이 벌써 몇 년인가. 몇 가지

건더기만 있으면 두어 시간 떠들어대는 건 일도 아닐 것이다. 영감은 연신 고개를 끄덕이며 Y의 말을 듣고 있었다. Y가 가장 웃기는 건, 하면서 말을 끊고 와인 한 모금을 삼키는 동안 영감은 눈도 깜박이지 않고 Y를 쳐다보았다. 완전히 필이 꽂혔군. 내가 보기엔 가장 웃기는 건 지금 이 상황인데 뭐가 더 웃길 게 남아 있단 말인가. 애가 간단히 끝내고 넘어갈 일이지. 오버하는구나. 우아하게 잔을 내려놓은 Y는 〈100분 토론〉에 출연한 교수 같은 시선으로 영감을 쳐다보며 말을 이었다.

"정부측에선 이번 회담이 뒷거래가 아니라 공식기구를 통해 투명하게 진행되어왔다는 걸 당당하게 내세우잖아요. 그런데 그 공식기구라는 게 국가정보원이고, 이번 일을 성사시키기 위해 몸 바쳐서 뛰어다닌 사람이 국정원장이라는 거죠. 주적으로 삼았던 상대와의 공식적 회담을 위해 투명하게 뛰는 국가정보원이라. 꽤나 우습죠? 그러니까, 이건 굉장히 엄숙한 코미디인 거죠."

Y의 말이 끝나자 영감이 다시 와하하 웃었다. 식탁 위의 단호박수프에 침이 튀었다.

"21세기형 국정원이 아니겠습니까? 대선엔 어느 정도 영향을 미칠 것 같습니까?"

"영향을 미칠 건 확실하지만, 상황이 지난번과는 또 다르죠. 국민 정서도 그렇고, 변수가 너무 많아서, 지금 판단하기엔 시기가 이르다고 봐요."

아하, 영감이 목에 스프링을 단 장식용 개처럼 고개를 끄덕였다. 아침마다 그렇게 신문을 열심히 읽어대면서 거기 실려 있던 얘기라는 걸 저렇게 모르나. Y는 마지막 말을 질문으로 끝냄으로써 완전히 기선을 제압했다.

"회장님께선 어느 쪽이세요? 정상회담엔 어떤 입장이세요? 정치성향은요?"

영감은 당황했다. 영감의 눈동자를 똑바로 쳐다보며 그렇게 몇 가지 질문을 연이어 퍼부을 수 있는 사람은 주위에 없었다. 질문의 형식도 당혹스러웠지만 내용도 마찬가지였다. 영감은 요즘 자신의 정치성향에 혼란을 느끼고 있을 것이다. 지난해 졸지에 수천만원이 부과된 종합부동산세 고지서를 손에 쥐었을 때만 해도, 무늬만 자본주의지 이게 바로 빨갱이 세상, 이라며 피를 토하더니 올해 부동산 거래 수수료 단 한 푼 안 내고 칠십오억의 토지보상비를 고스란히 지급받은 후부터는 그 말이 쏙 들어갔다. 진보와 보수에 대한 입장을 정리하기엔 그의 최근 상황이 꽤나 복잡했던 것이다. 살짝 상기가 된 영감은 더듬기까지 했다.

"그게 말이에요, 원론적으로는, 언젠가는 통일이 되어야 한다고 봐요. 그러니까, 한 민족끼리, 정상이 만나는 건 좋은 일이고, 해결해야 할 문제도 많고. 이산가족, 핵문제, 경협, 백두산 관광, 뭐 그런 걸 의논해야겠지만, 너무 뜬금없다고나 할까. 뭐 구경하기에도 정신이 없어서."

말을 하다보니 자신의 입에서 나오는, 손톱만한 진정성도 없는 그 단어들이 영 뻣뻣한지 영감은 애매하게 얼버무렸다.

"뜬금없다뇨. 초여름에 벌써 수백 명이 도라산역을 출발할 땐 이 정도 진도야 불을 보듯 뻔했는데요. 뭐, 전혀 섹시하진 않았지만 그 기차를 타고 떠난 머리 허연 치어걸들 뒤로 짜잔, 하며 주인공들이 등장하리라는 건 너무도 당연한 전망이잖아요."

진짜 코미디야. 나는 고개를 숙이고 샐러드에 든 치즈 조각을 하나하나 찍어 먹었다. 얘가 필사적으로 나오는구나. 육 개월? 너희 집? 하며 혀 짧은 소리를 내던 그녀가.

아하, 영감은 깊이 감명받은 얼굴로 고개를 끄덕였는데, 감동이 지나쳤는지 건배를 제안하며 와인잔을 집어들다 그만 잔을 놓쳐버렸다. 목이 긴 잔이 Y 쪽으로 넘어지면서 와인이 왈칵 쏟아졌다. 테이블크로스를 자줏빛으로 물들이며 번져오던 붉은 얼룩이 모서리에서 간신히 멈춘다. Y가 침착하게 냅킨을 들어 얼룩 부분을 지그시 눌렀다. 이런, 영감이 크게 자책하는 표정으로 옷이 괜찮으냐고 물었다. 괜찮습니다. Y가 살짝 웃어 보인다. 이런, 이런. 영감은 자책으론 부족한지 비탄에 잠긴 표정을 짓는다.

스테이크는 에어컨 바람에 식어버렸지만, 육질은 최고였다. 나는 빵조각으로 접시에 흐른 핏물까지 말끔히 닦아 먹었다. Y는 평소와 달리 고깃덩어리를 절반쯤 남긴다. 포크를 내려놓는 Y를 보며 영감이 근심했다. 아니 학문에 전념하시는 분이 그렇게 조금 드시고 어떻게. 원래 조금 먹어요, 제가. 원래 조금 먹는지는 잘 모르겠으나 확실히 Y의 입은 평소보다 작아 보인다. 영감은 짧지 않은 저녁식사 시간 내내 화장실을 한 번도 가지 않았다. 전립선엔 고무적인 현상이다.

호텔 입구에서 영감의 차가 나오기를 기다리고 서 있는데 영감이 언제 챙겼는지 봉투 하나를 꺼냈다.

"교수님, 초면에 너무 무례를 저질렀습니다. 옷을 버려놓은 것 같은데, 비슷한 걸 구할 수나 있을지. 같이 가면 영 불편해하실 것 같고……"

영감은 그렇게 말하며 정작 봉투는 내게 건넨다. 자네가 모셔다드리는 게 편하시겠지? 하며. 영감은 내가 아는 것보다 몇 배 더 노회한지도 모르겠다. Y에게 건넨다면 거절할 게 뻔하지만 내 입장은 또 그렇다. 와인을 쏟을 뻔한 건 내 옷이 아닌데 무슨 권리로 아니라고 하겠는가. 그러지 않으셔도 돼요, Y가 말한 건, 내가 봉투를 받아든 다음 순간이었다. 영감의 차가 출발하는 걸 보고 지하주차장으로 내려왔는데, 저녁 내내 방글방글 미소를 띠고 있던 Y는 차에 타자마자 부녀이별한 심청이 같은 표정으로 등받이에 착 기댄다. 어쩐지 딸년 팔아먹은 심봉사가 된 듯한 나는 억울하다. 저녁 내내 말을 하느라 진이 다 빠졌는지 Y는 한마디도 하지 않는다.

"우리집에 들렀다 갈래?"

"그냥 집에 데려다줘."

Y의 아파트 입구 신호등 앞에 섰을 때, 주머니에서 봉투를 꺼내 그녀 무릎 위에 놓인 핸드백에 집어넣었다. 봉투는, 아주 얇다. 단 한 장일 것이다. 그 한 장의 종이 위에 찍힌 동그라미의 숫

자를 짐작할 수 없듯, 나는 지금 Y의 마음을 읽을 수 없다. 그녀는 내 손을 못 본 척, 배에 오른 심청이마냥 어깨를 오그리고 스쳐가는 차들만 무연히 바라보았다.

집에 돌아와 샤워를 하고 나니 꽤 늦었는데도, 잠이 오지 않는다. 여름 내내 밤마다 불면이었다. 나처럼 개인적으로 고용된 거래인의 계좌는 비공개지만 이 바닥엔 비밀이 없다. 대박이든 쪽박이든 소식은 광속으로 오간다. 계좌 망가뜨리고 영감에게서 떨려나면, 어떤 곳에서도 받아주지 않을 것이다. 누구처럼 빌딩 모퉁이에 일톤 트럭 세워두고 얼굴 뻔히 아는 사람들 상대로 원두커피를 팔아야 할지도 모른다. 죽어도 그 짓은 못 하겠는지 간혹 자살하는 사람도 있다. 마지막으로 시각을 확인한 게 세시였다.

Y를 안고 있었다. 젖가슴은 따뜻하고 말랑거린다. 비단뱀처럼 매끄러운 그녀의 팔과 다리가 내 온몸을 조이듯 감는다. 그녀의 몸속으로 미끄러져들어가는 느낌이 너무도 생생하다. 사랑해, 사랑해 Y. 사정하는 순간 나는 울먹이며 속삭였고 내 목소리에 놀라 눈을 떴다. 바깥은 아직 어두웠다. 마지막으로 몽정을 한 게 언제였더라. 손을 뻗어 화장지 통을 더듬으며 나는 그러나 꿈이 배설의 욕망과는 상관없는 것이었다고 생각한다. 다만 맨살을 맞댄 채 그녀의 등을 손바닥으로 문지르던 그 느낌, 혼자가 아니라는 그 아늑한 느낌을 원했던 것이라고 생각하며 조청처럼 진득한 잠 속으로 다시 빠져들었다. Y는 여전히 옆에 누워 있다. 한쪽 다리를 내 몸 위에 올려놓은 채 그녀는 깊이 잠들어 있다. 사랑해.

Y는 내 꿈속에서 잠이 든다.

*

사무실에서 영감은 여느 날과 다름없는 오전을 보냈다. 녹차를 마시며 발행부수 1위의 경제지와 일간지를 찬찬히 읽고 나서는 서랍에서 공과금 용지 하나를 꺼낸다.

"내가 사무실에서 국제전화 쓰지 말라고 했지? 이건 돈의 문제가 아니라 태도의 문제야. 왜 직장에서 사적인 일을 처리하는 거야? 여긴 내 집이고 내 사무실이야. 6월 30일. 베이징에 전화를 세 번 했어. 일 분. 또 일 분. 그 다음엔 칠 분. 누군가?"

아마 6월에 새로 들어온 신참 오퍼레이터의 짓일 것이다. 미스 장이나 나나 사무실 전화를 개인 용도로 쓰는 일 따위는 하지 않는다. 시외전화 한 번 쓰는 것도 쫀쫀하게 추달을 받는 마당에 언감생심 국제전화라니. 미스 장이, 더 시끄러워지기 전에 자수하라는 듯 턱을 들고 오퍼레이터 조를 빤히 쳐다본다. 조는 아직 분위기 파악을 못 하고 있다. 설마 지로용지에 통화한 사람 이름이라도 나왔겠나? 싶은가보다. 하긴 제법 버텨주다 발각되어야 영감도 뭔가 오전에 제대로 일처리를 한 건 했다는 뿌듯함을 느끼게 되겠지. 조는, 요즘 국제전화 그깟 몇 푼이나 한다고, 하는 느긋한 표정으로 계속 버티고 있었다. 영감이 이런 식으로, 직원들 괴롭히는 보람으로 하루하루를 사는 줄을 그도 곧 알게 될 것이다. 점심때가 되기 전에 조는 베이징에 유학간 친구와 통화를 했고, 두 번 다 제대로 연결이 되지 않아 세 번이나 하게 됐다며 전화요금은 자신이 지불하겠다고 상황을 정리해야 했다.

영감의 소비유형은 얼핏 보면 규칙도 기준도 스타일도 없는 것처럼 보인다. 꽤 먼 거리에 심부름을 보내며 택시 타고 다녀오라고 지갑에서 만원짜리 하나를 달랑 꺼내주는가 하면, 기분 내킬 땐 점심을 쏘겠다며 특급호텔 한식당으로 전부 데려가 일 인분에 칠만원짜리 김치찌개를 사주기도 한다. 사무실에서 신겠다며 육십칠만원이나 하는 여름용 슬리퍼를 사들고 온다거나 칠백구십원이 찍힌 시외전화요금 사용자를 끝내 밝혀내는 것도 독특하지만, 주기적으로 사무실 사람들이 고개를 절레절레 젓게 만드는 일을 벌이기도 한다.

뭔가 화나는 일이 있으면 영감은 오퍼레이터 옆에 서서 미친 듯이 주문을 낸다. 장이 어떤지 시세가 얼만지 전혀 신경을 쓰지 않고, 수산시장 경매사처럼 종목과 숫자, 매도와 매수를 불러제끼면, 오퍼레이터는 속도를 따라잡지 못해 식은땀을 흘린다. 호가에 체결이 되지 않으면 마구 짜증을 내면서 더 빨리 주문을 내고, 오퍼레이터는 회초리를 든 히스테릭한 피아노 선생 앞의 심약한 소년처럼 손가락이 헝클어지며 어이없는 실수를 하게 된다. 그걸 꼬투리로 불같이 화를 내는 영감 앞에서 오퍼레이터는 식은땀을 흘리며 용서를 빌어야 한다. 정작 영감이 지시한 대로 처리해서 순식간에 오백, 육백만원 손실이 나는 것에 대해서는 무심하다. 주문을 제대로 처리하지 못한 오퍼레이터는 새 오퍼레이터가 구해지는 대로 해고해버린다. 일관성이 없어 보이는 이런 일들을 겪다보면 어느 시점에 간단명료하게 정리가 된다.

그건 권력의 문제다. 영감의 돈은 유연하고도 자족적인 권력이다. 치사하게 눈치봐야 되는 유권자도 필요 없고 투명하게 살라고 악악대는 시민단체도 범접할 수 없는 절대권력이다. 자신이 엄지손가락을 아래로 꺾으면 바로 죽음이라는 걸 보여주기 위해 그는 때로는 칠백구십원, 때로는 육백만원이라는, 자신에게는 그저 단순한 숫자에 불과한 돈을 이용할 뿐이다.

점심을 먹고 들어온 영감이 날 불렀다.

"총명하고 예쁘게 생겼던데, 왜 여태 혼자 사나?"

밑도 끝도 없이 물어본다. Y 얘기다.

"글쎄요. 걔가 워낙 공부가 취미라. 밤낮으로 학문에 전념하느라 남자엔 관심이 없습니다. 최근엔 좀 힘든 일도 있는 것 같고."

"무슨?"

"뭐 그 내용에 대해선 저도 잘……"

"여동생 친구라면서 그렇게 무심하나?"

"친구 여동생이라면 몰라도 여동생 친구는 아무래도 좀."

"자넨 왜 결혼 안 하나?"

매사에 이런 식이다. 의심 많은 영감쟁이. 저 정도 여자를 알고 있으면서 둘이 왜 아무 일도 없었을까, 궁금한 것이다.

"누가 안 하고 싶어서 안 했겠습니까. 여자도 없고, 돈도 없고."

"이 사람. 돈이야 벌면 되는 거지."

말이야 쉽다. 네가 알아? 여자는 있는데 돈은 없는 쪽과 돈은 많은데 여자는 없는 쪽 중 누가 쉽게 결혼하게 되는지?

*

8월에 들어서면서 우기의 열대처럼 짧은 폭우가 잦게 내렸다. 퍼붓듯 쏟아지다 뚝 멎으면 질긴 매미 소리가 그 틈을 메웠다. 플라타너스 아래를 지나다보면 매미들의 시체가 예년보다 많이 흩어져 있었다. 잠결에 빗소리를 듣는 날이 매일 이어졌다. 부실대출로 촉발된 미국 주식시장의 위기가 8월 초부터 몰아쳤다. 장중에 강제로 거래정지가 발동되었고 사상 최대의 폭락장이 이어졌다. 나로선 유동자금이 없어 더 깨질 것이 없었던 게 차라리 다행이었지만 날마다 가시방석이었다. 하락장이 길어지면 영감이 주식 쪽을 정리하고 다른 투자처를 알아볼지도 모른다. 8월 초엔 일시에 몰린 휴가로 서울 거리가 며칠 한산해졌다. 대신에 핵폭풍급 사건들이 나라 안팎에서 동시다발로 터져나와 세상을 뒤흔들었다. 모든 사안들이 엄청나게 충격적이고 복잡하게 뒤얽혔다.

아프간 인질사태는 사막의 모래폭풍에 휘말린 듯 한 치 앞을 짐작할 수 없었다. 눈물과 동시에 비난이 해일처럼 나라를 휩쓸었다. 경악은 곧 차가운 질시로 바뀌었다. 한 젊은 여성은 학력위조가 드러나자 정신병적인 대응을 하다가 비즈니스 클래스를 타고 뉴욕으로 날아가버렸다. 그 후폭풍은 강력하고도 길었다. 그녀의 배후와 출생내력에 대한 루머가 휴가를 못 떠난 사람들을 그나마 즐겁게 해주었다. 학력 위조를 한 유명인사들의 폭로 혹은 자백이 꼬리를 물고 이어졌다. 역시 이곳에서도 눈물과 비난이 차고 넘쳤다. 그 와중에 개봉한 국산 블록버스터급 SF영화는 극장 안과 밖에서 동시에 흥행몰이를 시작했다. 영화의 팬과 안티들은 십자군 전쟁터에 마주 선 적처럼 싸워댔다. 오직 애국심이 동기가 되어 극장으로 달려가는 사람들이 줄을 이었다. 경선을 앞둔 야당의 대권주자 두 사람은, 이 민족을 사랑하지만 오직 저 사람만은 사랑할 수도 없고 사랑해서도 안 된다고 목이 쉬어라 외쳤다. 남북정상회담은 뚜껑도 열기 전에 끝없는 이슈를 생산해내고 있었다. 모든 게 지나치게 뜨거웠고 혼란스러웠다.

　학위의 증거물을 들고 곧 귀국하겠다던 여성은 뉴욕에서 잠수해버리고, 뒤를 이어 문화예술계의 중견들이 학력 위조의 유탄을 맞고 하나씩 쓰러져갔다. 그들이 여태 보여주었던 그 어떤 것보다 더 감명 깊은 퍼포먼스와 인상적인 대사들을 쳐가면서. ……아니라고, 아니라고 말했지만 그들이 끝내 날 대졸로 만들었어요, 라며 눈물을 쏟는 여자. 나 그래도 이대 나온 여자야, 라는 멘트를 당당히 날렸던 명배우. 친정 빚 때문에 그만, 하며 고개를 떨구던 영어강사. 자신을 고졸로 모는 언론과는 인터뷰하지 않겠다고 쏘아붙이는 고졸 여배우. ……그들을 보며 나는, 정말이지 어떤 남자도 여자들과 싸워서는 결코 이길 수 없다는 걸 새삼 깨달았다.

아침 신문에서 보았던 단 한 남자를 제외하곤.

숨겨진 딸을 두었던 그는 노벨평화상 수상에 방해가 될까봐 국가정보원으로 하여금 그녀를 관리하게 했다. 그 딸의 엄마는 어느 날 갑자기 자살처럼 보이는 주검으로 발견된다. 딸의 존재에 대해 그는 끝내 맞다고도, 아니라고도 말하지 않는다. 어린 시절, 아버지의 집으로 생활비를 구걸하러 다녀야 했던, 매우 황폐한 삶을 살았던 그녀는 어느 날 인터뷰를 자청했다. 그리고 지친 목소리로 말했다. '나는 그의 딸이 아니라고 생각한다'고. 민주주의와 인권을 위해 투쟁한 공로로 그는 결국 노벨평화상을 거머쥐었다. 그의 아내는, 그 여자가 남편의 진짜 딸이었다면 자신이 잘 키웠을 것이라고 말했다. DNA 검사 한 번이면 명확해질 그 일의 당사자들은 잠잠히 있는데, 대신에 어떤 대선 후보는 소유주가 불분명한 땅에 대해, 할 수 있다면 DNA 검사를 하고 싶다고 했다. 버라이어티쇼보다 흥미로운 다큐멘터리들이 이 대도시를 거대한 공연장 삼아 쉴 틈 없이 펼쳐지고 있었다. 배경음악도 조명도 필요 없을 만큼 한 편 한 편이 충격적인 작품들이었다.

금요일 낮에 Y에게 전화를 했다. 저녁이나 같이 먹자, 했더니 약속이 있다 했다. 나는 누구와의 약속이냐고 묻지 않았다. 주말엔 이틀 내내 간헐적으로 비가 내렸다. 덕분에 8월치고는 그리 덥진 않았다. 일조량이 부족하다는 기사가 나오기도 했다. 얼마나 삶이 단순하고 평온하면 일조량 부족을 고민하게 될까, 그런 생각이 들었다.

*

오늘은 정말 같이 나오고 싶지 않았다. 퇴근하려는데 영감이 불렀다. 저녁 같이 먹고 들어가지. 저녁약속이 있어서, 하며 꼬리를 빼려는데 무슨 약속인지 물어보지도 않고 단칼에 잘라버렸다. 토 달지 말게. 따라나설 수밖에 없었다. 특급호텔 일식당에 앉아 있는데, 오 분쯤 늦게 나타난 Y가 생글생글 웃으며 어, 오빠도 나왔어요? 했다. 뭐 하러 또 따라나섰냐고 대놓고 얘기하면 이렇게 비참하진 않겠다. 영감은 도대체 왜 날 끌고 나섰는지 모르겠다.

영감이 보관해놓고 마시는 사케를 잔에 철철 넘치게 부어서 Y에게 권한다.

"원래 사케는 이렇게 마시는 거예요. 이게 사케만 이백 년을 빚어온 집안에서 나오는 건데, 우린 왜 이 맛을 못 내는지 몰라."

술을 한 모금 마신 Y가 감탄하듯 고개를 끄덕였다. 지가 술맛을 알아? 영감은 내게도 한 잔 따라주었다. 내 잔은 넘치진 않았다. 가족적인 분위기였다. 생선회를 사이에 두고 영감과 Y는 정치 사회적 이슈에 포한이 진 사람들처럼 우아한 수다를 열심히 떨었다.

"하나 둘도 아니고 참 큰일이야. 억류된 인질들은 어떻게 될 것 같아요?"

칠 년을 몸 섞어온 사람 마음도 알 수 없는데, 애가 일면식도 없는 탈레반 속셈을 어떻게 알겠어? 나는 속으로 콧방귀를 뀌며

금가루 뿌린 참치뱃살을 김에 말아서 입에 넣었다. 보드라운 지
방이 입 안에서 아이스크림처럼 녹아내린다. 불확실한 외신기사
속에서 인질들의 행적은 엇갈렸다. 납치범들의 요구조건은 수시
로 변경되었다. 인질 중 한 명이 참혹하게 살해되었는데도 인터
넷 댓글은 나날이 가혹해져갔다.

너희 하나님에게 구해달라고 그래. 유서까지 써놓고 갔으면 거
기서 죽어. 혈세를 결코 쓸데없는 곳에 쓰지 마라……

"결국은 막후 협상을 통해 금전적 대가를 받고 풀어주게 되지 않
겠어요? 여자들이 많아 그 사람들도 오래 붙들고 있긴 힘들 테고."

인질사태에 대한 아침 신문 논평의 내용이었다.

"아무래도 그렇겠지요? 도대체 얼마나 요구할까?"

"걔들이 내부적으로 나라마다 정해놓은 액수가 따로 있다는 얘
길 들었어요. 인터넷을 보면 내 혈세를 비용으로 쓰지 말라고 난
리도 아니던데, 사실 그런 댓글 다는 애들 중에 세금 제대로 내는
사람은 하나도 없다고 봐요. 회장님처럼 세금 무지하게 내시는
분들은 댓글 달지 않잖아요?"

Y는 무지하게, 라고 말하면서 손가락으로 커다란 하트를 그려
보인다. 사랑스럽기도 해라. 나는 그 순간 Y의 목을 졸라버리고
싶었고, 그럴 수 없다면, 그녀를 안고 싶었다. 영감이 최근에 들
은 농담 중 가장 재미있다는 듯 웃어대더니, 갑자기 대선 얘기를
꺼낸다.

"학계에선 어떻게 보고 있어요? 대선은, 아무래도 이번엔 야당

이 잡지 않을까?"

나는 해삼을 한 조각 입에 넣고 오드득오드득 씹었다. 콘크리트에 삽질하고 있네. 사주카페에 가서 장차 이 나라가 어찌 될지를 물어보지 그래. 출마도 안 할 거면서 정치엔 왜 이리 관심이 많은 거야.

"사실, 12월이 되기 전엔, 어떤 전망도 불확실해요. 폭풍의 진로는 거리가 멀수록 오차가 많이 나는 법이니까요."

우리에게 급한 건 정상회담과 대선의 폭풍이 아니라 지금 날 패대기치려는 폭풍에서 어떻게든 살아남는 일이다. 이렇게 외곽만 빙빙 돌다 언제 '그놈의 핵'에 접근한단 말인가. 열시가 가까워서야 자리는 끝이 났다. 밖으로 나오니 다시 비가 오고 있었다. 저녁자리에서의 초조함과 달리 차에 타고 둘만 있게 되자 나는 갑자기 엄마에게 버림받은 어린 소년처럼 서러움이 차올랐다.

"너 아주 예쁘게 보이려고 안달을 하더라. 그 가식적인 표정이란. 참 웃기다 못해 슬퍼지더구만."

"너는 날 아주 미끼 지렁이 취급을 하더구나. 겉으로 웃고 있는 내 마음이 어땠는지 알기나 해? 네 문제만 해결되면 나 같은 건 아주 덤으로 끼워주겠더라."

"다음부턴 영감하고 둘이서 만나. 나도 감정을 가진 인간이야."

"내 말이."

Y는 껌통을 열어 저만 하나 날름 입에 넣고는 도로 뚜껑을 닫아버린다.

"영감은 무슨. 네가 형이라고 해도 믿겠더라. 누가 육십대로 보겠어? 거기다 보수꼴통인 줄 알았더니 의외로 진보적이더라. 그만한 재력에 노빠라니, 정말 신선하잖아."

영감이 왜 노무현이라면 이를 갈다가 갑자기 열렬한 지지자가 되었는지를 말해주고 싶었지만, 그냥 이렇게 말했다.

"나도 껌이나 하나 줘. 뭐 내가 형? 아까 그 호텔 피트니스에서 개인 트레이닝 받아봐. 한 달이면 몸매 잡힌다."

"호텔 피트니스가 가고 싶다고 아무나 갈 수 있는 데야?"

껌을 씹으며 꼬박꼬박 어깃장을 놓는 Y를 보자 점점 열이 오른다.

"허우대야 멀쩡하지. 머리가 비어서 그렇지."

"자기 선배잖아. 누워서 침뱉지 마."

"참 나, 영감 시험 봐서 우리 대학 들어온 줄 알아? 헐렁하던 시절에 아버지가 기숙사 헌납하고 입학한 거야. 학벌 위조의 원조라구."

"부모 잘 만나는 거, 그것도 능력이야. 아직도 몰라? 가장 중요한 능력이라고 볼 수도 있지."

나는 눈을 꾹 감았다 떴다. 여자들의 이 지독하리만치 냉정한 이성은 어디서 나오는 걸까. 그렇다. 감정이란 얼마나 파괴적인가. 어떻게든 둘이 처한 난국을 극복해보자고, 무엇보다 일단 살아남고 보자고 배수진을 벌여놓고는 나는 왜 이렇게 분열적인 대응을 하고 있단 말인가.

보편적인 비극은 감정을 정화시키지만, 그 비극이 개별적인 것이 될 때 사람은 이성을 잃는다. 지금이라도 Y가, 이게 도무지 제 할 짓이 아니라는 걸 깨닫고 내가 잠시 미쳤지 하고 나온다면, 내 눈앞에서 벌어지는 이 일을 한 번은 이해해줄 수 있다고 울컥 격정적으로 생각하다, 다음 순간, 죽고 나서 사랑이 다 무슨 소용인가, 하고 마음을 다잡게 되는 것이다. 이 일이 돈의 프로젝트가 아니라 순전히 감정의 프로젝트라는 걸 몰랐을까? 나도, Y도?

나는 마포 쪽으로 핸들을 확 꺾었다. 나 피곤해. Y는 고개를 저으며 정말 피곤한 목소리로 중얼거린다. 피곤하기도 할 것이다. '100분 토론'을 하고 왔으니. 나는 못 들은 척한다. Y는 포기한 듯 눈을 감고 등받이에 기대버린다.

육체는 단순하고 맹목적이다. 나는 요즘 기회만 되면 집요하게 Y의 몸을 탐했다. 현관문을 잠그자마자 그녀의 손을 끌고 침대로 갔다. 어둡게, 어둡게 해줘. Y가 짜증을 낸다. 나는 기어이 불을 끄지 않는다. 눈을 감아. 눈을 감으면 몸 전부가 Y의 몸속으로 들어가는 것 같다. 어느 순간 그녀의 몸 안은 무한한 공간으로 바뀌어버린다. Y는 제 안에서 사라진다. 어딘가, 그 끝에 닿으려고 더 깊숙이 파고들수록 Y는 멀어지고, 무중력의 우주를 떠도는 듯 내 발바닥이 둥실 떠오른다. 그녀의 몸 안에서, 나는 그녀와 너무나 먼 곳에 떨어져 있다. 환한 어둠 속에서, 어둠 저편의 Y에게 속삭인다.

널 사랑해.

*

“나, 윤교수 사랑해. 이런 마음은 처음이야. 심장이 뛰고, 하루 종일 머릿속에서 웃는 얼굴이 떠나질 않아.”

잠시 비가 그친 틈을 타 인부가 잔디를 깎고 있다. 기계 소리가 꽤 소란한데, 녹찻잔을 두 손으로 감싸쥐고 창밖을 멍하니 내다보는 영감은 그 소리도 들리지 않는 모양이다. 내가 무어라 대답할 것인가. 기계가 지나간 자리엔 잘려나간 잔디들이 하얗게 등을 보이며 누워 있다. 내 마음속에서도 무슨 기계 하나가 위잉 소리를 내며 돌아가는 것 같다. 무언가가 깎이고 뒤집어진다. 사랑이라니.

“욕심은 안 부려. 그저 실질적인 진전이라도 조금씩 있었으면 해. 내가 왜 이러는지 나도 모르겠어.”

아니, 신문 헤드라인 놀이 하자는 거야, 뭐야. 이게 무슨 정상회담이라고, 욕심 안 부리고 실질적인 진전, 운운한단 말이야. 게다가 흘러간 유행가 가사까지 이어붙이는 센스라니. 나는 애매하게 예에, 하며 젖은 수목에 햇살이 어룽거리는 정원을 바라보았다. 그렇다. 특별할 것 하나 없는 유행가 가사가 가슴을 친다는 건 이미 사랑에 사로잡혔다는 명백한 증거이다.

오래 전에 Y 몰래 몇 번 만났던 여자가 있었다. 나이에 비해 여리고 귀염성 있는 그녀에게 나는 대책없이 빠져버렸는데, 하루에도 몇 번씩 보내오는 문자메시지의 깜찍발랄함에 나까지 풋풋한 소년 시절로 돌아간 듯했다. 그런데, Y 때문이었을까. 몇 번 만나지 않아 뒤통수도 어깨 각도도 눈에 슬슬 거슬리기 시작했다. 게다가 시도 때도 없이 감상적인 유행가 가사에서 따온 대사를 남발하는 데는 그만 정나미가 떨어질 지경이었다. 이 '아마도 전쟁 같은 사랑'을 이제 그만두자 했더니 그녀는 눈물 글썽한 눈으로 쳐다보며 말했다. 꼭 '잊어야 한다면 잊혀지면 좋겠어'요, 라고. 나도 심야방송 진행자 같은 목소리로 대답해주었다. 그래. 네가 얼른 '부질없는 아픔과 이별할 수 있길' 바라. 적절한 김광석의 노래가사가 얼른 생각나지 않는지 그녀는 흑흑, 소리내어 울었지. 내가 어쩌다 이런 애와 엮였나, 그땐 한심했는데 유행가 가사에다 정치가 어록까지 한 줄로 묶어내는 영감을 보니, 차라리 '그 소녀가 그리워지네'. 착한 남자친구 놔두고 날 만나는 게 '아름다운 죄' 같다고 말하던 그녀는 요즘 누구 노래에 빠져 있는지.

내가 놓친 게 무엇이었을까.

처음 계획은 아주 단순하고 명료했다. 다만 사람은 바둑판 위의 돌처럼 희거나 검은 존재가 아니라는 사실을 간과했다. 표면을 뚫고 흘러나온 욕망은 용암과도 같다. 바위를 녹이며 스스로 길을 만들어낸다. 이 일을 계획할 때 나는 욕망의 온도와 파괴력을 계산하지 못했다. 신기루 위엔 보는 사람이 원하는 환영만 떠오른다. 육 개월만, 이라고 말하며 그 한정된 시간의 이면을 보려 하지 않았다. '전립선'과 '전입선' 그 사이만 생각했고, '규칙적인 성생활'과 '사랑' 사이의 틈바구니는 외면했다.

빗물에 말끔하게 씻긴 정원을 그윽한 눈빛으로 바라보며 사랑, 이라고 말하는 영감의 잿빛 눈동자가 나뭇잎처럼 촉촉이 젖어 있다. 영감은 사춘기 소년이 되어 있었다. 화장실에 갈 때조차 휴대폰을 끼고 다니며 Y가 적선하듯 던져주는 문자메시지를 애타게 기다렸다. 폴더를 열었다 닫았다 하는 게 요즘의 가장 중요한 일과가 되어 있었다. 직원들을 들볶지 않았고 오퍼레이터를 미치게 만들지도 않았다. 늙은 시계수리공처럼 등을 구부리고 앉아 서투르게 문자를 찍는 꼴을 보고 있노라면 '쇼를 해라' 쏘아붙이며 발로 등짝을 후려차버리고 싶어진다. 영감의 말은 단순한 고백성사가 아니라, 내게 자신과 Y 사이의 가교가 되어달라는 것이었다. 이것이야말로 내가 처음부터 그토록 기다려왔던 순간인가. 영감은 내일 Y와 만나기로 했다며 어떤 선물이 좋을까 물었다.

"화류계 애들이야 핸드백 하나 사라고 수표나 한 장 던져주면 끝이지만 학계에 계신 분이라. 나이가 어리기도 하고."

화류계나 학계나 뭐 다른 게 있겠어요? 나이야 따님과 동갑이니 취향도 비슷하겠지요, 라고 말하고 싶었다. 그래도 고지가 바로 저긴데 여기서 판을 깰 수는 없다.

"글쎄요, 뭐가 좋을지. 남자들이 오해하고 있는 여자들의 심리에 이런 것도 있던데요. 남자들은 여자들이 장미꽃 백 송이의 판타지를 갖고 있다고 생각하지만 여자 입장에선 제일 짜증나는 게 꽃선물이라구요."

말해놓고 보니 너무 빙 둘러 얘기한 것 같다.

"자네가 직접 물어보면 어떻겠나?"

"그게 그렇잖아요. 친구 여동생이라면 몰라도 여동생 친구는 아무래도."

햇살이 툭 꺾인다. 뭐가 좋을까 고민하며 창밖을 바라보던 영감이 잠에서 깨어나듯 내 쪽으로 몸을 돌리며 물었다.

"참, 대선은 어떻게 가닥이 잡히나? 누가 될 거 같아?"

"글쎄요. 아직은 전망하기엔 좀 이른 것 같습니다. 더 사랑받는 쪽이 되겠죠."

내 목소리는 갑자기 비감해진다. 내가 요즘 도대체 왜 이런단 말인가. 대선 전망에 사랑타령이라니.

"이 백성들은 자기 수준에 딱 맞는 사람을 뽑아놓고는 또 개굴개굴 울겠죠. 손가락을 잘라야 해. 개굴. 그놈 찍은 네 손가락을 잘라야 해, 개굴개굴."

내 머릿속에서 Y는 개구리가 된다. 속이 좀 후련하다. 영감이 혀를 찼다.

"좀 현실적으로 분석을 해봐. 강 건너 불이 아니야. 어느 쪽이 될지 판단이 서야 한발 앞서 방향을 정하는데 말야. 부동산으로 가든 주식에 묻어두든, 이도 저도 아닐 것 같으면 아예 두바이에 상가건물이나 하나 매입해두든지. 저걸 언제까지 서랍에 넣어둘 수도 없고……"

서랍에 넣어둔 저것.

권력의 근원.

이 황당한 삼각관계의 근원.

*

"지금 나한테 이게 무슨 소용이 있어?"

Y가 왼손을 들어 내 코앞에 들이민다. 그러지 않아도 잘 보인다, 는 농담을 할 기분은 아니다. 문자판에 다이아몬드가 조르르 박힌 시계의 가격은 알고 있다. 영감과 내가 같이 가서 고른 것이다. 내 오피스텔 보증금에 육박하는 시곗값을 영감은 현금으로 지불했다.

그러니까 이게 시계가 아니라 제안이라는 걸 나도 Y도 알고 있다. 발전기금 정도야 아무것도 아니다. 먼저 성의를 보여달라는 것이다. Y의 입장은 또 그렇다. 철없는 애도 아니고 이따위 시계나 팔목에 감고 하염없이 기다리고 있을 시간이 없다. 이게 다이아몬드인지 크리스털인지는 중요하지 않다. 확실하고 현실적인 제안이 있어야 다음 액션에 들어갈 수 있다는 것이다. 뭐 대놓고 내 앞에서 그렇게 얘기하진 못하지만, 그녀의 뒤통수 기울어진 각도만 봐도 그 머릿속이 훤히 보인다. 가끔 나까지 불러 내 셋이 저녁을 먹는 영감의 의도도 모르는 게 아니다. 그러니까 영감이나 Y나 중간에서 내가 큰 역할을 해주길 원하고 있는 것이다.

카페의 창유리 바깥이 물속처럼 일렁인다. 갑작스런 비를 피하려고 들이닥치는 손님들로 실내는 빈자리가 없다. 들어서는 사람들 머리카락에서 물이 뚝뚝 떨어진다. 내 마음속 어딘가에도 물이 뚝뚝 떨어져내린다. 누군가 함부로 우산을 들고 가다 Y의 옷에 빗물을 떨어뜨린다.

"웬 비가 이렇게 잦아?"

Y는 짜증을 확 낸다. 화낼 사람이 누군데. 나는 종업원이 내려놓는 아이스커피를 벌컥벌컥 들이켰다. 단숨에 바닥을 보고 얼음까지 씹어대는데도 기름불처럼 타오르는 속은 가라앉질 않는다. 지나가는 종업원을 불렀다. 리필 좀 해주세요. 아이스커피로는 안 되구요. 아메리카노로 드릴게요. Y가 눈을 흘기며 제 잔에 그대로 남아 있는 아이스커피를 반 넘어 부어준다. 결코 짧지 않은 시간 동안 온갖 풍상을 함께 겪어온 허물없음과 무심함이 그 손동작에 그대로 드러난다. 내 마음은 무참하게 무너진다.

"영감하고 영화 봤다며? 이무기 나오는. 네 수준에 딱 맞는 영화지?"

"왜 아니겠어. 넌 네 수준에 맞는 〈화려한 휴가〉 보며 울다 왔지? 다른 거 같아? 그게 그거야. 그 영화나 이 영화나, 너나 나나, 제가 제일 아프다 소리치는 거지. 눈물의 이벤트고 정의의 이벤트일 뿐이야. 뒤집어보면 다 남보다 잘 먹고 남보다 잘살아보겠다고, 딱 그 지점에서 출발하는 거야."

Y의 목소리는, 옆자리에 들리지 않을 만큼 낮았지만 가늘게 떨리고 있었다. 둘이 보내는 시간에 대해 결코 알고 싶지 않다고,

애기 꺼내지도 말라고 윽박질러놓고도 늘 내가 먼저 이성을 잃어 버린다.

"그러니까 오 년 전에 임신했을 때, 그때 죽이 되든 밥이 되든 결혼을 했어야 하는 거야."

"죽이 돼 있겠지."

"애가 왜 이렇게 독하니?"

"내가 독한 게 아니라 세상이 날 강하게 만들었어."

"내가 그렇게 결혼하자고 그랬지? 그렇게 버티더니, 네가 이룬 게 뭐가 있어?"

"난 그러고 싶어서 그런 줄 알아? 세상이 독신의 삶을 강요하잖아. 다른 여자들은 잘도 하는데, 나는 새끼 달고 부엌 짊어지고는 아무것도 이룰 수가 없는 무능력자야. 너는 슈퍼맨이 아니고 나는 알파걸이 못 돼. 그걸 너무 잘 아니까 이 바람 찬 세상에서 입을 변변한 갑옷 하나쯤은 마련해놓고 싶었어. 솔직히 마누라도 팔아먹을 널 보고 있으니, 정말 아찔하다. 난 팔아먹을 마누라도 없어."

"그딴 얘기는 강의 나가서 네 제자들 앞에서나 해."

"그래, 그럼 다른 얘기를 할게. 다음주에 홋카이도로 골프 치러 가자더라. 회원권도 있고 빌라도 있다고."

"나 알고 싶지 않거든? 앞으론 나한테 말하지 마라. 나 모르게 하라구."

Y는 날 빤히 쳐다보며 말끔한 목소리로 묻는다.

"어떻게 자기 모르게 해. 자기가 시작한 일인데. 말해봐. 자긴, 내가 어떡했으면 좋겠어?"

Y가 말하는 자기가 고려자기나 이조백자가 아닌 줄은 알겠는데, 날 말하는 건지 Y 자신을 말하는 건지, 헷갈린다. 그렇다. 역시 칼자루를 쥐고 있는 건 내가 아니라 Y다.

"너 어떻게 나한테 이럴 수가 있니?"

내가 들어도 내 말은 억지다. Y가 고개를 끄덕인다.

"그래, 정말 재미있는 배신이지?"

나는 Y 앞에 그대로 놓인 아이스커피를 가져와 마저 마셔버리고는 얼음을 와작 깨물었다.

이 황당하고도 슬픈, 웃기고도 잔인한 게임보드를 펼친 건 나지만, 나는 이제 관망자 이상이 될 수 없다. 눅눅하고 소란한 카페는 뜻밖에도 이따위 말싸움을 하기엔 아주 적절한 장소였다. 이런 싸움을 이토록 낮은 목소리로, 이토록 비폭력적으로 할 수 있는 곳을 사람 가득 찬 카페 외에 또 어디서 찾을 수 있을까. 종업원이 포트를 들고 와 멀건 아메리카노를 넉넉히 리필해주고 돌아선다. 고맙습니다. 나 대신 Y가 인사를 한다.

*

강의 표면이 기름지게 번들거린다. 불빛은 수면에 닿으면서 자잘하게 부서져 강물과 몸을 섞으며 흘러내려간다. 너무나도 뜨겁고 동시에 한없이 차가운 강물이 내 안에도 흘러간다.

거대한 아파트 단지 사이를 흘러온 개천이 강과 합쳐지는 이 유역은, 늘 Y를 집에 데려다주고 돌아나올 때 지나쳐야 하는 일방통행로 옆이다. 천천히 움직이는 차 안에서 보는 풍경은 꽤 근사했다. 언젠가 Y와 같이 저길 한번 가봐야지. 지나칠 때면 그런 생각을 하고는 곧 잊어버렸다. 유연하게 얽히는 입체교차로에서 벗어나와 강을 가로지르는 대교는 이 도시를 지탱하는 등뼈처럼 강고해 보인다. 난간을 따라 연결된 푸른 조명이 대교를 어루만지듯 천천히 초록으로 바뀐다. Y는 저녁내 전화를 받지 않았다. 여기서 기다리겠다고 문자메시지를 보내놓고는 두 시간을 기다렸다. 어디야? 열한시가 가까워서야 Y가 전화를 했다.

"기다린댔잖아."

어이가 없는지, 알았어, 하고 전화는 끊어졌다.

스쳐가며 보던 풍경과는 사뭇 다르다. 주거지를 흘러온 개천의 하구에서는 독한 부패의 냄새가 코를 찔렀다. 강과 연결된 곳엔 거대한 잿빛 거품이 뒤엉겨 빗줄기에도 녹아내리지 않고 설치작품처럼 버티고 있다. 시커먼 퇴적물이 쌓인 양안에 그악스레 돋아난 풀들의 초록빛이 징그럽도록 생생하다. 아랫도리를 물에 담그고 웃자란 풀들은 바람이 지날 때마다 몸을 비벼댄다. 코는 악취에 금방 무디어졌다. 저 무수한 차들은 지금 이 시간 어디로 달려가고 있는 것일까? 다리 위에 꼬리를 문 헤드라이트를 보며 그런 부질없는 생각을 해보기도 했다. 악취 풍기는 밤의 하천가에서 보내는 두 시간은 길었다. 중간에 비가 쏟아져 차 안에 잠시 들어가 있었다.

내비게이션에 뉴스를 띄워놓고, 차창에 흐르는 빗물을 보며 소리만 듣고 앉아 있었다. 인질 중 두 명의 남자가 희생당했고, 두 명의 여자가 석방되었다. 나머지 사람들이 어찌 될지는 누구도 알 수 없었다. 북한의 갑작스런 수해로, 8월 말로 예정되었던 정상회담은 10월로 연기되었다 한다. 학력 위조의 파문은 종교계를 지나 정계로까지 확산되며 점점 더 많은 의문을 만들어내고 있었다. 학력 위조를 고백하는 사람들이 너무 많아 신문에는 '오늘의 학력 위조자' 코너가 필요할지도 모르겠다. Y는 지금 영감에게 무슨 얘기를 하고 있을까, 그런 생각도 했다. 어쩌면, 학력 위조의 거짓말이 문제인지 그들을 그렇게 만든 사회구조가 문제인지에 대해, 존재론과 구조론의 관점에서 분석을 하고 있을지도 모른다. 아니, 그딴 얘기야 나하고 셋이 있을 때나 하는 거지 둘이 있을 땐 좀더 사사로운 얘기를 하게 되겠지. 칠 년 전 우리가 처음 만나던 무렵 그러했듯. 거의 어긋나면서도 기상대는 오늘도 빠짐없이 일기예보를 했다. 오늘 하루는 끝나가는데 뉴스는 우주 대폭발이라도 중계하듯 끝이 없다. 이 무수한 폭풍의 눈들이 얼마만한 파괴력을 휘두르며 확장하다 소멸할지, 마지막에 누가 웃고 누가 쓰러질지 알 수는 없다. 사람들은 이 지나친 자극에 히스테릭하게 반응하고는 놀라우리만치 재빨리 무심해진다. 그리고 다음달이면, 백 년 전의 일인 듯 까마득히 망각해버릴 것이다.

산낙지전골을 먹은 날로부터 한 달이 지났다. 한 달 동안 많은 일들이 일어났다. 내 안과 밖에서. 8월도 곧 지나가겠지. 모든 것이 저 강물처럼 흘러가고 나면, 내겐 무엇이 남아 있을까. 뉴스가 끝나자 빗소리도 멈추었다. 버튼을 눌러 화면을 지우고 차 밖으로 나왔다. 부패의 냄새는 질기게도 피어오른다. 가는 비가 여전히 내리고 있다. 엉엉 울다 그치기 전의 가녀린 흐느낌처럼. 누군가 옆에 서 있는 것 같아, 비에 젖는 느낌도 나쁘진 않다. 손에 닿을 듯 낮게 뜬 먹장구름이 강의 상류를 향해 빠르게 달려간다.

저 구름만큼은 아니어도, 지표면에서 조금만 날아올라 이 도시를, 도시 속을 분주히 오가는 사람들을 내려다보게 된다면, 그들은 혐기성 박테리아처럼 보일 것 같다. 썩은 공기, 죽은 물, 선반 기계처럼 영혼을 갈아대는 소음에 파묻혀 꼬물거리며, 뒤엉기며, 분열하며, 날뛰다 소멸하는 뻘 속의 존재들.

Y가 옆에 와 서는 줄도 몰랐다.

"왜 여기 있어. 여긴 아무도 안 와."

Y는 새삼스럽다는 듯 주위를 휘둘러본다. 희미한 술냄새가 밀려온다. 나는 Y의 이름을 불렀다. Y는 대답 없이 강물만 바라보고 있다.

"이건 아니야. 그래, 처음부터 끝까지 이건 내 잘못이다."

Y가 웃었다.

"너와 나, 구분은 처음부터 없었어. 우린 한 팀이잖아. 내가 장난삼아, 한번 시작해본 것 같아? 넌, 여태 몰랐니? 난 필사적이야. 여기선 필사적이지 않으면 살아남을 수가 없어.”

“너를 사랑해. 사랑한단 말이다.”

Y는 다시 웃었다. 참 독특한 웃음이다. 비웃음도 아닌, 쓰거나 떫은 것도 아닌, 그저 인생과 인간을 조금 알게 되었다는 듯, 떼쓰지 말라는 듯, 조금은 미안하다는 듯한 웃음.

“7월은 지나갔어. 우린 꽤나 멀리 왔어. 돌아서면, 그 순간 우린 둘 다 소금기둥이 되는 거야. 봐, 이렇게 비가 끊임없는데, 소금기둥이 되어 녹아내릴 일만 남는 거야. 지금은 돌아설 수가 없어. 돌아갈 곳은 다 무너져버렸고, 그냥, 앞만 보고 걸어야 되는 거야.”

볼에 눈물 한 방울이 흘러내리는 것 외엔, 말을 마친 Y의 얼굴은 꽤나 평온해 보였다.

들소

수혜는 발이 예뻤다. 살집이 적당히 있으면서도 날렵했다. 어린아이 발처럼 굳은살이 없었고 발가락 하나하나가 제각각 부모 다른 새끼처럼 아롱다롱한 표정을 짓고 있었다. 버선코처럼 끝이 살짝 올라간 엄지발가락이 특히 예뻤다.

다 지난 이야기다. 어둠 속에서 그녀의 발을 꼭 쥐면 방 바깥의 세상이 지워지는 일은, 이제 없을 것이다.

*

가봐야 할까?

오늘?

며칠 동안 머릿속을 꽉 채운 질문은 시시각각 다른 대답을 만들어냈다. 새삼스럽게 만나서 뭘, 싶다가 한 번은 만나야지, 그 사이를 하루 종일 왔다갔다했다. 결국 가보겠다 마음먹은 건 그러지 않으면 전시기간 내내 다른 아무 일도 할 수 없을 것 같아서였다. 간다면 오늘? 아니면 며칠 후에? 명조는 손톱을 깨물고 있었다. 넌 내게 아무것도 아니야, 라던 그녀의 말이 여전히 서운한 건 아니다. 견디기 힘들었던 건 그녀의 말이 아니라 그 말을 할 때의 눈빛이었다. 불안해 보이면서도 강퍅한 눈빛은 처음 보는 사람의 그것처럼 낯설었다. 그 눈빛이 오래 서운했다. 쉽게 결론

내리지 못하는 질문일수록, 질문하는 사람의 마음속엔 이미 대답이 예정되어 있다. 오랜 망설임과는 달리, 손목시계를 한번 들여다본 명조는 이 시간을 간절히 기다리고 있었던 사람처럼 주저 없이 자리에서 일어났다.

로비의 회전문을 나서자 체감온도는 단숨에 십 도쯤 올라간다. 비스듬히 꺾인 햇살 속에 매연이 금속성의 비처럼 부옇게 떠 있다. 갤러리는 걸어서 십 분도 걸리지 않는 곳에 있다. 횡단보도를 건너 인사동 초입으로 들어서는 잠시 동안에 온몸의 신경줄이 푹 삶아놓은 것처럼 늘어진다. 바닥에 드러누운 직사각형의 돌이 걸음을 흐트러뜨린다. 도대체 무지막지하게 커다란 돌덩이를 길 가운데 던져놓는 이따위 아이디어를 낸 건 누구란 말인가. 불길한 운명을 봉인해놓은 관처럼 생긴 그 검은 돌들을 사람들은 이리저리 피해 걸어다닌다.

수요일 저녁의 인사동은 한시적인 독립국가다. 끓여도 녹지 않고 섞이지도 않는 재료들을 한 솥에 붓고 끓이는 듯한 기이한 냄새와 드센 열기가 거리를 가득 메운다. 사람들의 얼굴엔 배타적인 비밀집회에 참석한 듯한 흥분과 설렘이 떠오른다. 오후 여섯시. 갤러리마다 새로 설치한 조각이나 그림, 사진 같은 걸 전시해놓고는, 일시에 스커트를 들어올려 속옷을 보여주듯 노출하는 시간. 잘 봐, 이게 나야. 존재 증명의 욕망 앞에 어떤 금기도 힘을 잃는 시간이다. 오늘치 팸플릿을 든 행인들이 뜨거운 맨살을 스치며 지나간다.

명조는 수요일의 인사동을 좋아하지 않는다. 자료를 구하거나 사람을 만나러 나올 때도 목요일이나 금요일쯤, 욕망이 썰물처럼 밀려나간 시간이 편안하다. 모르는 사람의 내면을 깊숙이 들여다보고 싶은 호기심도 없고, 타인에게 자신을 드러내고 싶은 욕망 따위도 명조와는 거리가 멀었다. 수혜는 팸플릿을 보내지 않았다. 그러나 지난주부터 크고 작은 리뷰기사들이 신문마다 줄을 이었다. 작품 옆에 실린 수혜의 사진들을 오래 들여다보았다. 활짝 웃거나, 무표정한 사진 속 그녀는 조금도 변하지 않았다. 달라진 건 그녀의 작품들이었다. 그것도 완전히. 만나지 못했던 일 년이 까마득하기도 하고 불과 두어 주일 전 같기도 하다. 생각은 다시 처음으로 돌아간다.

이대로 걸어서 종로 쪽으로 나가버릴까. 들러서 얼굴을 볼까.

삐익. 삐익.

짧고 높은 호루라기 소리가 두 번 울린다. 골똘히 생각에 빠져 걷던 명조는 하마터면 앞에 놓인 검은 돌에 무릎을 부딪칠 뻔했다. 돌의 모서리를 피해 오른쪽으로 몸을 돌리는데 그곳에 서 있던 여자아이가 스르륵 주저앉는다. 에너지가 바닥난 로봇처럼 온몸의 관절이 동시에 접히는 것 같다. 앉는가 했더니 바닥에 그대로 누워버린다. 하마터면 명조는 그 옆에 주저앉아 가슴을 흔들어댈 뻔했다. 주위가 헐렁하다. 서 있는 사람은 명조 혼자였다. 바닥에 누운 사람들은 눈까지 감고 미동도 하지 않는다. 옆으로 누운 사람도 있고 반듯이 누운 사람도 있다. 팽팽한 피부들이 햇살을 튕겨낸다. 붉게 달아오른 안색이, 이건 죽음이 아니라 욕망의 퍼포먼스라고 증언하고 있다. 땀이 질펀하던 등줄기에 소름이 쪼르르 일어선다. 맞은편에서 무심코 걸어오던 사람들이, 무너진 교각 앞에 급히 멈추듯 서서 눈을 동그랗게 뜨고 명조를 쳐다보았다.

삐익—

이번엔 조금 긴 호루라기 소리가 다시 울렸다. 호루라기를 든 사람은 보이지 않는다. 바닥에 누워 있던 사람들이 구물구물 일어난다. 가로수에서 노란 이파리 하나가 허공을 가로지르며 떨어져내린다. 누웠다 일어난 사람들과, 구경하던 사람들이 뒤섞인다. 빨간 구두를 신고 발뒤꿈치를 세 번 부딪치면 좋은 일이 일어날 거라고 믿는 아이들이겠지. 운명이 쓰러뜨리지 않으면 제 스스로 무릎을 꺾고 바닥에 쓰러져보는 게 인간이다. 앞에 쓰러져 있던 여자아이의 등이 사람들 사이로 스며들듯 사라진다. 명조는 자신이 더이상 젊지 않다는 생각이 든다. 갈까 말까. 저 아이들이라면 그따위 고민에 열흘을 바치진 않겠지. 갤러리는 바로 코앞이었다.

*

그저 네 발로 땅을 딛고 제 앞의 허공을 가만히 쳐다보고 있는 짐승.

불규칙한 간격으로 띄엄띄엄 서 있는 것들은 들소다. 산 채로 풍화된 것처럼 이목구비는 모서리가 살짝 지워져 흐릿하다. 입구에서 마주친 그 짐승의 형상을 잠시 바라보고 나서야 주위를 둘러보았다. 실내는 꽤 넓었다.

수혜는 비디오카메라를 든 남자와 얘기를 나누고 있었다. 클로즈업하지 말고, 공간이 허락하는 한 멀리서 찍어주세요. 실내에 가득한 사람들의 웅성거림 속에서 수혜의 목소리만이 귀 안으로 파고든다. 전시장의 풍경은, 들소 한 마리가 달랑 실려 있던, 신문의 자료사진이 주는 느낌과는 사뭇 다르다. 나선형으로 꼬인 거대한 뿔을 단 들소들은 쓸쓸한 아름다움을 지녔다. 무뚝뚝한 짐승들 사이를 흐르는 시공(時空)은 수요일 오후 여섯시의 인사동이 아니다. 아주 먼 곳, 먼 시간의 기운이 맨살에 와 닿는다. 여기는 어디일까. 천천히 걸어다니고 있는데 뒤에서 수혜 목소리가 들린다.

"왔어?"

며칠 전 같이 저녁을 먹고 헤어진 사람에게 하듯, 담담한 인사다. 신문이나 잡지에서 간간이 기사를 보긴 했지만 얼굴을 보는 건 일 년 만이다. 작년 여름, 열대의 바다를 달려온 그해의 첫 태풍이 도시 위를 휩쓸 때였다. 하윤의 장례식장에 명조는 끝내 들어서지 못하고 돌아서 나왔다. 폭삭 주저앉을 듯 수척하던 수혜의 모습과 사진 속에서 흰 이를 드러내고 웃던 하윤의 얼굴이 아직도 선명하다.

"작품이 완전히 달라졌네? 모르고 들렀으면 네 전시인 줄도 몰랐겠다."

"그러게. 팔아야 한다는 강박이 사라지니까, 나도 모르게 달라지더라."

남의 얘기 하듯 무심하다. 그랬다. 어디 국립이나 사설 미술관에서나 구입해가면 모를까 개인이 소장할 만한 작품들은 아니었다. 아파트나 주택에 두기엔 지나치게 컸고, 이미지도 너무 강렬했다. 수혜가 조각가로 명성을 얻고 소장자들의 리스트에 지속적으로 이름을 올리게 된 건 줄기차게 계속해온 인물 시리즈 덕분이었다. 얼굴 라인과 이목구비의 날카로움이 슬쩍 뭉개진 그녀의 인물들은 손바닥으로 쓸어보아야 직성이 풀릴 만큼 사랑스러웠다. 예쁘다, 고 말하면 수혜는 예뻐야지, 하고 간단히 대답해버렸다. 대답은 간단했지만 표정은 늘 복잡했다. 그 작품들은 개막하는 날 거의 판매가 끝나곤 했다. 그런 날이면 그녀는 명조의 손에 등을 맡기고 우울한 목소리로 중얼거렸다. 언제까지 이 노릇을 해야 하나, 어깨가 부서질 듯이 아파. 그녀의 목덜미를 손으로 아프도록 꽉 쥐었다 놓으면, 후우 하고 뭔가를 쏟아내듯 긴 숨을 내쉬었지.

하윤의 죽음과 함께 작품을 많이 팔아야 한다는 강박도 사라졌다. 그 강박이 사라지면서 그녀와 명조 사이의 매듭도 끊어져나갔다. 납득할 수 없는 그 인과관계에 대해 수혜는 결코 설명하지 않으려 했다. 그녀의 일방적인 결정이었고, 그건 돌이킬 수 없을 만큼 완강했다. 작품을 많이 팔아야 하는 이유는 사라졌다 해도 어쨌든 약간은 팔려주어야 한다. 수혜와 그녀의 딸이 먹고살고, 다음 작업을 계속할 수 있을 만큼은. 어쨌거나 소들은, 너무 쓸쓸해 보였다. 소 주제에.

"어째 추워 보이네?"

명조의 말에 수혜는 새삼스러운 눈길로 실내를 휘둘러본다.

"그래? ……얘들은 빙하기의 들소들이야. 삼만 년쯤 전에 살았던. 오래 전에 멸종된 것들이지. 여기 바닥을 두꺼운 얼음으로 채우고 싶었어. 오늘 하루만이라도 시도해볼까 생각도 했는데, 사람들이 빙하기가 아니라 아이스링크를 떠올릴 것 같아 포기했어. ……어때?"

수혜가 조심스럽게 묻는다. 얼음 이야긴지 이번 전시에 대한 소감을 묻는 것인지 애매하게.

"얘네들, 묘하게 사람 마음을 끄네. 자료를 좀 모아줘. 이런 이미지로 캐릭터를 만들어보는 것도 재미있을 거 같아. 사용하게 되면, 로열티는 지불할게."

"하아."

수혜는 뜻밖에 단음으로 뚝, 끊어지는 독특한 웃음을 터뜨린다. 믿을 수 없을 만큼 크게 부풀어오른 비눗방울을 탁 터뜨리는 듯한 웃음. 저 웃음소리는 눈을 감고도 구별할 수 있다.

언젠가 소파에 앉아 무심코 채널을 돌리다 화면 속에서 하윤을 본 적이 있다. 북녘의 어느 도시였다. 겨울이어서가 아니라 뒤로 보이는 풍광 때문에 지독히 삭막하고 을씨년스러운 그곳에서 하윤은 북측의 의료책임자와 얘기를 나누고 있었다. 명조는 하윤의 얼굴을 쳐다보고 있었다. 바보처럼 욕심 없는, 수혜가 넌더리를 내는 그 성격이 고스란히 새겨진 얼굴이었다.

착하고 사람 좋아 보이지? 결국 자기 하고 싶은 대로 다 하는 사람이야.

수혜는 고개를 젓곤 했다. 무슨 얘기 끝엔가 두 사람이 크게 웃었는데, 화면의 보이지 않는 곳에서 여자의 웃음소리가 동시에 터져나왔다. 수혜의 웃음소리였다. 수혜는 프로그램이 끝날 때까지 화면에 나오지 않았다. 수혜에게 그 다큐멘터리를 보았다는 얘기는 하지 않았다. 하윤이 하는 일에 대해 끊임없이 불만을 터뜨리면서, 같이 가서 웃긴 왜 웃는단 말인가, 그런 샐쭉한 마음도 약간 있었던 것 같다. 사람은 보이지 않고, 황량한 화면과는 어울리지 않던 그 갑작스럽고도 명랑한 웃음소리를 명조는 이상하게도 오래 기억하고 있었다. 얼굴을 마주하고 들었던 웃음보다 더.

"왜 웃어? 난 진심인데."

"한 뼘 길이 스커트 아래 흰색 팬티가 보이는 여주인공에 지겨워진 애들이, 이젠 어슬렁거리는 들소 캐릭터가 보고 싶대?"

명조 역시 웃고 말았지만, 아주 농담은 아니었다. 들소들을 둘러보며, 빙하기를 배경으로 한 게임을 하나 만들어보면 어떨까 하는 생각이 스쳤는데 수혜의 웃음에 머쓱해져 그냥 얼버무렸다.

"음, 독특하고 매력적이란 얘기지."

사람들이 끊임없이 수혜에게 눈인사를 하고 지나갔다. 오프닝 시간이 됐는지 큐레이터가 수혜를 불렀다. 음식을 포장한 랩이 벗겨지고 와인이 돌려졌다. 뿔테안경을 쓴 남자가 나와서 짤막한 축사를 했고 수혜의 인사가 이어졌다. 명조는 뒤에 멀찍이 서서 미지근한 콜라 한 잔을 마시며 그 광경을 무성영화 보듯 바라보았다. 말소리는 들리다 말다 했다.

일 년이면, 한 사람의 죽음으로부터 벗어나기에 충분한 시간일까. 생가죽 냄새라도 풍길 듯 반짝이는 수혜의 구두. 못 보던 구두다. 소매 없는 흰 원피스도 처음 보는 옷이다. 전화기 속에서 끅끅 우는 수혜의 울음소리를 들으며 머리 위로 모래가 무더기무더기 무너져내리는 것 같아 숨이 막혔다. 그건 명조가 닦아줄 수 없는 눈물이었다. 끊임없이 하윤에게 상처를 주고, 제멋대로 굴며, 그래봤자 언제나 고통은 고스란히 제 몫이라던 수혜가 모래산이 무너지듯 울고 있었다. 모래에 파묻혀 다시는 지상으로 기어나오지 않겠다는 듯 울고 있었다. 일 년이 지났고, 수혜는 새 작품으로 전시를 열고, 오프닝을 위해 새 구두와 원피스를 샀고, 사람들 앞에서 저렇게 환하게 웃고 있다.

그녀가 여전하기를 바라고 있었을까. 여전하다는 것은 무엇인가. 사람은 변하는 부분과 변하지 않는 부분이 섞여 있을 뿐인데. 그녀의 웃음소리가 변하지 않았듯 새 구두에 감싸인 그녀의 발도 달라지지 않았을 것이다. 수혜는 발이 예뻤다. 살집이 적당히 있으면서도 날렵했다. 어린아이 발처럼 굳은살이 없었고 발가락 하나하나가 제각각 부모 다른 새끼처럼 아롱다롱한 표정을 짓고 있었다. 버선코처럼 끝이 살짝 올라간 엄지발가락이 특히 예뻤다. 수혜와 있을 때면 그녀의 발가락을 어루만지길 좋아했다. 손가락으로 간질이면 못 참겠다는 듯 하아, 웃으며 눈을 흘겼다.

왜 하필 발이야?

그나마 발이지. 네 손은 너무 못생겼어.

수혜의 손은 제 발보다 거칠고 두꺼웠다. 늘 손등엔 묵은 상처 위에 전에 없던 새 상처가 겹쳐져 있었고, 손톱 밑엔 대팻밥이나 흙먼지가 끼어 있었다. 어둠 속에서 팔을 뻗어 제 손을 이리저리 돌려보며 수혜는 그랬다.

노동하는 손이야.

머리를 거꾸로 두고 누워 수혜의 발을 뺨에 대고 눈을 감으면, 어두운 방이 지붕 달린 작은 배처럼 둥실 떠올라 가뭇없이 흘러갔다. 참 따뜻하고 달콤한 시간이었다.

옛날, 일본에 발이 아주 예쁜 기녀가 있었어. 그녀를 사랑한 노인이 임종을 앞두고 그녀에게 말했지. 내가 마지막 숨을 내쉴 때, 네 발로 내 얼굴을 밟아다오……

발이 아니라 투박하고 거친 손을 좋아했다면 그녀와의 관계는 지금과 다르게 펼쳐졌을까. 언젠가 어둠 속에서 그 얘기를 들려주었던 날, 수혜는 뜬금없이 하윤 얘기를 했다.

그 사람은, 내 손을 좋아해.

다 지난 이야기다. 어둠 속에서 그녀의 발을 꼭 쥐면 방 바깥의 세상이 지워지는 일은, 이제 없을 것이다. 사랑은 파도와는 다른 것이어서 썰물이 다하면 다시 밀물이 시작되는 일 따위는 일어나지 않는다. 실내를 가득 메운 사람들 뒤를 돌아 가만히 밖으로 나왔다. 입구에 늘어뜨린 현수막에, 뜨겁고 축축한 이 도시가 도무지 적응이 되지 않는다는 듯 뚱한 표정의 짐승 한 마리가 서 있다. 바람이 불어 현수막이 흔들리자 그놈은 어디론가 걸어가는 것처럼 보인다. 좁은 골목 안에서 돼지고기와 고등어 굽는 냄새가 밀려나온다.

*

돌아보지 않아도 알 수 있는 것들이 있다.

그는 문을 밀고 나간다. 부족함보다는 군더더기를 더 불편해하는 저 성격. 매번 전시 때면 소박한 화분을 먼저 보내고, 작품을 혼자 둘러보고 나서는 오프닝 행사가 열리는 동안 조용히 빠져나갔다. 뒤풀이가 끝나면 아무리 늦은 시간에도 꼭 얼굴을 보고 돌아가곤 했는데. 그가 오리라는 생각과 그러지 않을 것이라는 생각이 반반이었다.

하윤이 살아 있을 땐, 만나지 않는 날이면 거의 한 시간씩 통화를 하곤 했다. 하윤이 떠난 후 저 사람을 그토록 매몰차게 잘라낸 건 왜였을까. 더이상 만나지 않겠다 말하면서도 수혜는 제 속을 알 수 없었다. 어쩌면 그 모호한 죄책감에 합당한 희생양이 필요했을지도 몰라. 명조와는 대학 때부터 친하게 지내던 사이다. 하윤과 만나기 전이었다. 친구와 연인 사이의 경계를 살짝 넘나든 적도 있지만 어쩐지 그와는 눈먼 연애감정이 생기질 않았다. 그건 둘이 너무 닮아서라는 걸, 하윤과 살게 되면서 뒤늦게 깨달았다. 학교 때 친구들은, 너희들은 단둘이 무인도에 떨어져도 별일 없을 사이라며 놀리곤 했다.

사람과의 관계든 공식적인 일이든 매사에 깔끔한 선을 미리 긋고 칼같이 지키는 저 사람과 얽혀버린 건 오히려 하윤과의 결혼 생활에 서서히 지쳐갈 때였다. 고민을 털어놓는 데는 여자친구보다 남자친구가 편했다. 명조는 귀가 깊은 친구였고 돌아서서 나팔을 불어대지 않는 이상적인 상담가였다. 그러던 어느 시기에 이 사람이 섹스를 원한다면 거절하지 못할 것 같다는 생각이 들었다. 처음 명조와 자고 나서, 수혜는 관계를 원했던 건 자기가 더하지 않았을까, 싶었다. 섹스는 치명적인 친밀감을 단번에 만들어냈다. 명조는 오래된 친구가 아니라 이제 막 시작하는 연인이 되었다. 가끔 우리 둘은 어떤 사이일까, 생각해보곤 했다. 그건, 불륜이라기엔 너무 안정적인 관계였다. 하윤은 수혜의 손을 좋아하는 사람이었고 명조는 그녀의 발을 사랑하는 사람이었다. 두 사람은 수혜의 내면에서 충돌하지 않았다. 언제부턴가 수혜의 사사로운 고민이나 가정문제에 대해 명조는 하윤보다 더 많은 부분을 알고 있었다. 명조의 팔을 베고 누워 있다 돌아온 날에도 하윤에게 죄책감을 느끼지 않는 자신을 보며, 수혜는 사람이란 자기 자신에 대해 많은 부분을 오해하는 존재라는 생각도 했었다. 이제 만나지 않겠다 했을 때 명조는 수혜의 눈을 가만히 들여다보았다. 아무것도 읽지 못했을 것이다. 수혜 자신도 이유를 알 수 없었으니.

애는 기어이 안 오려나.

수혜는 문 너머를 몇 번이나 살펴본다. 팸플릿이 나온 날, 딸의 책상 위에 한 부를 올려놓았다. 다음날 보니 그건 내려놓은 자리에 그대로 놓여 있었다. 펼쳐보지도 버리지도 않고, 마치 애초부터 없는 물건인 듯 계속 그 자리에 있었다. 어젯밤엔 소리소리 지르며 싸우기까지 했으니. 제 엄마 염장을 지르려고 아주 작심을 한 게 아니라면 하필 어제 그 일을 저질렀을 리가 없다. 어제 갤러리에서 디스플레이 하느라 저녁도 못 먹고 진땀을 흘리며 소들을 이리 세웠다 저리 옮겼다 하고 있는데 현이 담임선생님이 전화를 했다. 같은 반 친구의 MP3를 가져갔단다. 머릿속이 하얗게 비면서 감전이라도 된 듯 뒤통수가 찌릿했다. 그건 훔쳤다는 얘기가 아닌가. 설마. 말문이 막혀 가만히 있었다.

그럴 애가 아닌데, 저도 참 이해가 안 가네요. 그 친구를 따로 불러 얘기를 했어요. MP3 돌려주면서 현이가 심리적으로 좀 힘들어서 그런 것 같다고 했더니, 잘 알겠다고 그러더군요. 현이하고 친한 아이는 아닌데, 다행히 속이 깊은 아이라. 뭐 대충 정리는 됐는데, 어머니께서 알고는 계셔야 할 것 같아서. 현이 학기

초부터 좀 힘들어 보였거든요.

일학년 담임에게 귀띔을 받았는지 선생님은 지난해 현이 아버지를 잃은 걸 알고 있었다. 고맙다고, 죄송하다고 몇 번이나 인사를 하고 전화를 끊었다. MP3라니. 제 것이 있는데 왜 남의 걸 집어온단 말인가. 머리가 폭발할 것 같았지만 혼자만 빠져나올 수가 없어 갤러리 사람들과 저녁까지 먹고 집으로 들어왔다. 미치는 줄 알았다. 현이 책상 위에 다리를 올린 채 태연한 얼굴로 킬킬거리며 다운받은 개그 프로그램을 보고 있었다. 방에 들어오는 줄 알면서 고개도 돌리지 않았다.

너, 엄마 좀 보자.

나 이거 봐야 돼.

컴퓨터를 확 꺼버리자 그제야 의자에서 발딱 일어나며 소리를 질렀다.

왜 관심 있는 척하고 난리야? 엄마는 자기 일 외엔 아무 관심도 없으면서. 내가 엄마가 필요할 때 엄마는 항상 없었어. 엄마는 작업실에서 살고 아빠하고 나는 집에서 살았어. 내가 어떻게 살든, 지금 와서 왜?

너, 왜 그랬니?

모르겠어, 나도.

남의 말 하듯 거의 명랑하기까지 한 말투였다. 말려들지 않으려고 수혜는 목소리를 더 낮추었다.

네가 모르면, 누가 아니?

그러게 말야.

엄마가 어떻게 하면 되는데? 말을 해봐.

이번엔 입을 꾹 다물고 귀머거리 행세였다.

말을 해. 왜 그런 짓을 했는지.

엄마가 그랬잖아. 착한 사람이 싫다고.

수혜는 아무 말도 못 하고 서 있었다. 빤히 노려보는 딸의 눈을 보자, 언젠가 하윤도 내게서 저런 독한 눈빛을 읽었을까 싶었다. 어깨에 손을 얹자 현이 온몸을 격하게 흔들어 손을 털어냈다. 제 앞에서 다투는 꼴을 보인 적은 없는데, 어찌나 예민한지 현관문만 열고 들어오면 집 안 온도를 읽어내곤 나름대로 분위기를 풀어보려 애를 쓰던 아이였다. 아빠 잃은 슬픔을 날 미워하는 일로 견딜 수 있다면 그래라, 하며 온갖 성질을 받아줬지만 이건 그냥 넘어갈 일이 아니었다. 이래도, 이래도, 하며 삶은 감당하기 힘든 일들을 툭툭 던져놓는다. 뾰족한 방법 같은 건 없다. 그저 앞으로 걸어갈 뿐이다. 꽃 핀 길이라고 멈출 수도, 얼음판이라고 건너뛸 수도 없다.

발이 부었는지 한 걸음씩 디딜 때마다 구두가 조이듯 아파온다.

*

명조는 사무실로 돌아와 팸플릿을 책상 위에 올려놓고 손부터 깨끗이 씻었다. 아무렇지도 않은 듯 우아하게 버텼지만 우리 사이엔 여전히 정리되지 않은 무언가가 있다. 냉장고에서 캔커피를 꺼내와 한 모금 마시고는 팸플릿을 집어들었다. 뭔가, 암호처럼 나에게만 주는 하나의 문장이 있지 않겠는가, 그런 기대를 하고 있었는지도 모른다. 푸르스름한 공간을 배경으로 들소가 한 마리 서 있는 표지를 넘기자 작가의 글이 실려 있다.

……일 년이 흘러갔다.

그가 가고 나서야, 우리는 모두 우주만한 추위를 이고 사는 존재임을 알게 되었다. 빙하기를 살아갔던 들소들처럼. 어디서, 왜 왔는지는 모르지만, 거기 그렇게 내던져져 온몸으로 추위를 견디며, 얼음 위를 걸어야 하는 것들. 그가 떠나고 나를 사로잡은 건 슬픔이 아니라 추위였다. 유난히 오염에 민감한 지표식물이 있듯, 그는 타인의 추위를 제 것처럼 느끼는 사람이었다. 들소는 왜 제가 두꺼운 얼음과 끝없는 눈의 벌판 위에 던져지게 되었는지 끝내 알지 못한다. 아득한 시간을 건너 이 들소들 사이를 거닐어보고 싶다.

……그는 나에게 진흙을 주었고 나는 그것으로 들소를 빚었다.

마지막 구절을 읽는 순간, 맹렬한 질투심이 폭발하듯 타올랐다. 눈을 꾹 감았다. 하윤이 살아 있는 동안 그에게 한 번도 질투심을 느껴본 적이 없었다. 명백한 교만이었다. 하윤을 질투하지 않은 것은, 두 사람 사이에 형식적인 고리 외에 남아 있는 건 아무것도 없다고 생각했기 때문이었다.

나는 그 사람이 그런 사람인 줄 알고 결혼했어. 아는 것과 겪어내는 건 또 아주 다른 문제라는 걸 날마다 순간마다 깨달으며 살긴 하지만.

하윤 때문에 힘들다 하소연해놓고 수혜는 꼭 그렇게 마무리를 했다. 그 말은, 누군가에게 들려주는 말이 아니라 제 입술과 귓바퀴와 머리와 신경줄을 타고 순환하는, 제 스스로에게 이르는 폐쇄적인 말이었다. 그러니, 네가 관여할 부분은 아니라고, 못을 박는 소리였다. 하윤은 그 폐쇄된 원 안에 존재하는 인물이었다. 그 폐곡선은 수혜와 분리할 수 없는 부분이었고, 수혜를 안으려면 그것도 같이 껴안아야만 하는 것이었다. 그랬던 수혜가, 마음을 정했다고, 하윤과 정리를 하겠다고 한 게 지난해 초였다.

헤어지자고 했어.

수혜의 목소리는 담담했다. 명조로선 갑작스러웠다. 뭐랄까, 명조는 수혜의 가족을 그녀의 일부로 받아들이고 있었다. 묘한 얘기지만, 그녀의 가정이 평온하기를, 그들이 건강하기를, 현이의 성적이 지금보다 조금 오르기를, 수혜의 전시가 잘되어 아파트 평수라도 좀 넓혀가기를 진심으로 바랐다. 둘의 밀회는 격렬하기보단 평온했다. 섹스가 끝나면 수혜는 명조의 옆구리에 아랫배를 붙이고 누워 자잘한 문제들을 고민하고 의논하기도 했다. 명조가 발을 어루만지는 동안 아주 짧은 잠에 빠지기도 했다. 명조도, 수혜도 더이상을 원하지 않는다고 생각했다.

아무것도 원하지 않는다고, 현이도, 아파트도, 원하면 가지라고 말했어. 그런데, 내 귀에도 내 목소리가 너무 교활하게 들리더라. 헤어지게 된다면, 그 사람은 그냥 빈손으로 나갈 사람이야. ……아니었다면, 내가 그렇게 말했을까?

수혜의 말을 듣고 있는데, 하윤의 눈빛이 떠올랐다. 자료사진이나 텔레비전 화면에서는 몇 번 본 적이 있지만 실제로 만난 건 꼭 한 번이었다. 수혜의 전시 때였다. 이쪽은 우리 남편. 앤, 대학 동창이야. 왜 내가 한번 얘기했지. 이명조. 수혜는 그렇게 짧게 소개를 했다. 그는 눈빛이 날카로운 사람이었다. 그 날카로움은 무언가를 찌르거나 베는 것이 아니라, 사람이나 사물, 관계의 내면을 깊이 응시하는 날카로움이었다. 명조는 그에 대해 이미 너무 많은 걸 알고 있었다. 그가 하고 있는 일은 물론이고, 그의 사소한 습관, 식성과 성격까지. 명조는 습관적으로 명함을 하나 건넸고 그로부터도 명함을 하나 받았다. 그 명함에는, 명조가 이미 알고 있는 것에 비해 너무 적은 정보만이 적혀 있었다. 명조는 명함을 잠시 들여다본 후 말했다. 정말, 의미 있는 일을 하고 계시군요. 그는 그렇다고도, 아니라고도 하지 않으며 옆에 서 있는 수혜의 어깨에 팔을 둘렀다. 이 사람이 애를 많이 쓰죠. 그때도 질투심 같은 건 조금도 생겨나지 않았다.

뭐래?

글쎄, 충격이 큰가봐. 요즘 밥을 잘, 못 먹어. 신경이 쓰일 만큼.

차라리 폭발하듯 화라도 내줬으면 좋겠는데. 마음이 약한 사람이지. 애 같아. 아이 같으니 평생 그런 일이나 하고 다니겠지만.

그 다음달은 수혜를 만날 수 없었다. 전화로, 그 사람 몸이 많이 안 좋아, 하는 그녀의 목소리는 다른 사람처럼 변해 있었다. 입원한 지 열흘쯤 됐어. 낮고 쉰 목소리였다. 암이래. 시작은 위장인데, 주위의 장기까지…… 어떻게 이럴 수 있어? 이렇게 빨리? 수혜는 두서없이 말을 쏟아냈지만 명조의 머릿속에서는 상황이 명료하게 정리되었다. 돌이키기 어려운 시점인 모양이었다. 이 사람이 애를 많이 쓰죠, 할 때의 얼굴이 떠올랐다. 머릿속으로 차가운 바람이 불어갔다. ……건강했잖아? 겨우 그렇게 한마디만 했다. 젊어서, 건강해서, 더 빠르대. 차라리, 병원에 오지 말걸 그랬나봐. 입원하고는 하루가 달라. 수혜를 한번 만났다. 병원 근처의 카페였다. 너무 지쳐 보여 토마토주스를 주문해주었다. 수혜는 어쩐지 물도 삼키기 힘들다며 약을 먹듯 주스를 한 모금씩 겨우 삼켰다. 너무 여위어서 안쓰러웠다. 더운 날씨였는데 수혜는 긴소매 티셔츠를 입고는 자꾸만 어깨를 움츠렸다.

며칠만 참았으면 되는데.

거리를 내다보며 잠긴 목소리로 수혜는 중얼거렸다. 짙은 초록의 나무 그늘 아래로 어린 여자아이들이 등을 드러내놓고 다니는 계절이었다. 구르는 돌멩이도 살아 있는 듯 세상은 온통 생기로 충만했다. 하윤이 입원을 한 건 헤어지겠다는 말을 꺼내고 꼭 보름 만이라 했다.

그 정도 상태면, 십 년도 전에 이미 싹이 튼 병이야. 그런 병은, 그저 확률이고 운명인 거지, 누구의 잘못도 아니야.

수혜는 고개를 저었다.

그런, 얘기가 아니야.

안다. 무슨 뜻인지. 하필 그 무렵 헤어지잔 말을 꺼내지 않았더라면 하윤은 그나마 편안하게 생을 정리하고 눈을 감을 수 있었겠지. 절대적 운명 앞에서 감정이란 얼마나 손쉬운 것인가. 하윤이 죽은 후 우리 관계도 끝이 났다. 그가 투병하는 동안, 앞으로 우리는 어떻게 될 것인가 생각해보지 않았다면 거짓말일 것이다. 특별히 달라지는 건 없으리라 막연히 생각했다. 그 무렵, 적어도 우리 둘의 시간은 알 수 없는 미래로 뻗어 있는 게 아니라, 두 사람 사이를 순환하는 영원 위에 놓여 있는 것이라 생각했다. 그만큼 우리 관계는 안정적이었다. 장례가 끝나고 수혜는 그렇게 말했다.

너는 나하고 너무 닮았어. 알아? 나는 내가 싫다.

수혜의 얼굴은 푸석하게 부어 있었다. 모든 사랑은 운명적이다. 불타오르는 동안만.

*

"선생님 피곤해 보이세요. 제가 같이 정리하고 나갈게요."

"누가 들르기로 해서…… 한 이십 분 있다 곧 갈게요."

같이 있겠다는 큐레이터를, 식당에 있는 손님들 좀 챙겨달라며 먼저 보내고 나니 실내는 그제야 텅 빈다. 오기로 약속한 사람은, 없다. 잠시 동안만이라도 아무도 없는 빈 공간에서 혼자 있고 싶었다. 수혜는 길게 숨을 내쉬며 스위치를 내렸다. 카운터 쪽 전구들이 꺼진다. 스위치를 하나 더 내린다. 조명의 절반이 꺼진다. 갤러리 앞을 지나던 여자가 고개를 돌려 안을 바라본다. 구두를 벗어 카운터 옆에 가지런히 놓고, 어둑한 실내에 서 있는 소들 사이로 천천히 걸어들어갔다. 치뜨지 않은 순한 시선, 흐릿한 이목구비, 나선을 그리며 천장으로 뻗어나간 뿔의 부조화가 묘한 긴장감을 만들어낸다. 작업실에 세워져 있을 때와는 또다른 느낌이다. 하나하나 얼굴을 들여다보면 이것들이 꼭 무어라 말을 하는 것 같다. 채 일 년도 못 되는 동안의 작업량으로는 엄청나다.

처음엔 거푸집을 이용하는 방식으로 할까 생각했다. 사이즈를 생각하면 그것도 만만한 작업은 아니다. 고민 끝에, 작품마다 일일이 기본 형태를 잡아 심봉을 세워 뼈대를 만들고 거기에 엄지손톱만한 작은 나무토막을 하나씩 붙여나가는 방식을 선택했을 땐 가슴이 떨렸다. 이것이 누구를 향한 오기인가 싶기도 했다. 형상이 나오기나 할까. 매번 다른 비례와 균형감이 나올 텐데 통일성을 잡아낼 수 있을까. 막막했고 자해와도 같다고 생각했다. 하루 종일 본드를 만져야 했다. 창문을 열어놓아도 본드 냄새는 끈질기게 코와 눈과 피부를 파고들었다. 본드와 함께 손가락 지문이 벗겨져나갔다. 샌드페이퍼에 쓸린 손바닥은 거친 솔처럼 변했다. 끝을 알 수 없었기에 붙들고 있을 수 있었다. 빙하기의 지층 속에 갇히듯 작업실에 자신을 가두었다. 끝이 있을까 싶었는데, 오만한 뿔을 하나씩 달고 이것들이 여기 서 있다.

하윤은 떠나면서 수혜에게 친친 감겨 있던 그물들도 걷어가버렸다. 목을 감고 있는 매듭들이 숨을 틀어막고 질식시켜버릴 것만 같다고, 이제 더이상은 견디지 못한다고 소리칠 때는, 그것들이 그런 방식으로 한순간에 풀려나가리라고는 짐작하지 못했다. 언제까지라도 풀리지 않으리라 생각했기 때문에 하윤을 그렇게 몰아세울 수 있었다.

지난해 겨울, 전시를 핑계로 작업실에서 지내는 시간이 많았다. 한 공간에서 같이 지내는 게 너무 힘들었다. 그가 비난받을 만큼 나쁜 사람이 아닌데 다만 그걸 이쪽에서 도무지 견디지 못할 때, 그건 명백한 잘못을 저지른 사람과 다투는 일보다 훨씬 사람을 우울하고 피곤하게 만들었다. 그를 비난하는 제 목소리가 교활하고 이기적으로 들릴 때면 또 그게 억울해서 기가 막혔다. 틈만 나면 작업실로 뛰쳐나왔다.

작업실에 나와서도 일은 손에 잡히지 않았다. 하릴없이 잡지를 뒤적거리기도 하고, 구석에 있는 접이식 소파에서 꿈이 절반인 낮잠을 실컷 자곤 했다. 강냉이 튀밥 봉지를 끌어안고 멍하니 창밖을 바라보며 봉지가 바닥날 때까지 꾸역꾸역 입 안으로 밀어넣기도 했다. 멍하니 앉아 리모컨을 들고 채널을 하나씩 돌렸다. 일 분씩만 봐도 한 시간이 훌쩍 지나갔다. 채널을 돌리다가 개그 프로그램이 나오면 한 코너가 끝날 때까지는 지켜보았다. 가끔 소리내어 웃기도 했다. 하하, 귀에 들려오는 자신의 웃음소리가 다른 사람의 것처럼 낯설게 들렸다.

그랬다. 두번째는 같이 가지 말았어야 했다. 하윤과 처음 북에 갔을 땐, 비공식 방문에 가까웠다. 신혼 무렵이었다. 낯선 것은 사람을 매료하고 관대하게 만드는 힘이 있다. 하윤에 대해서도 그의 일에 대해서도 그랬다. 평양에서의 공식 일정은 없었고 연구소가 있는 N시로 바로 갔었다. 그곳에서 만난 사람들은 결핍과 곤궁에 대해 솔직했고 당당하게 요청을 했다. 아무런 사심 없이 일하는 하윤이라는 남자가 아름다워 보였다. 아니다. 그런 문제가 아니다. 두번째 갔을 때도 그들은 역시 당당하게 요청했다. 그건 수혜의 마음의 문제였다. 초봄의 N시와 그 인근의 촌락의 모습은 한눈에도 지독히 헐벗어 있었다. 하나도 나아진 게 없었다. 오히려, 차가운 바람이 끊임없이 불던 들판 위에서, 사람도 짐승도 풍경도 건물도 더할 수 없이 황폐해져 있었다. 도저히 외면할 수 없는 무언가가 그곳에 있었다. N시와의 연결은 공식적인 일이었고, 그들이 드러내기 싫어하는 곳에는 비공식적인 루트를 통해 물자를 건네주었다. 에탐부톨이나 리팜피신 같은 약품에서 시작된 요청은 점점 종류가 다양해졌다. 엑스레이 촬영기가 필요하다 해서 보내고 나면 필름이 없어 기계를 놀리고 있다고 했고, 필름을 보내면 전력이 부족해서 기계가 서 있으니 발전기가 필요하다는 식이었다. 고장이 나면 수리까지 요청을 했다. 매사가 그런 식이었다. 결핵은 소모성 질환이다. 약물만으로는 결국 병을 이겨내지 못했다. 식량이 필요했다. 꼬리를 물고 요구가 이어졌다.

공식적인 차원에서 부족하면 거기서 중단해야 하는데 하윤은 그걸 못 했다. 개인이 감당할 수 있는 차원이 아니었다. 쏟아부어도 흔적은커녕 구멍은 점점 커졌다. 화가 나는 한편으론 온몸에 기름기라곤 없어 보였던 그 연구소 의사의 얼굴이 떠올랐다. 보지 않았다면, 난 더이상 못 해, 소리를 진즉에 하고 손들었을 것이다. 처참한 현실 속, 약한 존재의 슬픈 눈빛은, 짜증 끝에 애잔하게 떠올라 매번 체념을 불러일으키곤 했다.

북에 두번째 다녀온 이후로 수혜는 자신이 더이상 튀어오를 수 없는, 쭈그러진 공처럼 느껴졌다. 하윤의 얼굴을 마주치기가 싫었다. 그건 말로 설명하기엔 좀 복잡했다. 뭐랄까, 그의 얼굴을 보고 있으면, 넌 참 착한 사람 맞아, 라는 생각이 먼저 들고 그렇다면 난 도대체 뭘 잘못하기라도 했단 말인가, 하는 억하심정이 솟는 것이었다. 발버둥칠수록 빠져드는 늪 속으로, 두 발을 마저 디딘 느낌이었다. 집 안에 있을 때면 수혜는 우울의 폭탄처럼 위태롭게 떠다녔다.

난 민물생선이 싫어.

서울로 돌아오기 전날 밤, 숙소의 방문을 닫자마자 수혜는 그렇게 쏟아붙였다. 하윤은 말이 없었다. 탁자 위에 핸드백을 탁 내려놓으며 수혜는 고개를 가로저었다.

난, '열렬한 환영'도 싫어.

공항까지 마중나온 송선생이란 사람은 수혜의 손을 잡으며 말했다. 열렬히 환영합네다. 송선생은 하윤과는 구면이었다. 인상이 나쁜 사람은 아니었다. 송선생 아닌 다른 사람이어도 마찬가지였을 것이다. 수혜는 송선생이 안내하는 대로 평양 시내를 따라다니며 여행에 동행한 것을 내내 후회했다. N시에 처음 갔을 때와 지금, 무엇이 달라진 것일까.

점심 메뉴는 민물매운탕이었다. 대동강에서 잡은 귀한 생선이라며 송선생은 자꾸만 많이 드시라 권했지만, 국물만 몇 술 뜨는 시늉을 하고는 김치와 나물로 꾸역꾸역 밥을 먹었다. 수혜는 민물생선을 먹지 않았다. 하도 권하기에 마지못해 한술 뜬 국물은 뜻밖에 비리지 않고 개운했지만, 살점은 하나도 떠먹질 않았다. 수혜의 식성을 알면서도 한마디도 하지 않는 하윤에게 보란 듯이.

청결하고 반듯한 거리를 지나 유치원에 갔을 때도 아이들은 '열렬한 환영'을 해주었다. 처음 가본 곳 같지가 않았다. 그곳에서 펼쳐진 풍경들은 공영방송에서 물리도록 되풀이해서 본 것들이라 새로울 것이 하나도 없었다. 붉고 큰 꽃송이를 머리에 꽂은 아이들이, 어린 트로트가수 같은 가성의 고음으로 동요를 불렀다. 똑같은 모양틀에 찍어낸 듯한 미소를 띤 아이들의 손동작은 너무 장식적이라 하나도 귀엽지 않았다. 게다가 천박한 어깻짓이라니. 한 치의 어긋남이 없는 율동이 수혜는 보기 싫었다. 얼마나 가혹하게 연습을 시켰으면.

　지난번에 보내주신 구충제는 이 아이들에게 나누어주었습니다. 평양의 유치원과 탁아소 아이들에게는 거의 분배가 되었지만, 공화국 전체의 수요를 계산하면 터무니없이 적은 양이지요. 성장기의 아이들에게만 한 알씩 나누어주려 해도 모두 이백만 정이 필요합네다. 하윤은 또 고개를 끄덕이고 있었다. 이백만 정이라니. 한 알에 얼만데. 단순히 암산을 해보아도 천문학적인 액수였다. 어쩌라고. 나보고 어쩌라고. 왜 하필이면 당신이고 나야. 수혜는 속으로 이를 갈았다. 붉은 꽃을 단 아이들이 끊임없이 노래를 부르며 비슷한 춤을 추고 있었다. 그걸 보고 있자니 원치 않는 손가락을 끌어당겨, 감당할 수 없는 무언가를 약속하라고 강요하는 것 같아 화가 솟구쳤다.

　눈앞의 그 아이들은 꽤나 건강해 보였다. 수혜는 고개를 저었다. N시도 평양도 아닌, 알지 못하는 국경 근처를 떠돌던 아이들. 누군가 몰래 찍어온 구식 비디오테이프의 흔들리는 화면 속에서, 그 화면보다 더 흔들리는 불안감을 흰자위에 떠올린, 핏기라곤 한 점 없던 얼굴들이 떠올랐다. 굶주림과 추위가 그 아이들을 새로운 종의 야생짐승으로 만들어놓았다. 이백만 알의 구충제와 수십만 알의 결핵약을 보낸다 한들 그 아이들과는 무관한 일일 것이다. 기계를 통째 옮겨다 빵공장을 지어주어도 그 아이들 입에는 빵 한 쪽 들어가지 않을 것이다. 흙 묻은 푸성귀와 버려진 음식을 주워 먹던, 비루먹은 짐승처럼 삐쩍 말라 국경 근처를 떠돌던 아이들은 이쪽도 저쪽도 아닌 또다른 나라의 아이들이었다.

이백만 알이라고 천연덕스럽게 말하는 송선생의 강기 어린 눈빛이 싫었다. 맡겨놓기라도 했단 말인가. 자족적인 지상낙원에 사는 것처럼 온갖 잘난 척은 다 하면서 말이다. 호텔로 돌아오는 길엔 비가 내렸다. 평양 시내의 아파트는 짙은 잿빛으로 물들어가고 귀가를 서두르는 사람들의 걸음이 빨라졌다. 채소가게에서 사람들이 물건을 고르고 있었다. 자잘한 건 다르지만 크게 보면 다 똑같은, 사람 사는 풍경일 뿐이다.

N시는 가슴속으로 밀려들었고 평양은 머리에서 거부반응을 일으켰다. 그때와 지금, 무엇이 달라졌나. 수혜는 빗줄기 속에 흐려지는 거리를 내다보며 제 마음은 더 시커멓게 뒤엉키는 걸 느꼈다. 많은 것들이 달라졌다. 그리고 그중 확실한 것 하나는 자신과 하윤의 관계가 변했다는 것이다. 어느 것이 먼저인지는 알 수 없었다. 자신을 매료시켰던 바로 그 부분이, 더이상 그를 견딜 수 없게 만들었다. 혹은 그 순서가 바뀐 것인지도. 어쩌면 하윤은 죽을 때까지 이 일에 매달릴 것이고, 자신 역시 한 그물에 갇힌 듯 언제까지 헤어나지 못할 것이라는 생각에 그만 수혜는 폭발한 것이다.

민물생선이, 열렬한 환영이 싫은 게 아니라, 당신과 함께하는 이 일이 이젠 지겹다는 말이었다. 하윤이 모를 리 없다. 이 문제로 크고 작게 다툰 적이 한두 번이 아니었다. 아니, 다투었다기보다는 쏘아붙이는 수혜의 말을 하윤은 그저 고스란히 다 들어내곤 했다. 그게 더 견딜 수 없었다. 쏘아붙이는 수혜를 가만히 쳐다보는 하윤의 눈은 거울처럼 수혜를 담고 있었다. 하윤이 수혜가 팽개쳐놓은 옷을 집어 옷걸이에 걸었다.

어린애도 아니고, 그렇게 속마음을 얼굴에 적어서 시위를 해야 해? 알게 모르게 여태 그렇게 애를 써놓고는……

누구라도 명분이 아름다운 일을 하고 싶어해. 착하게 살고 싶어해. 사람이라면 누구나 그래. 나도 그러고 싶어. 이건 아니야. 이 일의 끝은 어디야? 왜 흔적도 없는 자리에 내가 뼈빠지게 일해서 번 돈을 쏟아부어야 해? 나도 내가 번 돈을 날 위해서, 현이를 위해서 쓰고 싶어. 노후를 대비해서 저축도 해놓고 싶어. 난, 테레사 수녀가 아니야. 뭐, 구충제? 항생제? 또 뭐가 필요하대? 이 다음엔 또 무슨 질병을 당신이 지고 가야 해? 세상의 가난은 하나님도 어쩔 수가 없어. 하루 종일 너무나 암울해서 미칠 것만 같았어. 이런 일 하면서 제 속주머니 털어서 빈 구멍 메우는 바보가 어딨어? 우리한테 남은 게 뭐야. 퍼준다는 욕이나 배가 터지도록 먹지.

사람들이 어떻게 생각하는지는, 중요하지 않아.

난, 천사와 살고 싶지 않아. 이기적이고 졸렬하고 제 식구나 챙기는 쪼잔한 남자와 살고 싶어.

당신은 냉소적인 사람이 못 돼.

오지 말걸 그랬어. 아까 개들은 건강하고 행복해 보이더라. 나보다 더. 우리가 보면서 눈물 흘렸던 그 아이들은 지금 어디 있는데? 날 납득시켜봐.

하윤은 미간을 찌푸렸다.

단순하지 않아. 나도 알아.

무언가 더 말하려다 입을 다물며 하윤은 수혜의 눈을 빤히 쳐다보았다. 그 눈은, 안구 뒤쪽으로 눈물이 흘러내리는 듯, 깊이 가라앉아 있었다. 기업과 개인에게 후원금을 요청하고 강연을 다니고, 또 기증된 물품 따위를 필요한 곳에 연결시키는 일로 늘 바빴지만, 그의 일이란 건 처음부터 깨진 항아리에 물을 붓는 일보다 나을 게 없어 보였다. 수혜의 눈에 그는 불가능한 일을 벌여놓고 기적을 기다리는 사람이었다. 자료로 정리되어 기록이 남는 지원사업 이외의 경비는 늘 개인적으로 충당했다. 수혜의 전시가 있을 때면 하윤은 늘 목돈의 사용처를 먼저 생각해놓곤 했다. 그날 밤 호텔에서 그의 눈빛을 보았을 때, 수혜는 절망했다. 더이상은 감당할 수 없다는 것을 알았다. 하윤도, 그가 하고 있는 일도. 수혜는 마지막으로 못을 박았다.

이건, 잘못된 과녁이야.

그렇게 돌아온 후부터 수혜는 거의 작업실에서 지냈다. 그날도 수혜는 작업실에서 별의별 쓸데없는 일은 다 하고 있었다. 정작 작업엔 손도 대지 못한 채. 점심시간엔 명조와 한 시간 넘게 통화를 했다. 같이 점심을 먹자 했지만 그럴 기분도 아니었다. 네가 아니었으면 이 시간을 어떻게 견뎠겠어. 들어주는 너마저 없었으면 난 미쳐버렸을 거야. 전화를 끊기 전 그렇게 말했다. 오후엔

쿠릴 열도의 생태계를 다룬 다큐멘터리를 끝까지 보았다. 사람들이 동물 다큐멘터리를 좋아하는 건, 화면에 인간이 보이지 않기 때문이 아닐까 생각하며. 겨울 끝의 추위는 어째 첫추위보다 견디기가 어렵다. 일을 하지 않고 있으면 실내는 더 썰렁하게 느껴진다. 왜 이렇게 질기게 추워, 혼자 짜증을 내며 펼쳐놓고 손도 안 댄 작업대를 대충 치우고 바깥으로 나왔다. 집에 들어가 뜨거운 물에 몸이라도 담그고 싶었다.

텅 비어 있던 냉장고가 생각나 슈퍼에서 이것저것 눈에 보이는 대로 사들고 나왔다. 뒷길로 들어서니 내린 지 한 사흘 된 눈이 지저분하게 뭉쳐 얼어붙어서 걷는 게 여간 힘들지 않았다. 감자와 양파 따위가 든 봉지는 점점 무겁게 늘어져 세 번이나 눈 위에 내려놓고는 손가락을 문질러주어야 했다.

집에 아무도 없는 줄 알았다. 거실은 어둑했고, 시큼한 김치 냄새가 났다. 바닥이 지저분한 비닐봉지를 현관에 내려놓을 수 없어 신발만 벗고 그대로 부엌으로 갔다. 식탁에 앉아 라면을 먹고 있던 하윤이 엉거주춤 일어나 봉지를 받아들려는 듯 손을 내밀었다. 그 옆을 그냥 지나쳐 싱크대 위에 봉지를 내려놓았다. 오그라졌던 손가락이 간질거렸다. 오후 네시에 그가 어둑한 식탁에서 라면을 먹고 있지 않았다면, 아니 불이라도 켜고 라면을 먹고 있었다면, 수혜는 제 마음속에서 소용돌이치던 그 말을 내뱉지 않았을지도 모르겠다.

우리, 헤어지자.

냄비 속엔 라면이 절반쯤 남아 있었다. 이런 말이라면 라면을 다 먹고 난 후에 해야 되는 게 아닌가. 수혜는 이건 옳지 않다는 생각과 쾌감을 동시에 느꼈다. 하윤은 잠시 라면을 내려다보다 냄비를 들고 와 개수대에 남은 라면을 쏟아붓고 수돗물을 틀었다. 한마디도 하지 않은 채.

왜 이리 사는 게 누추하니? 당신이, 너무 먼 곳을 바라보고 있어서, 나는 힘들고 외롭다. 난 껍데기만 남았어. 날 놔줘.

수도꼭지를 잠그자 시계 초침 소리가 선명하게 들려왔다. 하윤이 언제나 자신보다 강하다고 생각했는데, 그 오후 네시엔 아니었다.

들소들 사이에 서 있으니 투명한 지층 속에 파묻혀 있는 것 같다. 하윤은 지금 어디 있을까. 기억 속의 그는 늘 한 장의 사진으로 정지해 있다. 남은 라면을 개수대에 붓던 모습. 잠든, 웃는, 우는, 먹는, 말하는 모습 들을 묶어 움직이는 그를 떠올려보려 하면 자잘한 기억들은 흐릿하게 지워져버리고, 남은 라면을 개수대에 붓던 옆모습만 남는 것이다.

……칼바람에 실린 눈보라가 딱딱한 가죽을 두드려댄다. 푸르게 얼어붙은 바이칼 호를 묵묵히 건넌 소들은 평원과 언덕을 지나 걷고 또 걸어간다. 겨울과 봄과 여름 속을 걸어간다. 한반도를 지나고 얼어붙은 베링 해협을 건너 알래스카를 밟는다. 삶의 조건은 달라지지 않는다. 찾아간 곳은 떠나온 곳과 똑같다. 얼어 죽

지 않기 위해 끊임없이 걸어야 하고 여전히 이끼를 핥아서 고픈 배를 채워야 한다. 먹고 사랑하고 걷는 모든 일들이 가혹하다. 가혹한 삶의 끝에 숨이 끊어지는 순간 들소는 돌처럼 얼어붙는다. 빙하기의 대기를 제 체온으로 버텨낸 것들, 싸울 줄 몰랐던 초식동물, 욕망 이전의 존재들. ……지층 아래의 존재들.

하윤을 위한 기념비로 땅속에 묻힌 것들을 선택한 것은, 제 교활함이라는 것을 수혜는 알고 있다. 헤어지게 되면 모든 걸 다 주겠다고 말했듯. 외면하고 싶다고 말하는 대신 민물생선이 싫다고 말했듯.

아픔인지 죄책감인지 모를 마음속의 소용돌이는 얼어붙은 지층 아래 파묻힐 것이다. 전시가 끝나면.

등이 아프다. 싸울 땐 싸우더라도 그날 민물매운탕은 참 맛있었다고, 그렇게 말해주었더라면.

*

"담배, 끊었어?"

혼잣말처럼 묻고 수혜는 담배에 불을 붙인다.

"살면 얼마나 산다고. 흥."

앞뒤 안 맞게 그렇게 중얼거리며 수혜는 웃는 시늉을 한다. 어디에 있든지 지금 바로 나와. 수혜가 전화를 했을 때 명조는 사무실에 있었다. 해야 할 일은 늘 끝없이 쌓여 있다. 아니다. 사무실에서 명조는 전화를 기다리고 있었다. 뒤풀이가 끝나고 난 후 잠시라도 얼굴을 보고 돌아가던 습관마저 접어버렸다면 어쩔 수 없는 거라고 생각하며, 수혜는 불 꺼진 갤러리 앞에 서 있었다. 빨리 왔네? 하는데 소주와 찌개 냄새가 희미하게 밀려왔다. 공기는 끈적이고 거리는 더러웠다. 가게들이 내놓은 쓰레기봉투들이 돌덩이 옆에 쌓여 있고 오후의 거리에 가득하던 흥분과 열기 대신 삭은 알코올 냄새가 떠돌았다. 커피를 마시고 싶다고, 혼자서 마시긴 싫었다고, 수혜는 할 수 없이 전화했다는 듯 말했다. 문 닫을 시간이 가까운 카페엔 손님이 하나도 없었다. 여전히 정리되지 않은 것이 있다고 생각했는데 둘만 앉아 있으니 더이상 무슨 얘기를 할까 싶다. 새삼스럽게 지난 시간의 안부를 묻는 것도 어리석은 짓 같아 말없이 커피만 마셨다.

"명조야, 그 사람과 헤어지길 원했지만, 그런 방식은 아니었어. ……있잖아, 길지 않은 시간이었지만 내가 할 수 있는 모든 걸 다 했어. 느릅나무 껍질을 삶아 코처럼 엉기는 물을 먹이기도 했고 차마 쳐다보기도 징그러운 굼벵이를 사들였어. 말도 안 된다 생각하면서도 대체요법에 매달려 그 사람을 더 괴롭히기도 했고. 고통이란 게 참 가혹한 것이더라. 얼마나 아픈 줄은 알겠는데, 보고 있는 난, 그 사람이 겪는 고통을 손톱만큼도 느낄 수가 없었어. 아프구나, 많이 아프구나. 참 기가 막히도록 고통스러워 보이는데, 난, 그 고통이 어떤 것인지 끝내 모르겠더라. 병원에서 진통제 외엔 다른 약을 더이상 쓰지 않겠다고 했을 때, 그 사람을

차에 태우고 기도원엘 갔어. 일곱 살 때 주일학교 다닌 게 전부면
서 말이야. 나는 신이 아니라 그 사람에게 하소연했어. 매달려봐,
제발. 살려달라고. 앉은뱅이가 일어나고 암덩어리가 녹아나온대.
그 사람은 고개를 저었어. 자기도 그러고 싶다고, 그런데, 그럴
힘이 남아 있지 않다고.”

수혜의 목소리는 담담했다. 제 안에서 무수히 되삭이고 되삭여
앙상하게 뼈만 남은 이야기였다.

“그 사람이 발병한 후로 마지막 눈을 감기까지 내가 한 모든 것
들은 진심이었어.”

“그랬을 거야.”

수혜는 고개를 저었다.

“아니. 그렇지 않아. 그 사람이 아플 무렵, 헤어지는 절차를 얘
기하며, 나는 내 밑바닥을 다 보여주었어. 그러다가 열녀나 된 듯
이리저리 광분하는 날 보는 그 사람 마음은 얼마나 복잡했을까.
다 끝나고 보니 내 진심이란 게 결국 이런 게 아니었을까, 싶더
라. 당신 살아야 돼. 건강해지고, 그러고 나서 싸우던 거 마저 싸
우고, 그 다음엔 마음대로 해.”

수혜는 커피를 마시고 싶은 게 아니라 구멍 깊은 귀가 필요했
는지도 모르겠다.

“떠나고 나서야 뒤늦게 깨달은 사랑, 그런 건 아니야. 근데 말
이야, 짜증내고 미워하고 화내던 거, 털어내면 날아갈 거 같던 그
것들이, 그 쪼잔한 조각들이 나였나봐. 구멍이 휑하니 뚫린 거 같

았어. 손톱만큼 자잘한 나무토막들을 이어붙여 뿔을 높이 세우고 둔하도록 커다란 몸뚱이를 한 점 한 점 메워나가면서 물어보았어. 얼음을 딛고 선 날들을 어떻게 견디었냐고, 어떤 뜨거움을 품어야 숨이 멈추는 순간 얼음덩이로 변하는 절대적 공허를 견딜 수 있냐고."

"들소들이, 뭐래?"

피식 웃으며 수혜는 새삼스럽게 제 손바닥을 들여다본다. 아물지 않은 생채기가 붉다.

"걸어가라더군. 얼음과 초원과 꽃과 사막과 돌무더기를 지나 그냥 걸어가래."

카페 주인이 손가락으로 시계를 가리킨다. 바깥으로 나와 안국동 쪽으로 걸어갔다. 텅 빈 거리로 몸을 가누지 못하는 취객 하나가 쓰레기 사이를 비척거리며 걸어간다. 갤러리 앞을 지나가며 무심코 안쪽으로 고개를 돌려보았는데 수혜가 걸음을 멈추었다.

"아까, 우연히 바깥을 내다보다 여기 서 있는 널 봤어. 플래시 몹을 하는 아이들 가운데 서서 같이 넘어지지도, 씩씩하게 가버리지도 못한 채 엉거주춤 서 있더라. 우스웠는데, 거기 있었다면 나도 그랬을 거야. 우린 참 닮았잖아."

닮았다는 말이 그토록 쓸쓸하게 들리는 순간이 있을 줄은 몰랐다. 달려오던 빈 택시가 앞에서 주춤거렸다. 수혜가 손을 들어 차를 세웠다. 일회용 용기들이 함부로 버려져 있는, 검은 관 같은 돌을 사이에 두고 수혜는 명조를 쳐다보았다. 다시 만나는 일은

없을 거라고 말하는 눈빛이었다. 택시가 길 끝으로 사라지자, 명
조는 텅 빈 거리를 새삼스레 둘러보았다.
오후 여섯시와는 너무 다른 풍경이었다.

바람결에

그게, 그러니까, 움직임을 멈추었네요.

여태 그런 일은 없었다. 다만 내 몸에 뿌리내리지 못하고 스르르 흘러내렸을 뿐, 제 스스로 존재하기를 멈춘 적은 없었다. 무언가 피어나려다 사라져갔다. 바람결에. 육안으로는 보이지도 않았던 것이. 보이지 않는 건 존재하지 않는 것이다. 아무것도 달라진 것은 없다.

*

무어라 할까.

이건, 네 개의 둥근 꽃잎을 가진 홑겹의 꽃처럼 보인다. 배양접시의 바닥이 비쳐 보일 듯한 반투명의 꽃. 둥근 곡선의 가장자리는 무지갯빛으로 아롱거리기조차 한다. 노랑, 연두, 초록, 맑은 파랑, 그리고 보랏빛까지. 눈을 뗄 수가 없다.

"어쩜 색깔이 예쁘기도 하네요."

"원래는 색깔이 없어요. 육안으로는 보이지 않는 거니까. 선명하게 볼 수 있도록 조명을 해서 그래요."

렌즈를 들여다보고 있자니 그것들은 아지랑이처럼 제자리에서 미세하게 일렁인다. 아무래도 눈을 뗄 수가 없다.

"저, 이게 지금 움직이는 건가요?"

동재는 아무 말이 없다. 렌즈에 대고 있던 눈을 돌려 그의 얼굴을 바라보았다. 표정은 뜻밖에 복잡하다. 아니, 그는 다만 과도한 희망을 주지 않으려는 불임클리닉의 베테랑 의사다운 인색한 미소만을 띠고 있었을 것이다. 거기서 복잡함을 읽은 건 내 마음이겠다. 세포가 움직일 리가 있는가. 그가 대답해주지 않아도 이미 알고 있는 사실이다. 그래도 가슴이 두근거리는 건 어쩔 수가 없다.

"그런데 차선생님. 왜 제겐 이게 막 피어나는 꽃잎처럼 흔들려 보이는 걸까요?"

동재는 가운의 호주머니에 손을 찌른다.

"움직인다. 그럴 수도 있겠네요. 모든 존재는…… 움직이고 있겠지요."

움직임과 흔들림의 차이는 무엇일까. 인색하기는. 딸꾹질이라도 일으킬 듯한 내 흥분에 말려들지 않는 그가 좀 얄밉다. 그래, 안다. 흔들리는 건 접시 위에 놓인 게 아니라 나라는 것을. 나는 다시 렌즈에 눈을 갖다댔다. 동재가 옆에 서 있지만 않다면 언제까지라도 들여다보고 싶다. 동재가 스위치를 내렸는지 딸깍 소리가 난다. 빛이 사라진다. 꽃잎은 색을 잃는다. 색이 사라졌을 뿐인데 다른 차원으로 순간이동해버린 것처럼 배아는 멀리, 아주 희미하게 보인다. 그저 꺼질 듯한 거품 몇 개.

"이건, 지금 생명인가요?"

나는 현미경에서 눈을 떼지 않고 물어본다. 우리는 서로에 대해 너무 잘 알고 있다. 그는 지금 이 질문이 내가 진짜 알고 싶어하는 게 아니란 것을, 그리고 내가 정말 확인하고 싶어하는 게 뭔지를 뻔히 알고 있다. 심리상담을 받는 환자가 어느 순간 의사를 신이나 연인처럼, 우주 속의 유일한 솔메이트처럼 느끼듯 언제부턴가 나는 이 문제로 이 사람 외의 누구와도 속마음을 터놓고 얘기를 해본 적이 없었다. 그런 그에게조차 지금 내가 정말 질문하고 싶은 것을 차마 물어보지 못하고 있는 것이다.

내가 알고 싶은 건 이게 지금 흔들리는 건지 움직이는 건지, 분열을 시작한 배아의 어느 시기부터 생명으로 분류되는지, 따위가 아니라 확률의 수치일 것이다. 가능성의 확률. 질문을 던지기 전 짧은 순간에 나는 이건, 이라는 말 대신 애, 라고 말하고 싶어 입이 간지러웠다. 그런 내 마음을 다 아는 그가 달래듯 말했다.

"지금부터 시작이에요."

그 동안 내가 겪어왔던 갈망과 초조, 실패와 절망, 그리고 그 끝에 다시 불타오르던 기약 없는 희망을 옆에서 고스란히 지켜본 그로서는 이 말밖에는 달리 할 말이 없을 것이다. 나 역시 제 코로 첫 숨을 들이쉬는 아기를 내 가슴에 안는 그 순간까지는 겨자씨만한 희망도 품지 말고 냉정해야만 한다는 걸 알고 있다. 실패의 상처는 매번 처음처럼 강렬했다. 아직까지는 추상일 뿐이야. 냉정하려 했지만 내 가슴은 자꾸 배양접시 위에 놓인 꽃잎처럼 바르르 떨려왔다. 저 이파리 하나하나가 조그마한 팔과 다리를, 검은 눈동자를, 여린 입술을, 터질 듯 붉은 볼을 품고 있는 거겠지.

"내일, 이식할 건가요?"

"이번엔 사흘 후가 될 겁니다."

"왜요?"

"조금 더 진행된 후에 하려고요. 배반포기에 이르면 지금보다 세포 수가 두 배로 늘어납니다. 착상률도 훨씬 높아지구요. 뭣보다도 여태까지 해온 것 중 가장 상태가 좋아요. 등급이 B 정도, 나오네요."

몇 번이나 시술을 거듭해왔지만, 여태 한 번도 배양실까지 데리고 들어와 보여준 적이 없었다. 이번엔 그만큼 자신이 있다는 애기일까. 문을 열고 나서며 동재는 그제야 생각났다는 듯 말했다.

"참, 어제 영조가 보고 갔어요."

남편이? 왜 그 사람이 갑자기 여기 들렀을까. 당연히 와야만 할 때에도 매번 내 뒤에서 다리로 겨우 땅을 버티는 듯한 표정으로 서서는 나까지 불편하게 하더니.

"보고 싶다, 하던가요?"

"제가 한번 들르라고 했어요. 궁금해할 것 같아서."

아, 예. 애매하게 대답하는데 머릿속이 복잡해진다. 진행상태를 살펴가며 다시 연락하겠다며 손을 들어 보이고, 동재는 진료실과 연결된 뒤쪽의 출입구로 급히 걸어갔다.

복도의 대기석 앞을 천천히 걸어나왔다. 앳된 얼굴의 여자가 동그랗게 부푼 배를 내민 채 벽에 기대서 있다. 숨을 쉴 때마다 상체가 오르내린다. 기다리는 환자들이 복도 끝까지 가득하다.

너무 오래 시간을 끌었나보다.

닥터 차의 환자가 되기 전까지는 그를 동재씨라 불렀다. 지금은 나 역시 냉담중이지만, 견진성사까지 받은 그가 미사에 나오지 않는 걸 알고 언젠가 농담처럼 권유한 적이 있었다. 미사에 나오세요. 성당에 여자가 얼마나 많은데요. 환자가 두 배는 늘어날 텐데. 그때 동재는 그랬지. 저 문 닫는 거 보고 싶으세요? 세상의 모든 의사들에게 자기 성당의 교우들은 잠재적 환자가 될 수 있겠지만 산부인과는 아니거든요. 듣고 보니 맞는 얘기였다. 교우도 그렇지만 친구의 아내는 더 아니라고 생각했다. 그러나 그건 내 생각이고, 최고를 놔두고 차선을 찾아갈 이유는 하나도 없다는 게 영조의 생각이었다. 불임 분야의 명의로 꼽히며 육 개월 치의 예약이 늘 밀려 있다는 정도는 알고 있었지만 내가 그의 환자가 된다는 건 말도 안 된다고 생각했다.

어떻게 거길 가겠어, 하며 다른 병원을 다녔다. 두 번의 시술이 실패로 끝난 날, 소리없이 눈물만 뚝뚝 흘리고 있는 나를 옆에 앉혀두고 동재와 통화를 하더니 예약을 잡았다. 육 개월이 아니라 바로 다음주로 잡힌 예약 날짜와 시간을 알려주며 영조는 거봐라, 하는 눈빛으로 날 쳐다보았다.

나라는 인간의 정서를 염두에 두지 않는다면 영조의 선택은 옳았던 것 같다. 그는 훌륭한 불임전문가였고 동시에 사려 깊은 정신과 의사 역할까지 해주었다. 진료를 받으러 간 첫날부터, 나는 그를 꼬박꼬박 차선생님이라고 부르기 시작했다. 내가 변경할 수 있는 건 그것뿐이었다. 계속 동재씨로 부르며 그의 눈앞에 다리를 벌리고 생식기를 보일 수는 없다는 내 미약한 저항이었다.

복도 끝에서 꺾어지면 소아병동을 지나야 로비로 나올 수가 있다. 이것도 마케팅일까. 나쁘지 않은 배치구도다. 아기들은 아파도 울어도 늘 예쁘고 사랑스럽다. 목젖이 보이도록 입을 벌린 채 앙앙 울고 있는 아기를 서서 멍하니 바라보다 나온 적도 있다. 아이를 안고 있는 엄마들 곁을 지나칠 때면, 어쩔 수 없이 매번 아기를 안고 초록색 의자에 앉아 있는 내 모습을 상상해보게 된다. 자칫 흐트러질 수도 있는 전의를 다지기엔 더없이 자극적인 풍경이다.

로비를 지나 무거운 문을 밀고 나오자 달군 쇳조각 같은 7월의 햇살이 살갗에 들러붙는다. 주사 한 대 맞지 않아도 왜 병원에 들렀다 나올 때면 모든 에너지를 다 써버린 듯 진이 빠지는지 모르겠다. 7월에 임신하면 봄에 출산하게 되겠다. 이른 봄의 꽃이파리처럼 아른아른, 화사하던 배아의 모습이 눈앞에 자꾸 떠오른다.

경사진 시멘트 보도를 걸어내려가는데 뚜렷한 형체를 가진 희망이 몸 안에서 부글부글 발효를 일으킨다. 여태까진 몇 번이나 시술을 받으면서도 추상적인 희망과 절망 사이를 오갔다. 아무래도 다음을 기대해봐야…… 하는 동재의 목소리에 내가 매번 겪어내야 했던 것이 추상적 절망이었다면, 이번에 실패한다면 내가 받아들여야 하는 건 현실적 상실감일 것이다. 떠내려가버린 꽃잎의 환영 때문에 나는 며칠 밥을 먹지 못할 것이고 마치 진짜 아이를 잃은 듯 살짝 미쳐버릴지도 모를 일이다. 그럴 걸 모를까. 왜 동재는 내게, 그리고 영조에게까지 그걸 보여주었을까.

*

택시를 기다리는 동안 자글자글 끓는 햇살이 얼굴에 고스란히 쏟아졌다. 뜨거운 줄도 모르겠다.

택시를 타고 사촌의 결혼식이 있는 신사동의 웨딩홀 이름을 대고는 눈을 감았다. 제시간에 도착할 수 있을지 모르겠다. 번번이 수업을 동료교사에게 부탁하기도 미안하고 해서 가능하면 수업이 비어 있는 시간과 점심시간을 묶어서 병원 예약을 잡았다. 오늘은 결혼식까지 겹쳤으니 어쩔 수 없이 5교시는 노선생에게 부탁을 해야 했다.

다행히 길은 그리 막히지 않았다. 입구에서 사촌의 이름을 확인하고 이층으로 올라가면서도 내 발걸음은 조심스럽다. 먼저 와 있던 엄마가 들어서는 날 보며 곱지 않은 눈빛으로 아래위를 훑어본다. 옷차림이 그게 뭐냐는 거겠지. 엄마는 남에게 보여주기 위해 자기 삶을 사는 사람이다. 그렇게 자신을 소모하는 거야 뭐랄 수 없지만, 주위의 사람들에게도 자기 방식을 강요하니 문제다. 모처럼 일가친척이 다 모인 자리에, 당신 딸이 더위 먹은 사람처럼 눈이 퀭해서는 아래위가 제각각인 옷을 입고 들어서는 걸 보고 금방 안색이 변한다. 너, 여름정장도 한 벌 없니? 아무리 코흘리개들하고 놀아도 그렇지. 혀를 차며 내 귀에만 들리게 지청구를 하기에 지금 병원 갔다 오는 길이야, 하려다 없어, 해버렸다.

"딸린 자식도 없는 애가 하고 다니는 옷차림이 그게 뭐냐?"

기어이 쥐어박는 한마디를 날린다. 엄마의 솔직한 충고에 고맙다는 생각이 든 적은 한 번도 없다. 엄마는 왜 자기 자매한테까지 라이벌 의식을 느끼며 사는지 모르겠다. 여동생 남편보다 자기 남편이 돈을 더 많이 벌어야 하고 그걸 세상 사람들이 다 알아야 한다. 오늘 결혼하는 조카의 신랑도 당신 사위보다 번듯한 직업을 가져서는 안 되고 하다못해 키라도 작아야 한다. 그렇게 살자니 늘 피곤하고 화가 나 있고 우울할 수밖에. 그나저나 사촌이 허니문 베이비라도 갖게 되면 엄마는 시도 때도 없는 우울증에 또 빠져들 것이다. 딸에 대한 연민 때문이 아니라 상처받은 자존심 때문에.

사촌은 나와 나이가 같으니 결혼이 꽤 늦은 셈이다. 대기실에서 친구들에게 둘러싸여 눈가를 손바닥으로 누르고는 크게 웃지 않으려고 애를 썼지만, 가만있어도 이미 눈가엔 잔금이 선명하다. 그 행복해 죽겠다는 표정을 나는 뒤에서 가만히 바라보고 서 있었다. 사촌은 촬영기사의 어깨 너머로 날 보더니 손을 흔들었다. 어깨를 드러냈지만 겹겹이 펼쳐진 스커트 자락이 후덥지근해 보인다. 이마엔 벌써 기름기가 번들거렸다. 레이스장갑 낀 손을 꼭 잡고 말해주었다.

"참 예쁘다. 행복해야 해."

사촌은 울 듯한 눈매로 웃는다. 대학 다닐 때 우린 꽤 자주 만나 영화도 보고 만나는 남자 애기도 했고, 같이 어울려 바닷가에 놀러 간 적도 있었다. 결혼식날 내 표정도 저랬을까. 표정은 어땠는지 알 수 없지만 그날 나는 대기실에 앉아 내내 윤을 생각하고 있었다. 이게 옳은 선택일까, 후회할 일을 시작하는 게 아닐까, 나 자신에게 그렇게 물어보며.

윤. 절대 아이를 갖지 않겠다던 남자.

난, 내 아이가 자라난 후의 세계를 결코 낙관할 수 없어. 스스로는 낙관할 수 없으면서, 힘들겠지만 넌 여기서 한번 살아볼래, 물어보지도 않고 아이를 낳는다는 거, 황당하도록 무책임한 거지. 방긋거리며 웃으면 예쁘겠지. 서툰 걸음걸이를 보면 왈칵 연민이 솟겠지. 처음 아빠, 라고 부르는 목소리를 듣는 순간엔 삶이 고해라는 걸 잊을 수 있을 테고. 그런 순간적이고 이기적인 즐거움을 위해 한 생명을 세상에 던져놓는다는 거, 그거 너무 무책임한 거야.

……무슨 애기 끝엔가 윤이 세상에 자신의 유전자를 남기지 않겠다는 애기를 했을 때, 나는 그 말을, 나는 너를 진정으로 사랑하지 않아, 로 해석했다. 비록 그런 바위 같은 가치관을 갖고 있었다 하더라도, 누군가를 정말 사랑한다면 비극적 세계관쯤이야 단숨에 바꿀 수 있다는 게 그 나이의 내 사랑에 대한 정의였다. 저렇게 앉아 누군가가 날 데리러 오기를 기다리던 순간에도 거의 편집증적으로 윤을 생각하고 있었다는 기억만은 뚜렷하다.

어린 나이에, 생기지도 않은 아이 문제로 우리가 헤어진 건 아니었지만, 돌이킬 수 없도록 멀어진 지점에서 거꾸로 거슬러올라가보면, 유전자와 사랑에 대한 가치관이 충돌하던 그 지점에 이르게 되었다.

그렇다면 기어이 아이를 낳고야 말겠다는 나의 집념은, 영조의 고집은, 서로에 대한 지독한 사랑의 증표란 말인가. 아니라고, 너무나 쉽게 대답할 수 있다. 이전엔, 어땠는지 잘 모르겠다. 감정은 기억되지 않는다.

윤과 결혼을 했다면, 그랬는데 우리 사이에 아이가 생기지 않았다면 우리는 행복했을까. 알 수 없는 일이다. 삶이란 예측이 불가능한 것이니. 그때 윤이 얘기했던 건 우리의 사랑이나 결혼에 관한 것이 아니라 인류의 미래에 대한 어둡고 막연한 전망이었을지도 모른다고, 돌이킬 수 없게 되었을 때에야 생각한 적이 있다. 그런데 왜 동재는 그 꽃이파리를 보여준 것일까. 남편에게, 그리고 나에게.

오지랖이 열두 폭인 친척들과 마주치기가 싫어 옆문으로 식장에 들어가 구석자리에 등을 기대고 섰다. 이모부의 손을 잡고 걸어들어오는 사촌의 모습은 순정만화 속 공주 같다. 지독하게 비현실적인 저런 치장이 결혼의 현실이 무엇인지 바로 보지 못하게 하는 가림막과 같다는 걸 알게 된 지는 오래다. 느린 걸음, 행복한 미소. 바라보고 있는데 실내의 풍경이 흐릿해진다. 왜 이러는지 몰라. 언제부턴가 누군가의 결혼식에 가서 피아노 소리에 맞추어 걸어가는 신부의 뒷모습을 보고 있으면 어김없이 눈물이 가득 차올랐다. 내 삶이 남달리 불행하다든가, 영조와의 결혼이 뼈저리게 후회스러운 것도 아닌데, 눈물은 늘 예기치 못한 순간에 솟아나곤 했다. 눈물이 흘러내리지 않도록 눈을 크게 떴다. 아무래도 오늘 지나치게 예민해져 있다.

맨 뒷줄에 서서 가족사진을 찍고, 엄마 나 먼저 갈게, 했더니 엄마는 옆구리를 쿡 쳤다. 화들짝 놀라는 나를 흘겨보며 다그친다. 얼굴만 비치고 휙 가지 말고 밥이라도 먹고 가. 어쩐 일인지 엄마하고 있을 땐 내 입에서 거짓말이 술술 나온다. 어떡해, 나 지금 병원 들렀다 학교 빨리 들어가봐야 돼. 김서방은 왜 못 왔니. 그래도 네 항렬로는 집안의 마지막 혼산데. 주중에 하는 결혼식을 그 사람이 어떻게 와. 오겠다는 걸 나 혼자 다녀온댔어. 오늘 꼭 병원 가야 되니? 나 너하고 할 얘기도 있다. 시간 없어. 밤에 전화할게. 엄마는 내 아랫배를 흘깃 쳐다보곤 한마디 한다. 자식, 꼭 있어야 하는 거 아니다. 그 말은 무자식 상팔자라는 위로가 아니라 너 같은 자식 있어봤자 별거 아니다, 하는 엄마식의 유아스러운 투정이다.

꼭 자신의 고통을 가두방송하고 다녀야 하는 걸까. 엄마는 왜 한동네에 아파트를 얻어 딸을 결혼시키는 이모의 알량한 허전함과 딸이 다른 집 자식처럼 살갑게 굴지 않는 자신의 처지엔 이토록 민감하면서, 정작 당신 딸의 엉킨 심사는 조금도 헤아리지 못하는 걸까. 어쩌면 나는 내 고통을 지나치게 조그맣게 뭉쳐서 꼭 꼭 숨겨두었는지도 모르겠다. 강인해서가 아니다. 하루 이틀도 아니고 몇 년 동안 지속적으로 연민의 시선을 받는다는 게 얼마나 견디기 힘든 것인지, 겪어보지 않은 사람은 결코 모른다.

예식장 근처에서 치즈케이크를 하나 사들고 학교로 돌아왔다. 남은 수업을 마저 해야 했다. 다리가 저릴 만큼 피곤했다. 수업이 끝나고 학년주임인 박선생 반에 모여 케이크를 나눠 먹었다. 요즘은 배가 고프지 않아도 무언가를 입에 대면 정신없이 퍼넣게 된다. 몸 어디에 허방 같은 허기가 숨어 있다가 목구멍으로 무언가가 넘어가면 화들짝 깨어나는 것 같다. 여자 넷이 작지 않은 케이크 하나를 흔적도 없이 먹어치웠다. 병원에 갈 때마다 돌아가며 수업을 맡아주는 동료들이 고맙긴 하지만 이 뒤풀이 시간은 늘 견디기 힘들다.

"하루 종일 학교에서 애들하고 싸우다 집에 가봐. 장소만 달랐지 전쟁은 계속이야. 둘이서 어쩜 그렇게 어질러놓을 수 있는지 가끔은 신기하다니까. 이건 서른 평짜리 쓰레기통이야. 과자 봉지에다 우유 마신 컵에다 레고 쪼가리에다…… 오선생은 집에 들어가면 아침에 치워놓은 그대로 있을 테니 얼마나 좋아. 낮이나 밤이나 애들한테 시달리다보니, 애 없는 세상에서 살아보고 싶어, 난. 다음엔 팥빙수 사와. 요 앞에 빵집에서 포장도 해주더

라. 하루 종일 떠들다보면 오후엔 목에서 쇳내가 나는 거 같아."

위로랍시고 하는 말이니 웃는 얼굴로 듣고 있어야 한다. 박선생은 원래 이런 사람이다. 난 배란기가 따로 없어. 남편 옆에만 가면 바로, 하며 제 낙태수술 횟수를 손가락으로 꼽아 보이는 사람이니.

뒷정리를 하고 다시 인사치레를 하고 빈 교실로 돌아와서야 내 자리에 털썩 주저앉았다. 지은이 엄마와 방과 후 면담을 하기로 했는데 여태 연락이 없다. 어제 지은이에게 엄마를 오시라 했을 때, 병원에 들르라는 동재의 전화를 받기 전이었다. 여름방학이 가까워오면서 덩치 큰 아이들의 생활에 문제가 많아졌다. 영세규모의 자영업을 하는 부모가 많은 이 지역엔 전에 있던 학교보다 유난히 조숙하고 되바라진 아이들이 많았다. 신참인 노선생 얘기로는 세상이 그만큼 빠르게 달라지고 있는 거라고, 여기만 유난한 것도 아니라고 하지만 또 이 학교 아이들이 모두 그런 것은 아니다. 한 반에 두셋, 애들이 초등학생인가, 싶은 애들이 있다. 꼭 덩치가 커서 그런 것만은 아니다. 염색을 하고 귀를 뚫는 정도는 이제 아무것도 아니다. 밤에 뭘 하고 싸돌아다니는지 수업시간엔 아예 엎드려 잠만 자는 애들도 있다. 혼을 내면 고개를 숙이기는커녕 말끄러미 쳐다보는 눈빛이 이쪽의 힘을 쭉 빠지게 하고 만다. 아무래도 군기 좀 잡아야겠다고 시작한 게 소지품 검사였다.

어제 아침, 조례를 들어와 바로 시작했다. 그대로 자리에서 일어나. 아이들이 서로 얼굴만 마주 보며 웅성거렸다. 플라스틱 자로 교탁을 몇 차례 세게 내려쳤다. 교실 뒤쪽에 전부 나가서 서 있어. 가방을 다 뒤질 필요는 없었지만 몇몇 아이들 것만 검사할 수도 없어 앞에서부터 하나씩 가방을 열어보았다. 뒤에서 두번째. 지은이 자리였다. 교과서라고는 한 권도 들어 있지 않은 가방 안에 똘똘 뭉쳐진 옷가지와 헤어왁스가 보였다. 옷을 들어내니 그 아래 비닐도 뜯지 않은 담배가 들어 있었다. 가방 안쪽의 지퍼를 열었다. 머리핀과 빗, 립글로스, 색조화장품, 그리고, 콘돔 박스. 이제 겨우 열세 살인데. 이건 예상치 못한 품목이다. 차마 애들 앞에 꺼내들 수가 없어 가방째 들고 교탁 앞으로 와서야 내 서랍 속에 집어넣었다. 김지은, 앞으로 나와. 씩씩하게도 걸어나왔다. 출석부로 앞이마를 탁탁, 두 대 내리쳤는데 꼼짝도 않고 서 있었다. 내가 먼저, 내가 더 많이 분노할까 두려웠다. 가방 들고 들어가. 내일 엄마 학교 좀 오시라고 해. 당황하긴커녕 뭘 잘한 게 있다고 고개를 빳빳이 들고는 눈을 착 내리깔았다. 아 진짜 재수 없어, 하는 표정.

엄마 오시라고 했니? 아침에 물어보았더니 일찍은 못 온대요, 하고 남의 얘기 하듯 했다. 아이 담임이 보자는데 전화 한 통 없이 늦는 엄마 밑에서 뭘 배웠겠어, 부아가 난다. 어쨌거나 내가 나오라 했으니 기다려봐야 할 것이다. 전화번호를 알아놓을걸, 뒤늦은 후회가 든다. 엄마가 온다 한들 대체 무슨 말을 해야 할지 암담하다. 방과 후엔 배꼽티로 갈아입고 노래방에서 노는 애들한테 동요를 가르쳐야 하다니. 서른셋 싱글인 강선생은 아까 케이크를 먹다 콘돔 얘기를 듣고는 포크를 탁 내려놓았다. 에휴, 나는 여태 한 번도 못 해봤는데 피도 안 마른 어린 제자들이. 입바른 박선생이 염장을 질렀다. 그거, 강선생이 더 심각한 거야.

참 이상하다. 왜 이렇게 머리꼭지까지 심란한 거지? 진행상태로 봐서 지금은 몽글몽글 차오르는 희망과 갈망으로 불타오를 시기인데. 동재는 분명 그랬다. 확률이 훨씬 높아지는 거예요. 등급은 여태까지 중에서 제일 좋아요. 그런데 하루 종일 날 사로잡고 있는 이 우울한 강박의 정체는 무엇일까. 동재는 왜 내가 부탁하지도 않았는데 굳이 배양실로 데려가 그걸 보여주었을까. 왜 남편은 어제 그걸 보고 왔다는 말을 내게 하지 않았을까.

오늘 아침에도 영조는 양말을 신다 엄지 쪽에 작은 구멍이 난 걸 발견하고는, 도로 그 양말을 함부로 구겨 화장대 서랍에 밀어넣었다. 이 세상에서 나 외의 누구에게도 보여주지 않을 묘한 분노와 짜증이 섞인 표정으로. 화장대 바로 옆이 쓰레기통인데 제 손으로 거기 집어넣는다는 건 상상도 할 수 없다는 기세였다. 요즘의 영조와 내가 서 있는 지점이 딱 거기까지다.

낮에, 현미경에 눈을 댄 채로, '이 아이'의 아버지가 그 사람이 아니었으면, 하는 생각을 나는 했던가.

어쩌면.

동재는 지금 나와 같이 사는 사람에 대해 나보다 더 많은 것을 알고 있을지도 모른다. 영조보다 동재가 나에 대해 더 많은 걸 알고 있는 것처럼. 화병 속의 물에서 상한 냄새가 밀려나온다. 꽂혀 있는 꽃은 멀쩡하다. 벌떡 일어나 화병을 들고 나가 꽃을 뽑아서 쓰레기통에 버리고 수돗물을 틀어 병을 헹궜다. 좁은 입구로 손을 넣어 문지르자 미끈덩한 느낌이 손끝에 닿는다. 그만 속이 울컥한다. 낯설지 않은 느낌이다. 착상을 기다리는 시기에 나는 매번 구역질을 열망했고 실제로 헛구역질을 하기도 했다. 결국 뿌리내리지 못한 채로 무언가가 아래쪽으로 흘러버리고 나면 상상의 구역질도 말끔하게 가라앉곤 했다. 비누로 손을 꼼꼼히 씻고 냄새를 맡아보았다. 비릿한 냄새는 손이 아니라 코 안 어디쯤에서 나는 것 같다. 빈 화병을 들고 복도를 걸어오는데, 이번에 며칠 더 기다렸다 시술을 하겠다는 건 더 높은 확률을 위해서가 아닐 것이라는 생각이 확신이 되어 스쳤다.

외래진료는 끝났을 시간이다. 휴대폰으로 그의 단축번호를 누르며 눈을 질끈 감았다. 매사에 둔하기는. 동재가 퀴즈를 던졌다는 건 겨우 깨달았지만, 그 내용이 무엇인지는 나는 모르고 있다.

차선생님. 저예요. 전화 괜찮으세요?

혼자 있습니다. 말씀하세요.

그냥, 바로 여쭤볼게요. 남편이, 원하지 않는다고 말했어요?

나는 자르듯 묻는다.

그건, 제가 대답할 수 있는 게 아닙니다.

담담하고 단정한 목소리로 그는 내 질문을 피해간다.

그럼 저한테 무슨 얘기를 해줄 수 있으세요?

아까, 여기서 물어보았지요? 생명이라고 불리는 순간은 언제부터냐고.

그는 어디까지 에둘러갔다가 내가 듣고 싶은 얘기를 할 참인가.

의사로서 할 수 있는 대답이 있겠지만, 그게 무슨 의미가 있겠어요. 그 질문에 대해 생물학적인 대답을 한다는 게 무의미하다는 생각이 들었고, 그래서 아까 아무 말도 하지 않았어요.

여름저녁은 게으르다. 묽은 어둠 속에서 창틀의 제라늄 꽃이 요염하게 붉다. 강인하고 다산성인 저 꽃을 한 번도 예쁘다고 생각해본 적이 없다.

아까, 꽃이파리처럼 보인다고 하셨지요? 그렇게 보인다 해도 그건, 식물성은 아닙니다.

지금 스무고개를 하고 있을 기분이 아니에요.

나는 그렇게 중얼거렸지만 그가 무슨 말을 하고 있는지 알아듣고 있었다. 당신들 두 사람이 그 꽃이파리에 쏟아부었던 집착이 아니라 그 존재 자체를 들여다보라고. 덩치만 큰 아이들처럼 우주가 자기를 중심으로 공전하고 있다는 착각을 버리라고. 현미경 속으로 보았던 그건 이미 바라보는 사람을 위한 꽃이 아니라 스스로 존재하기 시작한 생명이라고.

팔 년 동안 영조가 그토록 집요하게 원했던 게 아이였을까. 그에게 아이는 어쩌면 자신에게 부여한 생의 과업 중 하나였을 것이다. 적절한 계획과 노력과 투자를 해서 성취하는 그날까지 최선을 다해야 하는 어떤 목표 같은 것. 그러다 언제부턴가, 끝내는 손에 잡히지 않는 것에 대한 오기와도 같은 것으로 바뀌었다고 말하면 영조는 아니라고 반박할까.

여태 우리 둘 사이의 다른 문제들을 가려주면서 이만큼이라도 결혼을 유지할 수 있었던 건 아이러니하게도 불임이 아니었을까. 팔 년을 살아오면서, 그랬다, 우리 사이는 이미 돌이킬 수 없이 되어 있었다. 동재와 통화를 하면서 훨씬 높아진 가능성에 대해 들었을 것이고, 그때 영조는 비로소 욕망과 집착의 대상이 아니라 그 엄연한 존재의 의미를 불에 덴 듯 뜨겁게 깨닫게 되었을 것이다. 둘이 아니라 셋이 되는 관계의 무거움에 대해서도.

나는 남의 말 하듯 무심한 말투로 물어보았다. 왜 이걸 이 사람에게 물어보는 거지? 스스로 의아해하며.

그 사람, 여자 있어요?

영조와 나 사이에 섹스가 없어진 지는 오래되었다. 하긴, 제르드 다이아몬드의 책에 등장하는 원숭이의 시선으로 보자면 나는 인간이 아닌 지도 오래되었다. 그 원숭이는 궁금해한다. 왜 몰래 하지? 왜 사시사철 하지? 인간들은 참 희한해, 하고. 우리는 몰래 하지도 않고 더더욱 사시사철 하지도 않는다.

우리에겐 동재가 정해주는 스케줄에 따라 체온을 재고 배란을 확인하고 정해진 시간 내에 신선한 정자 샘플을 난자에 부어야 하는, 기계적인 결합만이 남아 있었다. 정자 제공자와 난자 생산자로서 우리는 쾌락보다는 고통을 더 많이 겪어왔다. 남편은 짜증을 내면 그뿐이었지만 난자를 뽑을 때마다 나는 매번 새삼스러운 고통에 시달려야 했다.

　어쩌면 육체적인 고통은 그나마 쉽게 받아들일 수 있는 것이었다. 호르몬 주사를 맞고 채혈을 할 때면 어지럽고 구역질이 났다. 원래 이런가요? 왜요? 피를 뽑을 때마다 어지럽고 구역질이 나요. 간호사가 피가 든 주사기를 잠시 쳐다보더니 고개를 저었다. 아니에요. 상관없는 일이에요. 심리적인 문제 같은데요? 사실은 바늘에 찔릴 때마다 몸이 아니라 영혼의 어느 구석이 아프게 찔리고 침범당하는 것만 같다. 무엇보다 고통스러운 순간은 주사를 맞고 난자를 채취하는 과정이 아니라, 아무런 이유 없이 착상이 되지 않고 흘러버린 걸 확인하고 돌아올 때였다. 남편에겐 매번 동재가 결과를 통보해주었다. 집에 돌아와 아무 말 없이 짜증스러운 표정을 짓고 있는 영조의 얼굴을 보며 격렬한 증오를 느끼는 것도 그때였다.

　언젠가 한밤중에 깨서 일어나 물을 마시러 부엌으로 걸어가는데 억눌린 듯 짧게 터지는 신음소리가 들려왔다. 내가 목격하게 될 장면이 어떤 것일 줄 알았다면 나는 목마른 채로 조용히 침대로 돌아가서 누웠을 것이다. 쉬 잠들 순 없었겠지만. 나는 그때까지 컴퓨터 앞에 앉아 있던 영조가 심장발작이라도 일으킨 줄 알았다. 어둠 속에서 화면은 아주 선명하게 보였다. 옷을 벗은 여자가 체조하듯 다리를 활짝 벌리고 있는 앞에서 영조가 제 페니스를 움켜쥐고 있었다. 숨을 멈춘 채 안방으로 돌아와야 했다. 모멸감은 이상하게 나 자신을 향했다. 화면 속의 여자에게 영조가 느긴 것은 욕정과 이어지는 혐오일 뿐, 그 사이에 아무것도 없다는 것쯤은 알면서도.

그러니까 영조가 스트레스를 받으며 정자를 제공하지 않아도 되는, 자연스러운 열정의 관계를 누군가와 맺고 있다 해서 그걸 그리 탓하고 싶지는 않다. 영조에게 여자가 있냐고 물어본 것은, 오늘 내게 던져진 질문이 무엇인지 명확히 알고, 정리하고 싶어서였다.

그것도, 제가 대답할 수 있는 질문은 아니네요.

모호한 상상의 여지를 남기지 않겠다는 듯 동재의 말투는 단호하다.

차선생님. 어떻게 해야 하나요?

제가 무슨 얘기를 할 수 있겠습니까?

선생님, 그것도 몰라요?

내 목소리는 아슬아슬하다. 응석도 질책도 탄식도 아닌 내 질문에, 그는 스스로에게 화살을 돌리며 살짝 빠져나가버린다.

의사들이란, 제 전공 외의 일엔 바보예요.

전화를 끊고 창가에 서서 운동장을 내려다본다. 어찌해야 할까.

영조는 연인보다는 남편이라는 자리에 어울리는 남자였다. 사소한 일에 성실하고 지금보다 조금 더 큰 집을 갖고 싶어하고 그 집을 자신만의 것들로 채우고 싶어하는 사람이다. 세상의 보통 남자들이 그러하듯.

윤에 대한 감정이 완전히 정리된 후에 연애를 시작했다면 나는 어쩌면 또다시 윤과 비슷한 영혼의 무늬를 찾아 헤맸을 것 같다. 상대방의 인생관이나 세계관을 전복시킬 수 없다면 그건 사랑이 아니라는 생각은, 이십대의 여자가 당연히 누릴 수 있는 특권이라 여겼다. 결코 아이를 갖지 않겠다는 윤의 말은, 세상에서 내가 가장 사랑하는 건 당신이 아니라는 말로 들렸다. 너는 내게 아무것도 아니야. 내 피는 싸늘해졌다. 상처받은 자존심을 다독여줄 만큼 윤이 나보다 성큼 성숙해 있는 것도 아니었다. 그땐 참 어렸다.

윤과 결별하고 곧 영조를 만나 보란 듯이 결혼을 했다. 두 사람의 피가 섞인 아이를 갖고 싶어하고, 허리케인이 몰려오면 가족과 귀중품을 차에 싣고 가장 먼저 안전한 곳으로 대피시킬 것 같은, 강도가 들어오면 기지와 완력으로 처자식을 보호할 수 있을 것 같은, 칠 년의 가뭄이 이어진다면 목숨을 걸고 사막을 건너가 제 식구가 먹을 식량을 등에 지고 돌아올 것 같은 남자를 골라 결혼을 했다. 그랬는데, 불행인지 다행인지 그런 일은 하나도 일어나지 않은 채 팔 년의 결혼생활이 지나갔다.

해는 졌는데 어두워지진 않는다. 급식소 앞에서 사내아이 몇이 축구를 하고 있다. 하릴없이 공의 동선을 눈으로 좇고 있는데 노크 소리도 없이 앞문이 벌컥 열렸다. 짧은 파마 머리가 하얗게 센 할머니가 고개만 들이밀고는 묻는다.

"여기가 우리 지은이 반인가 모르겠네? 6반이라고 했는데……
아이고 왜 이렇게 어둡게 해놓고 앉으셨대?……"

지은이 자리에 할머니를 앉히고 의자 하나를 끌어다 그 앞에 마주 앉았다.

낮에는 일을 나가야 해서 일찍 못 왔다며 어린 내게 선생님, 선생님, 하며 연신 머리를 숙이는 할머니에게 어디까지 말을 꺼내야 할까 망설이고 있는데 내가 할 말을 할머니가 먼저 했다. 선생님, 저년 땜에 얼마나 맘고생이 많으실까. 저게 꼭 지 에밀 닮아가지고 속에 바람이 들어갖고는 밤을 낮 삼아 돌아댕겨. 나보다 키도 크지 기운도 세지, 두드려패지도 못해. 아 짐승도 제 새끼 귀한 줄은 아는데, 제가 품고 키워낼 거 아니면 내지르긴 뭐 하러 내질러.

할머니가 끝도 없이 쏟아내는 이야기를, 나는 속수무책으로 듣고 있었다. 아들이 먼저 집을 나가고 며느리마저 달아나버린 후로 두 연놈이 다 연락 한 번 없다며, 어떻게 먹여살려야 할지 모르겠다고 하소연이 끝이 없다. 왜 이렇게 고통의 밑그림은 사방 연속무늬처럼 똑같을까. 키우지 못할 거면 낳지를 말든지. 할머니의 장탄식을 듣고 있는데, 현미경 속 꽃이파리가 머릿속에 떠올라 한참을 머문다. 할머니는 왜 학교에 불렀는지 물어보지도 않는다. 콘돔이 뭔지도 모를 할머니와 무슨 얘기를 할까. 상담은 애초에 틀린 일이다.

그래도 집구석이라고 기어들어와서 엎어져 자는 걸 보면 맘이 아파. 선생님이 잘 좀 가르쳐 사람 만들어줘야지. 할머니는 자기 얘기만 실컷 하고는 일어난다. 가지고 올 게 없어서, 하며 할머니는 옆에 두었던 비닐봉지를 내 손가락에 기어코 걸어놓고는 어둑해진 복도를 걸어나갔다. 비닐봉지에서는 아까부터 생선 비린내가 솔솔 풍겨나왔다. 끝내 내 서랍 속에 들어 있는 것들은 보여주지도 못하고 말았다. 이 뜨거운 노릇을 어찌해야 할까. 못 본 체 덮어둘 수도 없고. 앉혀놓고 나이가 어리니 아직 성생활은 안 된다고 혼내야 할지, 할 때는 콘돔을 꼭 사용해야 한다고 가르쳐야 할지.

할머니를 배웅하고 돌아와 전기주전자의 버튼을 눌러놓고 탁자 아래서 머그잔을 하나 꺼냈다. 찻잔 속은 거멓게 착색이 되어 있다. 차통을 열어 녹찻잎을 한 줌 집는데 전화가 온다. 엄마다. 받지 말까? 끓는 물을 붓자 찻잎들이 떠오르며 뱅뱅 돈다. 너무 뜨거운 물을 부으면 쓴맛이 나는데. 알면서도 매번 뜨거운 물을 부어버린다. 일상의 사소한 것들에 무심해져버린 지 오래되었다. 그런 무심함이 얼마나 사람을 황폐하게 하는지 모른다. 끊어진 전화벨은 금세 다시 울린다.

응, 왜 엄마.

너는 엄마한테 먼저 전화하면 어디가 아프니? 목소리가 왜 이리 울리냐?

빈 교실이라 그래. 아직 학교야, 했는데도 엄마는 바로 들이댄다.

나 너희 아버지하고 고만 살란다.

또 어디서 황혼이혼이 유행이라는 신문기사라도 읽은 모양이다.

왜 또.

평생을 나한테 고생만 시킨 너희 아버지, 혼자 지내며 쫄쫄이 고생하는 꼴이라도 봐야 분이 풀리겠다.

평생을 고생만 시켰다는 건 터무니없다. 아버지 혼자 편안히 산 것도 아닌데. 갱년기 지난 게 언젠데 엄마는 그때 얻은 우울증에서 여태 벗어나지 못했다. 불쌍한 건 시도 때도 없이 터뜨리는 울음소리를 고스란히 들어내야 하는 아버지다. 한번 맺어진 관계는 이렇게 일생을 이어가며 서로를 구속하는데 왜 사람은 자꾸만 인연의 그물을 새로 엮으려 하는지. 얼마 전에 대학 동창에게 윤의 이야기를 전해들었다. 결혼을 했고 아들이 하나 있다 했다. 그걸 듣고도 내 마음은 아무렇지도 않았다. 윤은 오래 전 제가 했던 말을 기억이나 하고 있을까. 어두운 배양실에서 혼자 세포분열을 하고 있을 꽃이파리가 떠오른다. 그 생각만 하면 피가 빠르게 돈다.

엄마, 황혼이혼 할 때는 지났어. 석양도 다 지고 이제 깊은 밤이야. 둘이 그냥 그렇게 싸우면서 살아. 구박할 아버지도 없으면 무슨 재미로 살려고 그래?

아까 염소뼈 가지고 가서 가스불에 안쳐놓고 왔다. 내가 핏물 다 뺀 거니까 식혀서 굳기름만 걷어내면 돼. 불 뭉근하게 해놨으니 들어갈 때까진 괜찮을 거다.

나는 소리를 팩 질렀다.

이 여름에 어떻게 끓여 먹으라고 뼈를 갖다놔. 정말 들어선 애도 떨어지겠네.

소가지 하고는. 답답해서 그러잖냐.

내가 알아서 할게. 자식 없어도 된다며.

알아서 잘 하더라. 니 나이가 몇이냐. 여자가 차면 서방이 옆에 안 오는 법이다. 무슨 말인지 새겨들어.

봄에 보내준 한약이 아직 냉장고 서랍에 절반이나 남아 있는 걸 알면 펄펄 뛰겠지. 나는 목소리를 꺾는다. 알았다고, 고맙다고, 잘 먹겠다고 하고는 전화를 끊었다. 턱 괴고 멍하니 앉아 있다 휴대폰 전화번호부를 펼쳐 하나씩 훑어본다. 백 개가 넘는 번호가 저장되어 있다. 처음부터 하나씩 이름을 읽어가며 훑어보아도, 지금 통화를 할 사람이 하나도 없다. 내가 어떻게 하면 좋겠냐고, 그 꽃이파리가 엉망으로 뒤엉킨 우리 관계에 마법의 치유력을 발휘하리라 믿으며 내 몸 안으로 집어넣어야 할지, 배양실의 하수구로 흘려보내야 할지, 아이는 아이, 영조는 영조의 문제로 따로 생각해야 할지, 물어볼 수 있는 사람이 하나도 없었다. 영조의 번호가 화면에 떠오른다. 비겁한 새끼. 모든 걸 나한테 미루겠다는 거지. 식어버린 녹차를 마저 마시고 잔을 헹궈서 엎어놓았다. 어둑한 교실을 한번 둘러보고 비린내를 풀풀 풍기는 비닐봉지를 들고 복도로 나왔다.

막 짧게 소나기가 흩뿌렸는지 운동장은 물을 뿌려놓은 듯 촉촉하다. 주차장엔 차 몇 대가 띄엄띄엄 흩어져 있을 뿐이다. 내 차 옆에 금색 마티즈가 서 있다. 흙비가 내린 듯 차에는 누런 얼룩이 져 있다. 차에 올라 가방과 비닐봉지를 옆좌석에 두었다가 다시 봉지를 바닥에 내려놓았다. 비린내가 숨을 쉴 때마다 코로 밀려

든다. 에어컨을 켜고 잠시 핸들에 엎드려 있었다. 나는 정말 아이를 원했던 걸까. 아니면 열등한 암컷으로 보이지 않으려는 발버둥이었을까. 아이의 아버지를 증오하면서 아이만을 사랑할 수 있을까. 차라리 모르는 인간의 정자로 만들어진 배아라면, 나 혼자 결정해서, 다만 내 아이로…… 그럼 지금 그건……

엄마가 가스불을 켜놓고 갔다는데, 하는 생각이 문득 든다. 누굴 탓해. 그런 걸로 해결될 차원은 아니라고, 엄마에게 냉정하게 설명하지 않은 내 잘못이다.

후진을 하려는데, 어느새 마티즈가 후진을 하고 있다. 서두르는 품이 꽤나 급한 모양이다. 낯익은 차는 아니다. 근처의 상가에 온 사람들 중 이곳에 몰래 주차를 해놓고 볼일을 보는 사람들이 꽤 있긴 하다. 차 꽁무니는 내 차 범퍼를 스칠 듯 아슬아슬하게 붙었다가 튕기듯 핑 달려나간다. 흔적 없이 사라지는 것 같더니 그예 신호에 걸려서는 큰길로 나가는 신호대기선 앞에 서 있었다. 어느새 어둑한데 나도, 앞차도 라이트를 켜지 않고 있었다. 좌회전 신호가 뜨자마자 앞차는 잽싸게 튀어나간다. 순간, 왼쪽에서 택시가 속도를 줄이지 않고 달려오는 게 보인다. 아, 나는 입을 딱 벌렸다. 동시에 건조한 충돌음이 거리에 울려퍼졌다. 잠시, 거리가 물에 잠긴 듯 고요해진다. 어딘가에서 사람들이 달려왔다. 택시가 들이받은 건 마티즈의 앞문이었다. 택시를 뒤로 빼고 운전석 문을 열려 했으나 움푹 밀려들어간 문은 꼼짝도 않는다. 명백히 신호위반을 한 택시기사가 울 듯한 얼굴로 차 문을 흔

들었다. 왼쪽으로 심하게 기울어진 남자의 머리는 움직이지 않는
다. 다시 한번 좌회전 신호가 떴을 때 나는 차를 조금 후진하여
사람들 틈 사이로 빠져나왔다. 저 남자가 저토록 서둘지만 않았
다면 저 자리는 내 자리였을 것이다. 나는, 운명을 피한 것일까.
아니면 처음부터 나는 저 남자의 운명의 목격자였을까.

　사거리 신호대기에 멈추었을 때 차양을 내려 거기 달린 거울에
내 얼굴을 비추어보았다. 립스틱은 다 지워져 가장자리에만 남았
다. 마스카라가 지저분하게 번진 눈 아래쪽엔 잔주름이 작은 새
의 발자국처럼 찍혀 있다. 누구에게나 마지막은 저렇게 예기치
못한 순간에 오겠지. 오른쪽 눈 아래의 검은 흔적을 손가락으로
닦아내고 있는데 클랙슨 소리가 빵빵 들린다. 앞차는 저만치 달
아나고 있다. 비린내가 점점 진해진다. 생명이 끝나는 순간 모든
건 부패하기 시작한다. 꽃이파리는 내일이면, 그리고 모레가 오
면 여덟 갈래로 피어날 것이다. 그리고 그 다음은?

　아까 내가 먼저 신호대기선에 도착했다면, 나는 두 개의 분노와
두 개의 두려움을 품은 채 죽었을 것이다. 내 안에는 두 개의 분노
가 있었다는 것을, 남자의 기울어진 머리를 보는 순간 깨달았다.
하나는 나 자신을 향한, 그리고 또다른 하나는 영조를 향한. 마찬
가지로 나는 두 개의 두려움을 갖고 있었다. 늘 실패하고 마는 나
자신에 대한 두려움과 또다른 하나는 영조가 느낄 상실감에 대한
두려움. 그렇게 영조는 제 것을 늘 내 것 위에 얹어놓았다.

*

스테인리스 들통이 들썩거리며 뜨거운 김을 뿜어낸다. 집에 들어오니 실내는 온통 한증막처럼 되어 있었다. 이 무더위에 곰국을 안치고 가버린 엄마에게 화가 확 치민다. 매사에 화부터 폭발하는 이 증상은 확실히 질병이다.

영조는 들어오지 않는다. 늦어질 거라고, 약속이 있다고 전화를 해주던 것은 오래 전 일이다. 밥 생각은 조금도 없다. 역한 냄새를 풍기기 시작하는 비닐봉지를 열어보니 토막친 갈치가 들어 있다. 꽤나 굵다. 버릴까 하다 씻어서 냉동실에 넣어두었다. 가장자리부터 수분을 잃고 뻣뻣하게 말라들어오면 죄책감 없이 버리게 될 것이다. 그나저나 저 들통에 가득한 곰국은 또 어쩐단 말인가. 땀을 삐질삐질 흘리며 서 있는데 전화벨 소리가 들린다. 동재의 번호다.

저, 동잽니다, 하더니 잠시 말이 없다. 예, 하고는 나도 가만히 있었다.

어디세요?

집에 들어왔어요.

아, 예.

머뭇거리고 있는 그의 모습이 보이는 듯하다. 나는 가만히 다음 말을 기다렸다.

그게, 그러니까, 움직임을 멈추었네요.

120

그것, 이라면 오전에 보고 온 배양접시 위의 꽃이파리를 말하는 것이겠지.

멈추다니요. 움직이는 게 아니라면서요.

그러니까, 그게, 분열을 멈추었다고 할까요.

나는 무슨 의미냐고 되묻지 않았다. 여태 그런 일은 없었다. 다만 내 몸에 뿌리내리지 못하고 스르르 흘러내렸을 뿐, 제 스스로 존재하기를 멈춘 적은 없었다. 오전까지도 유난히 상태가 좋다고 말하지 않았는가. 동재는 다음에, 라고 말하지 않는다. 먼 곳에 있는 그의 침묵이 나를 압도한다. 잘 알겠어요. 나는 가까스로 그렇게 말하고는 폴더를 덮었다.

누릿한 냄새가 부엌에 가득 찬다. 뚜껑을 열자 뜨거운 김이 얼굴에 확 밀려든다. 김이 죄 빠져나가자 얼기설기 놓인 뼈들 가운데 머리가 보인다. 뻥 뚫린 눈구멍과 사려문 이빨. 뜨거운 국물이 빈 눈구멍 틈으로 솟구쳐오른다. 그걸 멍하니 내려다보다 지저분하게 엉겨 있는 기름과 잡티를 국자로 걷어내기 시작했다.

무언가 피어나려다 사라져갔다. 바람결에. 육안으로는 보이지도 않았던 것이. 보이지 않는 건 존재하지 않는 것이다. 아무것도 달라진 것은 없다. 나는 국자를 들고 땀을 흘리며 부글부글 엉기는 누런 기름을 걷어내고 또 걷어냈다. 말개진 국물 속에서 염소의 머리뼈가 하얗게 드러난다.

냉장고에서 먹다 남은 도라지나물과 무채를 꺼내고 밥솥에서 밥을 꼭 한 주걱만 덜어냈다. 고추장을 넣고 참기름도 몇 방울 넣었다. 싱크대에 등을 기대고 앉아 무릎을 세운 채 그 위에 그릇을 올려놓고 밥을 비볐다. 도라지나물은 약간 쉰내를 풍겼다. 채 섞이지 않은 고추장 때문에 밥은 싱겁다 짜다 했다. 남김없이 밥을 다 먹고 그대로 앉은 채로 손만 뒤로 뻗어올려 빈 그릇을 싱크대에 떨구었다. 바닥에서 아주 긴 못이 올라와 내 척추를 뚫고 목을 지나 머리끝까지 꿰어버린 듯, 나는 그 자리에 꼼짝없이 앉아 들통 안의 국물이 끓는 소리를 듣고 있었다.

폭폭거리는 그 소리만 빼면, 모든 게 어제와 똑같아졌다. 아무것도 변하지 않았다는 생각을 하는 순간, 나는 몸서리를 쳤다.

내 아들의 연인

한번은 쿠마에서 나도 그 무녀가 조롱 속에 매달려 있는 것을 직접 보았
지요. 아이들이 '무녀야, 넌 무얼 원하니?' 물었을 때 그녀는 대답했지요.
'죽고 싶어.'
……이제 누구도 내게, 넌 무얼 원하냐고 묻지 않지만, 늙고 시든 채로, 손
에 쥔 먼지만큼의 날들을 살아내야 할 무녀처럼 생이 아득하게 느껴지는
순간이 내게도 있다.

*

혼자 남으면, 왜 집이 텅 비었다는 생각이 들까.

누군가 마지막으로 집을 나간 후, 현관에 서 있는 내 사진을 찍으면, 신발장 틈으로 연기처럼 슬그머니 사라질 듯한 여자의 모습이 판독하기 힘들 만큼 흐릿하게 찍혀 있을 것 같다.

현관문을 잠그고 들어와 오디오의 버튼을 눌러놓고, 베란다 문을 열고 나선다. 방금 나간 남편을 배웅하려는 건 아니다. 얼마 남지 않은 벚꽃 이파리 사이로 돋는 새순의 연둣빛이 조금 더 짙어졌다. 꽃 핀 풍경은, 맑게 갠 날보다 오늘처럼 구름이 낮게 퍼진 날 더 환하게 살아난다. 환절기 내내 감기를 달고 살았는데 실내복 사이로 스며드는 바람이 간지러운 걸 보니 이제야 감기가 나가려나보다. 겨울의 끝이 못 견딜 만큼 질기게 느껴지는 건 나이가 들면서 점점 더하는 것 같다. 난간을 짚고 아래쪽을 내려다본다. 텅 빈 주차장에서 움직이는 건 검은 덩어리 하나뿐. 태엽인형처럼 두 개의 다리가 앞뒤로 규칙적으로 움직인다. 남편이다. 차 옆으로 간 그는 먼저 뒷문을 열고 가방을 내려놓은 다음 양복 윗도리를 벗어 옷걸이에 건다. 아주 춥거나 비가 오는 날에도 남편은 차를 타기 전 언제나 양복 윗도리를 벗어 건 다음에야 운전석에 앉는다. 앞문을 열고 차를 탈 때까지 한 번도 위쪽을 올려다보지 않는다.

단지 안쪽에서 차 한 대가 달려나온다. 그게 지나갈 때까지 남편은 기다릴 것이다. 그 차가 스쳐 지나는 순간 우측 깜빡이가 켜진다. 텅 빈, 오전 열시의 주차장에서 출발하면서 깜빡이를 켜는 남자가 또 있을까. 폭설이 쏟아지는 날 세 번 네 번 차를 앞뒤로 움직여 기어이 주차 라인에 정확히 맞추고야 마는 남자를 찾기보단 쉬울 테지만. 그 둘 다가 내 남편이다.

그의 차가 시야에서 사라지자 긴 한숨이 나온다. 별 의미 없는 습관이다. 그저 그의 차 꽁무니가 보이지 않는 순간 명치께를 졸라맨 끈의 매듭이 탁 끊어지는, 그런 기분이 든다. 거실 창틈으로 쇼팽의 선율이 흘러나온다. 쇼팽이라. 피아노의 선율은 가슴으로 파고들지 못하고 허공에 흩어졌다가 아주 오래 전 알았던 한 남자의 얼굴을 실어온다.

제 사랑을 받아주지 않으면 재수도 그만두고 자원입대해버릴 거라는, 웃기지도 않은 협박을 하며 그 아이는 그랬지. 내일, '초핀'으로 나와. 할 얘기가 있어. 나갈 생각은 없었지만 초핀이 도대체 어딘가 해서 물어보았다. 그게 어딘데? 아현서점 옆에. 나는 콧방귀를 뀌었다. 그거, '쇼팽'이야. 원하던 대학에 입학해 기고만장해 있던 나는, 재수생인 녀석의 신분도, 볼에 무성하던 화농성 여드름도, 쇼팽을 초핀이라 읽던 판무식도, 단체로 마음에 들지 않았다. 정말 주접도 가지가지야, 하며 그곳에 나가지 않은 건 물론이다. 오랜 후에 쇼팽을 초핀으로 읽을 수도 있다는 걸 어딘가에서 읽었지만, 쇼팽이든 초핀이든 누군가의 진심을 알아보기엔 그 무렵 내 청춘은 너무 휘황했다. 서치라이트가 제 앞에 놓인 모든 사물의 외곽선을 지워버리듯.

나른해지는 게, 잡혀 있는 낮의 약속이 갑자기 귀찮아진다. 전화를 해서 다음으로 미룰까 어쩔까 싶은데, 남편의 차가 사라진 아파트 입구 쪽에서 흰색 승용차 하나가 횡 하니 달려온다. 단지 안의 속도로는 좀 지나치다. 가로질러가는 줄 알았는데 차는 우리 동 앞에서 급정거를 하더니 주차된 두 대의 차 사이로 엉덩이를 밀어넣는다. 공간이 그리 좁지 않으니 한 번에 주차가 될 것이다. 뭐가 그리 바쁜지 후진속도치고는 너무한다 싶더니, 차는 그예 왼쪽에 주차된 은회색 차의 백미러를 건드린다. 파열음을 들은 것 같기도 하고 아닌 것 같기도 하다. 잠시 멈칫하던 차는 재빨리 빠져나가 맞은편의 빈 곳에 주차를 한다. 이번엔 꽤 얌전하다. 번호판 숫자는 보이지 않는다. 연둣빛 스웨터를 입은 여자가 차에서 내린다. 제가 건드린 차 쪽으로는 눈길도 돌리지 않은 채

우리집 라인의 입구로 들어선다. 입주자인지 손님인지는 모르겠다. 주차장은 다시 고요해진다. 이상하게, 나른한 기분이 싹 달아난다. 샤워라도 해야겠다.

현관문을 잠그고 돌아서는데 앞집 문이 열리는 기척이 들린다. 연둣빛 스웨터 자락이 언뜻 보인다. 가까운 사이인지 앞집 여자는 현관에서 잘 가라는 인사를 끝내고는 집 안으로 들어가버렸다. 나란히 서서 엘리베이터를 기다리며 나는 여자의 얼굴을 쳐다보지 않았다. 베이지색 구두코가 심하게 까져 있다. 일층에 도착한 여자는 문이 채 열리기도 전에 휭 하니 먼저 나선다. 버르장머리 없긴. 간유리 너머로 보는 듯 부연 대기 속에서 경쾌하게 흔들리는 여자의 연둣빛이 봄의 전령처럼 새뜻하다. 황사를 뒤집어쓴 내 차는 제 색을 잃고 누르죽죽하다. 내일 비가 안 온다 하면, 세차를 하고 들어와야겠다. 1949. 내 앞에서 아파트 단지를 빠져나가는 차 번호이다. 하필이면 남편 생년이람.

옷을 벗고 있을 때 가장 쾌적한 온도는 몇도일까. 지금 실내가 몇도인지 물어보면 알 수 있겠지만 나는 그저 엎드려 눈을 감고 누워 있다. 조명 역시 마찬가지다. 눈을 감았다 떠도 조금도 눈부시지 않고 편안한, 정확히 계산된 밝기이다. 실내를 오가는 테라피스트의 발소리는 두툼한 카펫 속으로 스며든다. 음악소리는 구태여 집중하지 않으면 멜로디를 알 수 없을 만큼 조심스럽게 흐르고 있다. 내 몸을 쓰다듬는 이 손길처럼.

척추를 따라 따끈한 돌멩이가 하나씩 등에 놓여진다. 처음엔 살짝 뜨겁지만 긴 숨을 한번 내쉬고 나면 딱 기분 좋아질 만큼만 데워져 있다. 여름저녁의 해변에서, 낮 동안 태양에 데워진 조약돌 위에 맨몸을 대고 누운 기분이다. 따뜻함은 점점 시원한 느낌으로 바뀌어 살갗 깊숙이 파고든다. 으음. 어느 순간 신음소리가 목구멍 밖으로 저절로 흘러나온다.

테라피스트가 내 얼굴 앞에 종잇조각 하나를 갖다대며 살짝 흔든다. 일랑일랑이에요. 강한 봄볕에 지친 몸과 마음을 달래줄 거예요. 달콤하고도 나른한 열대꽃의 향이 코로 들어온다. 내가 숨을 내쉬길 기다렸다가 또다른 종이를 하나 대준다. 이건 유칼립투스예요. 스트레스로 혼란해진 기(氣)를 가지런히 빗질해주는 향이랍니다. 황사에 지친 호흡기를 편안하게 달래주기도 하구요. 두꺼운 초록 이파리를 찢어 코에 댄 듯하다. 어떤 걸로 하시겠어요? 이 아이들은 고객을 편안하게 해주는 게 어떤 건지를 안다. 세 개의 향을 맡게 하고 고르라 하면, 짧은 순간이라도 약간 고민을 했을 텐데 두 개일 땐 선택이 쉽다. 어차피 어느 걸 골라도 나쁘진 않다는 걸 알고 있다. 처음 걸로 해. 고적한 실내에 일랑일랑의 향이 번져나오기 시작한다. 옆의 침대는 비어 있다. 딸은 늘 늦다. 바쁜 일도 없으면서.

물론, 하나뿐이라 해서 선택이 또 그만큼 간단해지는 것은 아니다.

도란이.

아들의 컴퓨터 화면에서 보았던 그 아이의 얼굴이 떠오른다. 이전에도 컴퓨터에서 그 얼굴을 본 적이 몇 번 있지만 현이 내게 얘기하기 전엔 아는 척하지 않았다. 아들의 컴퓨터에 등장하는 여자아이들은, 가만히 있어도 아들 입을 통해 어느 날 프로필이 소개되곤 했다. 얼마 후에, 어떻게 됐니? 물어보면 아무 상처도 없는 얼굴로, 헤어졌어요 하거나 에이 아무 사이도 아니었어요, 하고는 끝이었다. 아무 사이도 아닌데 바탕화면에 올려놓는 취향은 또 뭐람.

그 아이의 얼굴을 유심히 들여다본 건 둘이 볼을 맞대고 활짝 웃으며 찍은 사진이 바탕화면에 올려진 걸 보고 난 후다. 첫인상은 글쎄, 썩 안기는 얼굴은 아니었다. 그 나이 무렵의 여자아이들이, 몸만 자란 유치원생 같은 얼굴을 하고 있는 것도 마음에 들진 않지만, 애는 뭐랄까, 좀 추워 보였다. 모든 것이 하늘로 둥둥 떠오를 것만 같은 꽃 피는 5월을 외면하고 꼭 황량한 풍경을 아끼는 사람이 있긴 하다. 웃음소리가 튀밥처럼 톡톡 터지는 모임보다 자신만의 방 안에 외롭게 머무르기를 원하는 인간도 있다. 밝고 화사한 처녀들이 주위에 넘쳐나도 어쩐지 아파 보이는 여자에게로 마음이 쏠리는 남자도 있다. 취향이라면 어쩔 수 없다. 그래도 내 아들 속에 그런 취향이 있는 줄은 몰랐다. 어쨌거나 현이 녀석은 뽕간 눈빛이다. 한동안 도란이 얘기를 입에 달고 살았다. 엄마 도란이는, 엄마 도란이가, 엄마 어제 도란이가, 도란이가 그러는데,

이런 식이었다. …… 에라, 이놈아. 도란이 얘기 좀 그만 해. 핀잔을 줬더니 참 엄마도, 도란이는 내가 하는 말이라면 뭐든지 다 들어주는데, 하고 받았다. 이름도 촌스럽긴, 도란이가 뭐냐? 도란이가 어때서? 사랑스럽잖아요? 그래, 뭐가 안 예쁘겠냐?

두고 보자 하고 있는데, 며칠 전 밤에 식탁에서 신문을 읽고 있는 내 옆에 앉는 아들의 표정이 꽤나 비장했다.

엄마.

왜?

도란이 말이에요.

또 도란이냐.

엄마, 걔네 집 가난해요. 그냥 엄마 기준으로 가난한 게 아니라 찢어지게 가난하다구요. 걔 컨테이너에 살아요. 무허가 집들 모여 있는, 그런 데서 살아요.

목이라도 메는지 목소리가 출렁거렸다. …… 엄마 기준이라니. 그 말이 걸렸다. 선전포고를 하겠다는 건가.

누가 뭐랬어? 내가 언제 도란이네 환경조사 나간다니?

당장 결혼하겠다는 건 아니에요. 싫어지면 내일이라도 헤어진다구요. 근데, 걔가 가난하다고 헤어지는 일은 없어요.

그래, 너희들끼리 도란도란 잘살아라.

거봐요. 엄마, 당장 거부감이지?

아니, 한 번도 못 본 아일 가지고 아닌 밤중에 너 혼자 왜 난리니?

벌겋게 달아오른 아들의 얼굴을 보며, 그 아이를 한번쯤 만나 보아야겠다는 생각을 했다. 내 아들이어서가 아니라, 정도 많고, 남에 대한 배려도 할 줄 알고, 괜찮은 아이다. 혹시 나와 만나기라도 했을 때 그 아이가 느낄 부담 때문에 지레 혼자서 얼굴이 붉어졌다 하얘졌다 하는 놈이니. 어쨌거나 컨테이너라니, 심란하긴 했다.

문이 벌컥 열리더니 명이 들어온다. 엄마 나 왔어, 하며 조심성 없이 알몸을 드러내며 가운을 휙 벗어 걸고는 침대에 엎드려 내 쪽으로 얼굴을 돌린다. 테라피스트가 딸의 등에 체온만큼 데워진 오일을 조심스레 붓는다. 제 또래 여자의 벗은 몸을 문지르며 저 여자는 무슨 생각을 할까. 아흐아흐. 손을 움직여 혈을 누를 때마다 배부른 고양이 같은 신음소리를 지르며 딸은 눈을 감았다 뜬다.

"엄마, 나도 나이드나봐. 요즘은 남편보다 여기 언니 손길이 더 그립다니까!"

"엄마 앞에서 할 소리다."

"그래, 엄마 아들이 드디어 결혼하고 싶은 여자를 찾았다구?"

"오후에 여기서 만나기로 했다."

벌써? 하며 딸의 눈이 동그래진다. 얼굴이나 한번 봐야 할 것 같아서, 했더니 그나저나 걔 너무 주제를 모르네, 한다. 네 주제는 뭔데? 그러자 눈을 하얗게 흘긴다. 내 딸이지만, 아니 내 딸이라서 좀 다르게 살았으면 싶다. 날마다 백화점에 나와 쇼핑하다 다리 부었다고 스파 들르고 집안일은 죄다 남한테 맡겨놓고도 뭐가 부족한지 늘 징징거리니. 엄마 눈에 이러니 누구 눈에 안길까. 등에 올려진 돌이 차츰 식어 이물감이 느껴지기 직전, 여자는 돌을 하나씩 들어낸다. 들어낸 후에도 따스함이 여운처럼 잠시 머문다. 약속시간이 다 되었다.

비교적 조용한 자리를 찾아 커피숍 안쪽 구석에 앉았지만 실내를 가득 메운 여자들의 수다로 귀가 먹먹할 지경이다. 들어오는 애가 도란인 것 같아 손을 들었다 내리는데, 입구 쪽에 따로 앉아 그녀의 얼굴을 빤히 올려다보는 딸의 얼굴이 보인다. 딸은 가까이 볼 때는 모르겠더니 나이들면서 점점 내 얼굴 윤곽을 닮아간다. 기왕 나온 거 같이 밥 먹자 했더니, 어찌 될지도 모르는데 부담스럽다며 고개를 흔들었다. 그러고는 몰래 얼굴만 보고 가겠다며 입구에 혼자 앉더니, 애냐고 묻는 듯 도란의 등뒤에 대고 마구 손가락질을 하고 있다. 쟤가 점점.

금방이라도 비가 올 듯 구물거리는 하늘을 보니 세차 안 하고 들어오길 잘했다 싶다. 차에서 내리면서 보니 벚나무의 새순들이 아침에 나올 때보다 조금씩 더 길어진 것 같다. 눈을 가늘게 뜨고 그 이파리들을 가만히 쳐다보았다. 아침에 여자가 입었던 스웨터의 연둣빛이 겹쳐진다. 물이 올라 축축한 둥치에서 뾰족이 솟아난 순은, 온통 뿌연 세상의 틈새처럼 보인다. 그곳으로 손가락을 넣어 죽 찢어발기면 다른 세상의 입구가 나오기라도 할 듯.

계단에 서서 누군가와 얘기를 하고 있던 경비아저씨가 목례를 하며 길을 만들어준다. 그 옆을 지나 엘리베이터 쪽으로 오는데, 스포츠형 머리를 한 남자의 목소리가 귓바퀴에 감긴다.

머, 어쩔 수 없죠. 붙어 있을라면 물어내야지. 에이씨, 그나저나 한두 푼도 아니고 갑자기 어디서 마련해야 할지, 걱정이네요.

별로 웃을 상황이 아닌 것 같은데, 늘 낙천적인 경비아저씨의 호탕한 웃음이 이어진다.

하하, 무슨 백미러 값이 소형차 한 대 값이냐. 하하.

그러게요. 에이, 뻣뻣한 편육 몇 점 집어먹은 죄로 이 무슨 날벼락이래요? 정말 미치겠다구요.

엘리베이터 문이 닫힌다. 사방의 유리에 비친 여자의 옆모습과 뒤통수까지 어쩔 수 없이 쳐다보게 된다. 피곤하진 않으나 생기는 없는, 아무 갈망이 없어 가난한 얼굴이 외면하고 싶을 만큼 적나라하게 떠올라 있다.

왜 제 얼굴은 살아갈수록 이렇게 점점 낯설어질까.

밤에 아홉시 뉴스를 보고 있는 남편 옆에 딸기 접시를 내려놓으며 얘기를 꺼내보았다.

"쟤들 어떡해?"

"저희들 좋다면 하라고 해."

"젊을 때나 나이들어서나 집안일에 무심하긴. 하나 있는 아들이고 사람 들이는 게 얼마나 중요한 일인데 사돈의 팔촌 재혼 얘기 하듯 해?"

"무심하다니. 나도 생각이 있으니 그러지. 현이하고 같은 학교 나왔다며? 그만하면 남한테 내세우기 부끄럽지 않은 학벌이고 머리도 괜찮을 거고, 까탈스런 녀석이 좋다고 따라다닐 정도면 인물도 반반할 거고, 그놈 변덕 받아줄 정도면 성격도 당신보단 무던하겠고. 당신 목소리 듣자 하니 그리 첫인상이 나빴던 것 같 지도 않네."

텔레비전 볼륨도 줄이지 않고 그렇게 띄엄띄엄 늘어놓는 남편 얘길 듣고 보니, 그렇기는 하다. 큰 사업은 아무나 하는 게 아니 지. 늘 상황을 대승적으로 본다는 건 인정해야겠다.

"그래. 요즘 애치고 그만한 애 만나기도 쉽진 않을 거 같아. 한 번 봐서 알겠냐만 생각도 반듯하고, 인상도 맑고. 솔직히 제 자식 생각은 않고 눈만 높아지는 게 혼사 앞둔 엄마 마음이긴 하지 만……"

"근데?"

"너무 어려운 집 애라."

남편에게 도란이 사는 집이 컨테이너라는 말은 하지 않는다.

"사돈 재산 넘볼 만큼 어렵지 않잖아, 우리. 돈을 크리넥스 뽑 아서 코 풀듯 쓰는 이 동네 애들보다 낫지 뭘 그래."

틀린 말은 아니다. 내 마음에 걸리는 건 뭘까, 돈 자체는 아 니다.

"모르겠어. 뭘까, 애가 어째 추워 보이는 게……"

"춥다니, 궁기가 흐른다는 거야?"

“그것도 아니고……”

아마 도란이를 다른 일로 만났다면 깨끗하고 반듯한 아이라고 생각했을 것이다. 차를 마시고 같이 걸어나오는데 그 아이가 뭔가 껄끄러워하는 듯한 느낌을 받았다. 그건 나에 대한 감정이 아니라, 우리가 같이 걸어나오던 장소에 대한 것이라고 생각했다. 꼬집어서 이런 점이 마음에 들지 않는다, 싶은 게 아니라 어딘가 겉도는 느낌과 묘한 이질감이었다. 어쩌면 그건 현이에게 컨테이너, 라는 말을 듣지 않았다면 의식하지 않았을 수도 있는 과민반응인지도 모르겠다.

“무슨 걱정. 날 때부터 돈 쓰는 재주 타고난 인간 있나. 태교로 가르쳐주지 않아도 명이, 날마다 백화점에서 살잖아. 현이는 뭐래. 결혼하겠대?”

“당장 날 잡겠다는 분위기는 아니야.”

“그럼 좀 두고 봐. 늦은 나이도 아닌데.”

그쯤 얘기하고 말았다. 뒷정리를 하고 쓰레기봉투를 들고 내려오니, 경비아저씨가 벚나무 아래 서서 담배를 피우고 있다. 어둠 속에서 바닥에 떨어져내린 꽃잎이 희게 빛난다. 쓰레기를 버리고 돌아서다, 물어보았다.

“낮에 무슨 일이 있었어요?”

심심하던 차에 기다렸다는 듯 아저씨는 이야기를 풀어낸다.

“글쎄, 오전에 누가 107호 벤츠 백미러를 부수고는 싹 달아나 버렸지 뭡니까. 하하. 그 댁 사모님이 차 안 지키고 어디 가서 뭐

했냐고, 딱 한마디 했다는데 그게 물어내란 소리보다 무섭잖아
요? 사장님 외출 안 하시면 차 안에 있거나 경비실 앞에 앉아 대
기하는 게 원칙인데, 하필이면 어제 함 들어온 집에서 한 상 차려
서 내려보냈더라구요. 딱 소주 한 잔씩 하면서 한 십 분 비운 사
이에 그만. 하하. 업무시간 중에 술을 마셨으니 최기사도 잘한 건
없지만, 수리비가 최기사 월급보다 많다네요. 백미러 한쪽이 이
백이라니. 하 참."

경비아저씨는, 너무한 거 아니에요? 내게 묻고 싶은 얼굴이다.
나는 그래요……, 애매하게 대답하고는 돌아섰다. 얘기가 길어지
면, 최기사 노모는 치매 초기증상을 보이고 딸아이는 피아노학원
을 보내달라고 졸라대고 마누라는 전세금을 올려달라는데 어디
서 마련하느냐고 징징댄다는, 뻔하고 끝없는 스토리를 듣게 되겠
지. 아니 그보다는, 몇 마디 더 나누다간 사실은 오전에, 하고 나
도 모르게 불쑥 말이 나올 것 같아서였다. 이백이라니. 얘기를 해
야 하는 거 아닐까.

남편은 여전히 뉴스를 보고 있다. 나와의 거리가 먼, 뉴스 속의
이야기는 쇼킹할수록 더 큰 즐거움을 주는 것 같다. 큰불이 났으
나 다행히 인명피해는 없는 지방도시의 화재 소식을 지루한 표정
으로 보고 있는 남편에게, 백미러 사건에 대해 얘기해줄까 하다
안방으로 들어와버렸다. 권태기가 지나면 환멸기가 온다고 누가
그랬더라. 공통의 화제라곤 아이들 얘기밖에 없으니, 현이 결혼
하고 나면 벙어리 둘 사는 집 같아질지 모르겠다. 자수성가하기

까지 남편은 수전노였다. 그런 그도 늙나보다. 사돈 될 집, 없이 산다는 얘기에도 담담한 걸 보니.

늦게 들어온 현이 날 보자마자 펄펄 뛰었다.

"엄마, 도란이 만났어?"

"그래, 만났다."

"왜 나한테 말도 안 하고 맘대로."

"엄마가 누구 만나는지 너한테 허락받아야 되니?"

"왜 스트레스 주고 그래요?"

"스트레스 준 거 없다."

"나한테 말이에요."

"네가 왜 스트레스를 받니?"

"나도 생각이 많단 말이에요."

"……별일이다. 너한테 하도 얘길 들어 처음 만난 거 같지도 않더라. 넌 무슨 생각이 그렇게 많은데?"

"아직은 복잡한 생각 하지 않고 만나고 싶어서 그래."

"너 나이가 몇살인데?"

"아이 참, 그런 문제가 아니라니까."

"네가 하도 도란이, 도란이 하기에 한번 만났어. 별 얘기 한 것도 없다."

방문을 쾅 닫고 들어가는 녀석을 보니 은근히 부아가 끓어오른다. 이러니 고부갈등의 오십 프로는 아들 몫이란 소리가 나오지. 하소연하기엔 남편보다 딸이다. 명이에게 전화를 했더니 그런다.

사실 엄마가 오버한 거야. 더 두고 봐요. 요즘 애들 결혼식장에서봐야 아는 거야.

애는 괜찮지 않든?

엄마는 그 기집애가 깜찍해? 난 끔찍하두만. 어리숙한 얼굴로 계산 빤한 거 그게 더 무서운 거야.

어른 전화를 받으며 사과를 와삭와삭 깨물어먹는 딸년이 얄밉다. 귀에서 수화기를 떼어본다. 와삭거리는 소리는 여전하다.

주제를 너무 모르잖아. 신분상승도 분수가 있지.

네 주제는 뭔데?

내 딸이지만 이럴 땐 싫다. 날 똑 닮았다는 소리를 듣는 애다보니 더 그렇다.

엄마, 돈이 있고 없고가 문제가 아니야. 두고 봐. 둘 사이에는 극복할 수 없는 계층의 문제가 있다고 봐. 내가 사회학 전공이잖우. 컨테이너 사는 거야 사실 문제가 아니라고 봐. 집이야 아빠가 가진 아파트 중에 하나 주면 그만이지만, 그게 핵심이 아니라니까. 엄마는 왜 그 초핀, 인가 하는 남자하고 결혼 안 하고 아빠하고 했는데? 엄마는 그 초핀한테서 엄마의 미래를 거울처럼 읽어낸 거야. 뭐 솔직히 우리 엄마야 결혼이라는 벤처에서 성공한 투자자지. 그렇잖아?

듣자듣자 하니 못 하는 소리가 없다. 그새 사과 하나를 다 먹어치웠는지 말끔해진 목소리로 마무리를 한다.

아무래도 우린, 엄마 안 닮았나봐.

"현이, 어떠니?"

씹고 있던 자장면을 꿀꺽 삼키고 나서 도란이는 조금 웃는다.

활짝 웃으면 좀 좋아.

맛있는 거 사주겠다고 전화하면서 나는, 혹시 바쁘다고 거절당해도 기분 상하지 말자, 했었다. 도란이는 왜요, 라고 묻지도 않고 그러겠다고 했다. 뭐가 먹고 싶냐 했더니 자장면이요, 하기에 차이니스 레스토랑으로 약속을 잡았는데 점심을 많이 먹지 않는다며 굳이 자장면만 시키겠다고 했다.

"현이는, 나르시스예요."

웃음이 나왔다.

"생긴 거답지 않게 잘난 척한다는 얘기니?"

"그게 아니라, 자기애가 유난한데, 그게 밉지 않아요. 뭐랄까, 그렇게 키워진 것처럼 보여요."

맞는 말이고, 나이답지 않은 예리한 관찰력이다. 허름한 식당에 들어가 밥을 먹긴 해도 두루마리 화장지가 식탁에 올라 있으면 비위가 확 상하는, 뼛속 깊은 부르주아 청년, 그게 내 아들이다. 보고 있으니 음식을 예쁘게도 먹는다 싶다. 남은 소스까지 싹싹 쓸어먹더니 재스민 차를 홀짝 마시고는 쇼핑백 하나를 두 손으로 건네준다.

"뭐니?"

"며칠 전에 생신이셨다면서요."

풀어보니 인디언핑크빛 모헤어사로 뜬 목도리다. 색이 밝은데다 폭이 좁고 길어 겨울이 아니라도 목에 감고 다닐 만했다. 뜻밖의 선물에 마음이 아련해진다. 이런 살냄새 나는 선물을 받아본 적이 언제였나 싶다.

"네가 뜨개질한 거니?"

"계절은 좀 지났네요, 제가 할 줄 아는 게 없어서요."

"바쁠 텐데."

"그래서요, 시간 얼마 안 걸렸어요. 코는 좀 컸다 작았다 해요."

목에 친친 감아보았다. 요즘 유행이 핸드메이드 아니니, 해가며. 목뿐만 아니라 어째 뱃속까지 뭔가가 몽글몽글 피어나며 따뜻해지는 기분이다.

"색깔이 참 잘 어울리세요."

계산대 앞에서 카드를 꺼내는데 전표를 건너다보던 도란이 카운터 아가씨에게 묻는다. 자장면 구천원 아니었어요? 카운터 아가씨가 친절하게도 대답을 했다. 부가세하고 봉사료가 붙었거든요. 아니, 자장면 주제에 무슨 봉사료예요? 도란이 영 불편한 표정으로 묻는다. 도란이를 내 차에 태우고 근처의 백화점으로 간 건 자장면에 무슨 봉사료냐고 묻는 도란이를 묘한 표정으로 쳐다보던 카운터 아가씨의 태도에서 뭔가 내 속을 건드리는 게 있었기 때문일까. 어린 사람에게 먼저 선물을 받으니 좀 그러네, 하며 여성복 매장에서 엘리베이터를 내려서며 옷을 하나 사주고 싶다고 했을 때도 도란이는 아까 카운터 앞에서와 같은 표정을 지으며 저, 이런 데서 안 사입거든요? 한다. 어른이 해주겠다면 고맙습니다 하고 받는 게 예쁜 거야, 하며 나는 앞장서서 걸었다.

백화점에 옷을 사러 갈 땐 동창회 갈 때만큼이나 공들여 화장을 하고 제대로 차려입고 나가야 한다는 말도 있지만, 특히나 이 백화점은 분위기가 유난하다. 영캐주얼 매장에 들어가 도란이를 세워놓고서야 나는 그걸 새삼 깨닫는다. 똑같이 맨얼굴로 서 있어도 이 동네 사람과 다른 곳에서 온 사람의 피부는 때깔에서 차이가 난다. 맨발에 슬리퍼를 신고 나와도 이 동네 사람들과 아닌 사람들을 가려낼 수 있다. 그게 걸치고 있는 입성의 차이에서 나오는 느낌만은 아니라는 걸 나는 알고 있다. 뼛속 깊은 데서 나오는 다름, 이라고 할 수 있을까. 도란이 나이는 남대문 좌판에서 산 옷을 걸쳐도 깜찍하고 눈부실 나이지만, 여기, 이곳에서는 아니었다. 졸지에 옷 하나 유행 따라 차려입지 못하는, 보살핌 없이 자란 처녀 티를 내며 무르춤해서 서 있는 도란이 대신 내가 몇 가지 옷을 골라봤다.

이상했다. 커다란 인형처럼 현실성 없는 옷을 입혀놓은 마네킹 옆에서, 도란이는 어쩐지 눈에 안기는 구석이 없는 아이, 무얼 입혀도 때깔이 나지 않을 아이처럼 미워 보였다. 싫다고도 좋다고도 않는 도란이 어느 순간 무언가를 견디는 것 같은 표정을 지었을 때, 매장에서 옷 파는 주제에 도란이를 업수이 여기는 듯한 턱의 표정을 판매원에게서 읽었을 때, 나는 오기 같은 열심이 나서

행어를 뒤적이며 옷을 골라 이것저것 입혀보았다. 몇 개를 갈아 입혀보았는데도 어째 착 붙는 느낌이 오지 않았다. 노란색 계열이지만 지나치게 튀진 않는 재킷을 골라 입어보라고 하자, 도란이는 거의 탈진한 듯한 표정으로 옷을 받아들었다. 그렇게 고른 데님바지와 면재킷을 입혀놓으니 밉진 않았다. 주차장으로 내려와 차를 타고 근처 지하철역에 내려줄 때까지 도란이는 아무 말도 하지 않고 앉아 있다가, 내리면서 조그맣게 고맙습니다, 하고는 차 문을 닫는다. 백미러에서 사라질 때까지 그 자리에 서 있는 게 보인다. 한숨이 나왔다. 현이 목소리가 떠올랐다.

컨테이너 때문은 아니에요.

맞는 말이다. 그런데.

엘리베이터를 타며 벽을 쳐다보았다. 며칠 전 최기사가 호소문을 붙여놓았던 자리다. 출력까지 한 걸 보니 엘리베이터마다 붙여놓은 모양이었다. 모월 모일 모시에 있은 접촉사고를 목격하신 분이 있으시면, 으로 시작한 호소문 글씨는 너무 커서, 그가 그 돈을 마련하는 일이 얼마나 힘이 들지에 대해서는 쓸 수가 없었다. 그 호소문은 다음날로 떨어져나갔다. 아니, 감히 입주자를 어찌 알고 범죄자 취급하는 거야, 하며 호되게 삿대질을 당한 건 자기였고, 경비아저씨는 여전히 아하하, 크게 웃으며 얘기해주었다.

밤에, 식탁에서 참외를 먹는 남편에게 백미러 얘기를 했다. 남편은 아무 말도 하지 않고 고개를 돌려 나를 멀거니 쳐다보았다.

두 사람이 오래 같이 산다는 건 그런 것이다. 설마 이제 와서 얘기할 건 아니겠지, 하는 말을 나는 그의 눈빛에서 읽는다. 지나고 보면, 남편은 늘 옳았다. 해답을 기대하며 얘기한 건 아니다. 다만 나는 임금님의 귀에 대해 말할 수 있는 갈대밭이 필요했을 뿐이다. 남편은 참외를 우적우적 씹으며 못을 박는다.

"잊어버려."

남편은 물컵과 탁자 가장자리의 간격까지 체크하는 사람이다. 오래 전 일이다. 줄리아 로버츠가 나오는 영화가 있었다. 제목은 기억나지 않는다. 그녀의 남편은 수건걸이에 걸린 수건이나 싱크대 속의 식료품까지 완벽하게 정돈되어 있지 않으면 못 견디는 사람이었다. 폭풍우 치는 밤, 자신의 죽음의 흔적을 조작해놓고 그녀는 사라져버린다. 신문에서 영화의 리뷰를 읽고 혼자 영화를 보러 갔었다. 나는 혼자 영화를 보러 가는 사람은 아니다. 영화를 보면서 언제부턴가 나는 울고 있었다. 그래서 세세한 디테일에 대한 기억은 없다. 줄리아 로버츠가 우는 장면에서부터 나도 같이 울기 시작했었다. 죽음을 가장하고 사라져버리든지, 실제로 제 안의 자신을 죽여버리든지 둘 중의 하나를 선택해야 하는 관계는 어쩌면 흔할 것이다. 여태 같이 살아오면서 그가 달라졌는지 내가 달라졌는지는 모르겠다. 때로 나는 내가 키운 아들과 내가 두 개의 자전거 바퀴처럼 닮았다고 느낄 때가 있다. 누군가 우리 부부를 바라보며 그리 느낀다 해도 또 그렇게 틀린 건 아니라는 생각이 든다. 그 생각이 내 입에서 뜬금없는 말이 쏟아지게 한다.

"앞집 여자한테만 얘길 해볼까? 지금 나서기 미안하면 몰래 돈이라도 전해주라고."

"그 여잔 눈이 없어서 벽보를 못 읽었겠니? 정 불쌍하면 네 돈으로 봉투 하나 해서 익명으로 전해주든지."

내가 결코 그러지 않으리라는 걸 확신하고 있는 목소리다. 남편은 손을 움직여 식탁보의 체크무늬가 식탁 모서리의 각도와 약간 어긋나 있는 걸 바로잡았고 모서리의 주름이 안정감 있게 잡혀 있지 않은 걸 손보았으며 내가 마시고 내 앞에 내려놓은 유리컵을 식탁 한가운데로 옮겨놓는다. 남편이 바로잡지 않았으면, 내가 그랬으리라는 걸 나는 알고 있다.

*

현이 자요?

밤이 늦었는데 도란이 전화를 했다.

벌써 자겠니. 기다려라.

방문을 여니, 아들놈은 침대에 누워 있다. 전화통화를 들었는지 뚱한 목소리로 뱉는다.

"잔다고 그래요."

보아하니 종주먹을 들이대도 전화받을 분위기가 아니다. 집으로 전화하기 전에 휴대폰으로 몇 번이나 전화를 했을 것이다. 도로 수화기를 들고, 현이 잔다, 그랬는데 안 자고 있죠? 저한테 화나서 그래요, 한다. 할 말이 없다. 내 딸 성격이 이러면 참 예쁠 것 같다. 그래 내일 통화해라, 얼버무리고는 전화를 끊었다.

나쁜 놈. 저절로 내 입에서 그 소리가 흘러나왔다. 도란이네 집에도 몇 번 놀러 갔었고 둘이 같이 밤을 보낸 적도 있다는 걸 알고 있다. 요즘 아이들은 컴퓨터 다이어리에 별걸 다 적어놓는다.

……D는 지금 자신의 삶을 있는 그대로 받아들인다. 적어도 다른 방식의 삶을 갈망하는 것처럼 보이지 않는다. D의 그런 점이 날 매혹했지만, 동시에 피곤하게 만들기도 한다. 그럴 때 우리, 가 다르다는 걸 느낀다. D가 가장 낯설게 느껴지는 건 D가 살고 있는 그 장소에서의 D가 아니라, 삶을 유영하는 D의 태도이다. 유희하는 인간이어도 될 순간조차 존재, 를 고집하는 그녀. 엄마 말처럼, 넘을 수 있는 벽과 넘을 수 없는 벽이 존재하는 게 아니라 넘을 수 있는 벽과 사실은 넘고 싶지 않은 벽이 있을 뿐인 걸까.

현이 녀석이 도란이 얘기를 하면서 제풀에 흥분해서, 사랑하지 않으면 내일이라도 헤어질 순 있지만, 걔가 가난하다고 해서 헤어지는 일은 없을 거라고 부득부득 우긴 것도, 제가 느끼는 모호한 혼란에 대한 응시와 그걸 부인하고 싶은 마음에서 나온 것인지 모르겠다.

가난의 조건은 무엇일까. 돈이 없는 것? 아니면 돈이 없는 것에 대한 결핍감? 욕망의 가난? 기준을 어느 것에 두느냐에 따라 똑같은 상황에서 심한 결핍감을, 혹은 온전한 충족감을 느낄 수도 있을 것이다. 현이에겐 도란이의 태도가 낯설고 혼란스러운 것이다. 사람은 대체로 자신이 체험해보지 못한 것에 대해 더 완강한 편견을 갖고 있다. 아무렇지 않다고 말하면서도 현이는 도란이 살고 있는 무허가 컨테이너 건물이 적어도 자기의 연인이 지내기엔 끔찍한 장소라고 단정짓고는, 끊임없이 도란이를 거기서 끌어내려 하고 있었다. 그건 컨테이너에서 확대되어 다른 사소한 것에까지 영향을 미쳤고, 요즘 둘은 그것 때문에 충돌을 일으키고 있는 모양이다. 다이어리에 있는 문장은 단 몇 줄이지만, 지금의 아들을 키워낸 나는 문장의 이면에 실린 감정을 고스란히 읽어낼 수 있었다. 친구 생일파티에 다녀온 후에 적어놓은 일기에서도 나는 그날의 풍경을 눈앞에서 본 듯 그려낼 수 있었다.

……엄마 생일이라고 선물한 철 지난 분홍 목도리야 엄마가 올해의 유행이 핸드메이드라며 좋아하는 눈치여서 넘어갔지만, 카드까지 주며 성신이 생일선물을 사라고 했을 때 골라온 건 영 아니었다. 청담동에서 저녁이라도 먹을라치면 내내 불편해하는 건 개인사정이라 쳐도 그날 옷차림은 너무 처졌다. 사랑하는데, 내가 내 여자에게 그 정도 해주는 것도 받지 않으려는 고집이 미련해 보이다 못해 화가 난다. 돌아오는 길에 나름대로 기분 상하지 않게 한마디 했더니, 그래 넌 울트라 부잣집

아들이구나, 하고는 입을 닫아버렸다. 그럴 땐, 정말 우리가 다른 별에서 온 사람 같다.

아마 다른 사람이었으면, 왜 같은 돈 주고 이런 거 사오냐, 하고 대놓고 한마디 했을 녀석이다. 보나마나 터무니없이 비싼 퓨전레스토랑에서 식사하면서 도란이는 현이만 눈치챌 만큼 불편한 표정을 하고 있었을 것이다. 친구의 여자친구들도 모인 자리에 평소처럼 입고 나온 도란이의 옷차림에 대해, 정말 자세 안 나온다, 이런 데 올 때는, 해가며 충고랍시고 한마디 했을 테고. 그래놓고는 왜 제가 삐쳐 있담. 전화를 끊고, 현이 방에 들어가 빙 둘러 물어보았다.

"왜 싸웠니?"

"싸우긴요."

눈을 감은 채 오른손을 이마에 얹고 사뭇 비장한 목소리로 그러더니 벌떡 일어나 앉는다.

"엄마, 도란이 같은 애, 다시는 못 만날 거야. 엄마 아들이 한 선택 중에서 최고의 선택이라고 봐."

"그래서?"

"근데 엄마, 왜 단둘이 있을 때면 도란이의 모든 걸 다 받아들일 수 있는데 내 네트워크 속에서는 끊임없이 부딪치게 되는지 몰라. 모르겠으니 더 미치겠다구요."

"복잡하구나."

"네, 그래요. 엄마, 오디오 리모컨 좀 집어주세요."

리모컨을 집어주자 실연한 놈 같은 표정으로 버튼을 누르고는 벌렁 드러누워 눈을 감아버린다. 음악이 시작되자 혼자 중얼거린다. 난 과학이 딱 이만큼만 발전하고 스톱했으면 좋겠어요. 휴대폰 버튼을 누르며, MP3를 들으며, 냉장고에서 아이스크림을 꺼내먹으며 아들이 가끔 던지는 말이다. 신세대란 으레 튄다는 건, 어른들의 편견일 뿐이다. 편하게 자란 아이들은 때로, 놀랍도록 보수적인 행태를 보인다. 제 부모 세대보다 더. 제 삶을 그대로 두고, 변형시키지 않고, 필요한 것만 손 내밀어 집어들 수 있길 원한다. 경우에 따라, 엄마인 내게 존댓말과 반말을 제 편한 대로 섞어 쓰듯. 걸어다니며 휴대폰으로 티브이를 보면서도 그러겠지. 난 과학이 딱 여기서 멈추었으면 좋겠어, 하고.

*

저 또래 아이들은 얼핏 보면 다 큰 것처럼 보이는데 하나하나 이목구비를 뜯어보면 숨길 수 없이 어린 구석이 남아 있다. 찻잔을 내려놓는 도란이 입술을 쳐다본다. 아직 어린 입술이다. 여린 턱도 그렇다. 힘들어 죽겠다는 흔적 같은 건 없다. 그런데도 얼굴 전체를 보면 묘하게 역경을 지나온 신산함이 새겨져 있다. 지금 결혼하긴 좀 그렇대. 아르바이트 죽도록 해서 기어이 박사과정을 시작해야 할 이유가 뭐냐고 아들이 흥분해서 얘기할 때 나는 아들의 얼굴을 가만히 쳐다보았다. 지금 결혼한다 해도 제가 도란이 학비를 감당할 능력도 안 되면서, 아버지 통장에 든 돈이 제 돈이나 되듯 얘기하는 녀석이 마음에 안 들기는 나도 마찬가지다. 너 울트라 부잣집 아들이구나, 했을 때 도란이 담담하게 내뱉는 그 말 속에 현이로서는 죽었다 깨나도 분간할 수 없는 몇 가지 정서가 뒤섞여 있다는 걸, 알지 못했을 것이다.

나는 도란이의 입술을 가만히 쳐다보았다. 생생한 점막으로 갓 빚어낸 듯 주름 하나 없이 사랑스러운 입술. 나도 언젠가 저런 입술을 가진 시기가 있었을 것이다. 화장기 없는 입술로 웃음을 터뜨리며, 내가 얼마나 환한 빛을 내는지 몰랐던 시절.

그날 초핀을 만나러 커피숍 '쇼팽'에 나가진 않았지만 같은 성당 유년부 교사였던 우리는 매주 얼굴을 보았다. 나를 향하는 그의 마음을 아주 놓아버리진 않고 당겼다 밀었다 하며 은근히 즐기는 걸 당연히 여길 만큼 나는 오만했다. 공소가 있는 시골로 봉사를 갔던 여름날, 같이 보낸 며칠 동안 나는, 나를 쳐다보는 초핀의 눈동자에서 그를 괴롭히는 갈망을 빤히 읽으며, 절정으로 그를 고문했다. 어디에 있든 나를 바라보고 있는 초핀의 시선을 의식하고 있었다. 멀리서도 손가락 하나만 까딱하면 허리를 푹 꺾을 듯 아슬아슬한 초핀의 옆을 지나며 속삭였다.

우리, 원두막에 놀러 가지 않을래? 좀 있다 산막 뒤로 와.

오다 긋다 하는 비가 잠시 멈춘 오후였다. 과수원에 올라가 복숭아를 따기로 한 날이었는데, 비올 때 작업하면 과일이 상한다며 작업은 다음날로 미루어졌다. 모처럼 빈 시간에 잠을 자는 아이들도 있었고 밀린 빨래를 하는 친구도 있었다.

흙탕물이 튄 고무신을 깨끗이 닦아 신고 개울을 따라 천천히 걸어갔다. 불어난 물에 개울가 풀들이 뿌리째 뽑힐 듯 물살에 쓸리고 있었다. 산막 뒤로 돌아가니 초판은 벌써 와서 두 발을 모아 제자리뛰기를 하고 있었다. 기운이 넘치는 모양이었다. 나와 눈이 마주치자 지구 위의 모든 비구름을 단숨에 몰아낼 듯 활짝 웃었다. 빗방울은 떨어지지 않았지만 언제 비가 내릴지 몰랐다. 둘 다 우산은 갖고 나오지 않았지만 비를 맞아서 안 될 것도 없었다. 여름이었고 젊었다. 내 머리는 아주 짧았고 우스꽝스러운 고무신을 신고 있었다. 빨래가 쉬 마르지 않아 지난 장날 단체로 티셔츠를 사러 갔었다. 난전에서 두 장에 오천원 하는 티셔츠를 고르는 기준은 단 하나, 즐거움이었다. 형용할 수 없이 요란한 색상을 누군가 골라들 때마다 깔깔거리며 서로 갖겠다고 잡아당기고 난리도 아니었다. 소방차 빛깔의 셔츠 하나를 서로 잡아당기다 죽 찢어졌을 때 우린 거의 땅바닥에 쓰러져 눈물을 흘려야 했다. 디자인은 똑같았다. 반소매 면셔츠에 조잡한 염색만 했으니.

나는 연두색을 골랐는데, 초판은 그날 노란색을 골랐나보았다. 흐릿한 대기 속에서 노랑과 연둣빛 셔츠만 살아 움직이는 듯했다. 우리는 서로 옷을 가리키며 깔깔 웃었다. 오르막은 완만했는데 옷은 금세 땀으로 흠뻑 젖었다. 불빛을 향해 달려드는 하루살이처럼, 공기중에 가득한 습기가 유독 형광빛 요란한 면셔츠에 엉겼다. 빗방울이 뚝뚝 떨어지기 시작했다. 비탈을 달려 올라갔다. 발을 디딜 때마다 고무신에서 뽀각뽀각 소리가 났다. 원두막 아래 들어서서야 숨을 몰아쉬었다. 누구의 것인지 모를 땀냄새가 코를 찔렀다. 우리, 차라리 비를 맞자. 원두막 바깥으로 나와 쏟아지는 빗방울을 그대로 맞으며 땀을 씻었다. 초핀이 달려가 복숭아 두 개를 따와 빗물에 씻어 건네주었다.

껍질째 복숭아를 씹어먹는데 귓구멍이 계속 간지러웠다. 제대로 씻질 않아서 그렇다며 나는 초핀을 구박했다. 먹고 난 복숭아 씨를 멀리 던지고 빗물을 받아 손을 씻고 원두막 아래 나란히 서서 비 내리는 과수원을 오래 바라보았다. 비가 조금씩 가늘어지더니 그쳤다. 벗어서 짜. 초핀의 말에 내가 눈을 흘기자, 돌아서며 그랬다. 각자 짜서 입자. 초핀이 셔츠를 벗는 소리가 처덕처덕 나고 주루룩 물이 떨어지는 소리가 났다. 열 센다. 하나, 둘 사이의 간격이 무척 길었다. 망설이다 셔츠를 벗었다. 어머. 내 브래지어와 배가 온통 연두로 물들어 있었다. 고개를 살짝 돌려보았다. 셔츠를 비틀어 짜고 있는 초핀의 등짝은 샛노랬다. 그 순간 초핀이 셋을 세었다. 나는 웃기 시작했다. 왜? 초핀이 돌아보았다. 비명을 지르며 그의 어깻죽지를 후려쳤다. 초핀이 제 가슴을 내려다보며 그랬다. 참혹하군. 그러더니 갑자기 바닥의 흙을 손바닥으로 떠올려 제 가슴에 마구 문질렀다. 우리는 바닥에 퍼질러 앉아 미친 듯 웃어댔다. 그 이전의 생에 그토록 웃어본 적이 없는 것 같았다. 손 한 번 잡지 않았지만, 온몸이 살짝 미열에 들

떠 부푼 듯했던 그 오후에 우리를 사로잡고 있었던 건 명백히, 성
적인 흥분이었을 것이다. 그 여름 이후 우리는 한참 동안 '우리'
였다.

그러나 결혼으로 이어지는 인연이란 결국 타이밍의 문제일까.
초핀. 독한 여드름 자국이 선명한 얼굴 뒤에 감추어져 있던, 그의
순정의 분량을 읽기엔 나는 너무 어렸을까. 그 원두막에서 웃음을
터뜨렸던, 내 어렸던 입술이 얼마나 유혹적이었을지 그때는 헤아
리지 못했듯. 하지만 난, 내 교활한 계산법을 타이밍이 맞지 않았
다는 애매한 핑계 뒤에 감추어둔 것은 아닐까. 명백히 가난했고,
재수해봤자 괜찮은 대학 가긴 어려울 것 같은 그의 현재에서 당연
히 비전이 보이지 않는 그의 미래를 산출해낸 게 아니었을까.

도란이를 만날 때마다 나는 어쩐지 초핀을 꼭 떠올리게 된다.

"좀 이르긴 하지만, 팥빙수 먹을래?"

"네. 팥빙수 좋아하세요?"

나는 고개를 저었다.

"네 나이 땐 나도 참 좋아했는데, 이젠 한여름에도 팥빙수를
먹고 싶지가 않아."

도란이 팥빙수를 좋아한다는 걸 안 것도 아들의 일기를 통해서
이다.

……고등학교 다닐 때, 야자 시작하기 전에, 애들은 학교 앞
분식집에서 늘 팥빙수를 사먹는데, 그게 그렇게 부러웠어. 어

쯤 그렇게 팥빙수가 맛있었는지 몰라. …… 아무렇지도 않은 듯 그렇게 얘기하며 D는 팥빙수를 먹기 시작했다. 난 팥빙수를 그렇게 맛있게 먹는 사람을 본 적이 없다. 그 모습이 너무 안쓰럽고 사랑스럽고, 그래서 마음속으로, 그래 여름이 끝날 때까지 아니 한겨울에도 넌더리가 나도록 팥빙수를 먹여주마, 싶었다……

현이 녀석은 제가 그렇게 써놓고 지금쯤 기억도 하지 못할 것이다. 나는 뜨거운 카푸치노를 마시며, 팥빙수를 먹고 있는 도란이를 가만히 쳐다본다. 정말 팥빙수를 그렇게 맛있게 먹는 사람을 본 적이 없는 것 같다. 보는 사람이 한 숟갈 퍼먹어보고 싶을 만큼.

"맛있니?"

"네."

나는 왜 도란이를 불러냈을까. 점심을 먹자는 핑계로. 점심을 먹는 내내 나는 요즘 둘 사이의 기류 변화를 모르는 척했고 도란이도 현이 얘기는 하지 않았다. 어쩌면 나는 아들의 일기를 읽으며, 둘이 헤어지기 전, 마지막으로 도란이를 한번 보고 싶었던 것 같다. 한 번도 안 본 사이라면 몰라도 나중에야 도란이를, 마른 꽃 안부 묻듯 할 순 없지 않은가.

"도란아. 요즘은, 결혼해서도 공부 계속하는 친구들 있지 않니?"

차가운 걸 먹어 살짝 푸릇해진 입술을 문질러주고 싶다.

"꼭 그래서만은 아니에요. 제가 짐이 좀 많아요. 동생들도 아직 어리고. 무엇보다도 제게는 지금 하고 있는 공부도, 중요하거든요."

도란이는 공부가, 가 아니라 공부도, 라고 했다. 숟가락을 들 때마다 움직이는 도란이 어깨가, 무거운 짐을 진 마른 당나귀의 그것처럼 안쓰럽다. 이 얘긴 처음 듣는 얘기가 아니다. 현이 그랬다. 걔 부모들은 도대체 뭐 하는 사람들이야. 키우지도 못할 애들은 왜 낳아서 자식한테 떠맡겨? 내가 화가 나서, 네 엄마 아빠는 왜 그렇게 무책임하니? 네 인생은? 하고 따지면 남의 얘기 하듯, 그러게 말야, 아니면 어쩌겠어, 하고는 끝이야.

어쩌면 현이는, 사실은 나 힘들어, 하는 말을 듣고 싶었을 것이다. 한 번도 힘들다 내색 않는 이 아이에게 묘한 두려움 같은 것을 느꼈는지도 모르겠다. 도란이는 지난번 내가 사주었던 옷 중에서 바지만 입고 나왔다. 길이가 아주 짧았던 겨잣빛 재킷 대신 소맷자락에 보풀이 몇 개 매달린 얇은 스웨터를 입고 있다. 친구들과의 모임에 보풀이 난 스웨터를 입고 나타난 일로 다투었다 해도 문제는 그 스웨터 너머에 있는 것이다.

지금 이 아이와 내가 엮여 있는 관계가 아닌, 다른 지점에서 도란이를 만났더라면, 하는 생각이 스친다. 도란이와 현이의 관계가 이쯤에서 정리되길 바라는지, 아니면 약혼식이라도 올리게 되길 바라는지, 나도 내 속을 짐작할 수가 없다.

“영문학 전공하셨다면서요?”

“응.”

“누굴 좋아하세요?”

“글쎄다. 전공 공부를 하면서 누군가에게 매료된 기억은 없네. 논문은 헤밍웨이로 썼지만 그 사람 소설보다는 영화를 더 많이 본 것 같아.”

“전, 엘리엇이요.”

엘리엇을 좋아한다는 건지 논문을 쓰고 있다는 건지 알 수 없지만, 도란이라면 제가 좋아하는 작가를 논문 주제로 삼았을 것 같아 그냥 고개를 끄덕였다.

지하철역에 내려주고 백미러에서 멀어지는 도란이의 모습을 보는 내 마음이 영, 푸슬푸슬하다.

주차하면서 보니 최기사가 극세사 타월로 차를 문지르고 있다. 그를 볼 때마다 백미러가 부서지는 순간의 건조한 충돌음이 들려오는 게 언제까지 계속될지. 그의 얼굴은 표정을 읽을 수 없다. 지친 것 같기도 하고 평온해 보이기도 한다. 그 사고 이후 최기사는 한시도 차를 떠나지 않는다. 백미러 값은 어떻게 마련했을까. 나 외에 그날 주차장을 내려다본 사람이 어쩜 하나도 없었단 말인가. 연둣빛 스웨터보다는, 누구에겐지 모를 화가 치민다.

저녁 준비는 복잡하지 않다. 남편은 내장비만이 심각하다며 이것저것 차리지 말고 현미밥 반공기와 야채 한 접시, 된장국으로만 저녁을 차리라 한다. 나이가 들면서 그마저도 귀찮아진다. 남편의 휴대폰으로 전화를 해본다. 언제 와? 지금 출발인데, 주중에 고속도로가 왜 이렇게 밀려. 목소리가 울뚝불뚝하다. 막 골프장에서 나온 모양이다. 골치 아프게 도로 늘리고 할 거 뭐 있어. 휘발유 리터당 만원만 받아봐. 길거리에서 차 구경하기 어려울 텐데. 개나 소나…… 성질은 불같은 사람이 하루 종일 골프는 어떻게 치고 있나 모르겠다. 집에 와서 식사할 거야? 저녁약속 있어. 롯데까지 한 시간에 갈지 모르겠다. 그나저나 이 인간들은 도대체 어디를 이렇게 돌아다니는 거야. 아니, 나야 골프라도 치러 나왔지. 그 사람들도 전부 골프 치러 나온 거 아니겠어? 돈 버는 일 외에는 상상력이 황폐한 남편이, 그린피를 세 배는 올려야 한다고 열변을 토하기 전에, 알았다며 전화를 끊었다. 전기밥솥의 코드를 뽑아버리고 가스불도 꺼버린다. 햇반 하나를 데워 위의 비닐만 벗기고 혼자 먹는 저녁이 나쁘진 않다. 권태기와 환멸기가 지나면 무슨 기가 도래할까.

도란이 엘리엇으로 논문을 쓴다지. 학교 다닐 땐 몰랐는데 나이가 들수록 그의 시가 괜찮게 다가온다. 물론 다시 꺼내 읽는 건 아니다. 기억 속의 구절들이, 이렇게 헛헛한 시간이면 뜬금없이 스치기도 한다. 그의 기나긴 시는 독한 용액에 담겨 끝부터 서서히 녹아버리고 머리만 남은 긴 뱀처럼, 토막난 구절로 꿈틀거린다. 이를테면,

　한번은 쿠마에서 나도 그 무녀가 조롱 속에 매달려 있는 것

을 직접 보았지요. 아이들이 '무녀야, 넌 무얼 원하니?' 물었
을 때 그녀는 대답했지요. '죽고 싶어.'

……이제 누구도 내게, 넌 무얼 원하냐고 묻지 않지만, 늙고
시든 채로, 손에 쥔 먼지만큼의 날들을 살아내야 할 무녀처럼 생
이 아득하게 느껴지는 순간이 내게도 있다.

*

소리나지 않게 조심스럽게 문을 닫고 들어온 여자가 내 코앞에
종잇조각을 갖다댄다. 그레이프프루트예요. 피로해진 심신을 달
래주면서 지방을 분해하기도 한답니다. 달콤쌉싸래한 향이 코를
스친다. 눈을 한번 떴다 감으니 다른 향이 맡아진다. 이건, 로즈
메리예요. 지나친 햇살 때문에 우울하고 예민해진 마음을 달래주
는 향이에요. 눈을 감은 채 나는 고개를 끄덕인다. 햇살 때문은
아니지만 나는 우울하고 예민해져 있었다. 아무 생각 없이 누워
있고 싶은데 좀체 가수면상태에 빠지지 않는다.
"조금만 더 뜨겁게 해주겠니?"
등에 놓인 돌이 식은 건 아니다. 벗고 있을 때 가장 쾌적한 온
도로 맞추어진 실내에서 어쩐지 등에 한기가 스미는 듯하다. 왜
버림받은 게 나인 것처럼, 마음이 축축하고 추운지 모르겠다. 감
기 기운이 있으신가봐요. 여자가 걱정스러운 목소리로 묻는다.

현이 녀석은 어젯밤, 제 방에 들어가기 전, 눈을 내리뜨고 그렇게 말했다.

도란이하고는, 좀 생각해보기로 했어요.

왜냐고 나는 묻지 않았다. 요 며칠 녀석의 홈페이지에서 읽은, 자기 변명으로 가득 찬 이별의 사유서를 다시 듣고 싶지도 않았거니와 내 마음속에서도 도란이에 대한 안쓰러움과 우울한 안도감이 동시에 교차하고 있었으니까. 사랑했다고? 그래, 목숨을 거는 사랑만이 사랑은 아니지. 백만 사람에겐 백만 가지 사랑이 있으니.

……D는 늘 눈부시게 웃고 있다. 나도 모르겠다. 그녀의 전부를 감싸안으려는 내 태도와 그녀의 자존심은 늘 충돌한다. 그 아이의 가난이 문제가 아니라, 모였을 때 너무 초라하게 입고, 먹을 때 사소한 거 가지고 따지고 그러면 처음엔 화나고, 돌아서면 안쓰럽고, 그런 게 불씨가 된 것 같아. 가난이 D의 일부가 아니라, 공기처럼 그녀의 삶 전부를 지배하는 걸 보면 화가 나. 아무것도 아닌 일로 둘 다 너무 예민해져 있었지만, 결국 내가 부족했던 것이겠지.

모든 게 내 잘못이야, 하고 말로 하는 건 어렵지 않다. ……현이, 넌 걔의 가난이 싫은 거야. 간단한 얘기 복잡하게 하지 마라. 어릴 때부터 변기까지 들여다보며, 우리 아기 예쁜 똥, 미운 똥? 물어가며 키운 내 자식인데 그 속을 내가 모르겠니.

지난번 만났을 때, 나는 어쩌면 마지막이 될 것을 짐작하고 있었고, 도란 역시 그러했을 것이다. 다시 도란을 만나는 일은 아마 없을 것이다. 상실감과 죄책감은 봄과 함께 사라지겠지. 이젠 저지르는 죄마저 이렇게 하찮고 비겁하고 졸렬하다. 그런 나이가 되었다. 몇 번의 만남과 그보단 많았던 전화통화. 그 아이가 좋았던 나는, 사실은 그래서, 친해지지 않으려고 무척 애를 쓴 것 같다.

도란이는 내게, 어쩌면 한 권태로운 여행지에서 디지털카메라를 들고 있다 우연히 찍게 된 유에프오 같은 존재로 남을 것이다. 나는 그걸 보았고, 내 메모리에는 그 모습이 남아 있지만, 현실의 네트워크 속에서 그저 그대로 존재하기 위해서는 누구에게도 얘기할 수 없는, 누구의 공감도 끌어낼 수 없음을 알고 있기에 침묵해야 하는, 빛을 발하는 존재. 그러나 그걸 만나기 이전과 이후의 나는 달라져버린, 미확인 비행물체. 도란이와의 다정했던 시간도, 백미러의 파열음도, 언젠가는 오래 전 채집된 식물처럼 바스러질 것이다. 초편과 내가 그날 느꼈던 몸의 열기가 이제 식물성으로만 기억되듯.

뜨겁게 데워진 돌이 척추를 따라 하나씩 놓인다.
뜨거움은 곧 가시고 돌은 천천히 식어갈 것이다.

매미

여자는, 제 발을 구두에서 꺼내 바닥에 드리워진 내 그림자를 툭툭 건드려
본다. 발은 기형적으로 작다. 내 발을 여자의 발 아래 밀어넣어본다. 작은
발은 무게가 없다. 무게가 느껴지지 않는 건 발뿐이 아니었다. 내 몸 위에
누워서조차 여자는 떠 있는 것처럼 가벼웠다.

쓰 쓰 쓰……

처음엔 좁은 틈으로 공기가 빠르게 빠져나가는 듯한, 낮은 휘파람 소리로 시작된다.

그리고 물방울이 떨어지듯 똑, 똑 하는 여리지만 집요한 소리가 겹쳐지다가 이윽고 금속성의 매미 소리가 귓구멍 안을 가득 메운다. 눈을 꾹 감았다 뜬다. 이 소리에 신경을 쓰지 말라고? 한 번도 들어본 적이 없으면 그렇게 말할 수도 있겠다. 보기 싫은 게 있으면 눈을 감으면 그만이지만, 내 귀 안에서 들려오는 이 소리로부터는, 아무래도 달아날 길이 없다.

지난 진료 때 이비인후과 대기실에서 만났던, 나처럼 이명(耳鳴)을 앓고 있다는 남자는 제 고통을 하소연하다 말고 그냥 고개를 저으며 그랬다.

……이건 정말 안 겪어본 사람은 몰라요. 여기 앉아, 오가는 환자들을 보고 있으면 어디가 부러지거나 찢어진 환자들이 얼마나 부러운지. 차라리 암덩어리면 잘라내기라도 하지, 싶다니까요. 귀를 도려낼 수도 없고. 별 검사를 다 하고는 기껏 원인은 알 수 없다, 언제 나을지도 말해줄 수 없다, 이런 소리나 들어야 하니. 누가 손톱으로 신경을 긁아대는 것만 같아요.

전염병처럼 번져오는 대기실의 우울한 기운이 싫어, 이름이 불리길 기다리며 눈을 감고 앉아 있었다. 끊임없는 매미 소리 사이로 조심스런 목소리가 끼어든다.

"여기 앉아도 되나요?"

눈을 떠보니 흰 티셔츠 아래 푸른 데님스커트 자락이 먼저 보인다. 그사이 대기실엔 벌써 빈자리가 하나도 없다. 옆자리에 놓아둔 노트북 가방을 집어들자, 여자는 살짝 목례를 하더니 앉는다.

신경정신과 쪽에 와보긴 난생처음이다. 이 사람들은 대체 무슨 질병을 갖고 있는 걸까. 우울증, 공황장애, 과잉행동, 자폐, 망상, 섹스중독, 의부증, 양극성장애, 도벽, 관음증…… 얼굴만 봐서는 감추어진 질병을 읽어낼 수가 없다. 이 여자는, 혈색으로 봐서 섹스중독은 아닌 것 같고 공황장애나 우울증 정도를 앓고 있는 것일까. 나는 어떤 질병을 앓는 사람처럼 보일까. 미친 사람과 정상인의 기준은 누가 정하는 것일까.

지난주 이비인후과 의사는 진료카드를 들여다보며 모든 게 정상이라고 말했다. 모든 게 정상이라는 말은, 귀에 더이상 매미 울음소리가 들리지 않을 거라는 얘기가 아니라 왜 귀에서 끊임없이 소리가 들리는지, 그 소리의 근원을 더이상은 알아낼 수 없다는 얘기였다. 목소리를 아끼듯 의사는 조근조근 말해주었다.

여태까지의 검사소견상으로 귀의 기능은 모두 정상입니다. 오른쪽의 청력이 약간 떨어지긴 하지만 일상생활에 지장이 있을 정도는 아니구요. 염증이나 난청도 없습니다. 사실 이명의 원인을 알아내기는 무척 어렵습니다. 귀 자체의 질병보다는 다른 이유로 인한 증상일 때가 더 많거든요.

그럼, 그냥 이대로 살아야 한다는 말씀입니까?

예약을 잡아드릴 테니, 다음주부터 신경계통 검사를 해보기로 하죠.

신경 쪽이라뇨. 이명을?

이명의 원인은, 환자의 귀에 들리는 소리만큼이나 제각각입니다. 뇌의 이상이 원인일 수도 있고, 정신적 억압이 원인이 될 때도 있습니다.

스트레스가 이명의 원인이 될 수 있다는 건가요?

물론입니다. 우울증이 이명으로 나타나는 사례도 꽤 됩니다. 이해하기 쉽게 말하자면 어떤 알 수 없는 원인으로 인해 뇌가 귀에 거짓 신호를 보내는 거라고나 할까요. 일단 뇌파검사와 신경전달계통에 대한 체크를 해봐야 할 것 같습니다.

그럼 귀엔 이상이 없다는 말씀이세요?

그렇습니다. 이런 경우엔, 또 어느 날 씻은 듯이 낫는 수도 있습니다.

씻은 듯, 까진 바라지도 않는다. 귀 안에 살고 있는 매미가 절반으로만 줄어도 살 것 같다. 병원을 다니기 시작한 후에도 전혀 차도가 없었다. 진료실 문을 열고 간호사가 호명을 하자 옆에 앉은 여자가 일어난다. 내 앞을 지나는 여자의 빈약한 엉덩이가 뒤뚱뒤뚱 흔들린다. 금방이라도 내 무릎 위에 주저앉을 듯 불안한 걸음이다. 여자가 일어나는 걸 보고 복도 벽에 기대서 있던 중년 사내 하나가 잽싸게 달려온다. 불행히도 여자의 진행속도는 남자의 짐작보다 느렸다. 채 나서기도 전에 밀고 들어서는 남자의 팔꿈치에 닿은 여자의 몸은 어이없이 중심을 잃고 넘어져버린다. 바닥에 주저앉은 여자의 얼굴이 하얗게 질렸다. 핸드백이 떨어지면서 내용물을 요란하게 바닥에 쏟아놓는다. 하필 내 발치에 떨어진 핸드백을 주워 먼저 건네주고는 의자 밑으로 들어간 것들을 주섬주섬 집어들었다. 장미꽃이 그려진 콤팩트, 물티슈, 동전 몇 개, 그리고 생리대까지. 안색을 보니 흘릴 피도 없겠구만. 뒷자리의 누군가가 립스틱을 집어서 내게 건네주었다. 내가 그것들을 핸드백 안에 집어넣는 걸 거의 체념한 기색으로 내려다보던 여자는 고맙다는 말도 없이 돌아서서는 달팽이처럼 느리게 걷는다. 간호사가 여자의 이름을 한번 더 부른다. 대기실의 모든 사람들이 절룩이는 여자의 뒷모습을 빤히 쳐다본다.

여자를 쓰러뜨렸던 남자는 어느새 옆자리 아주머니를 상대로 전방위 의학지식을 풀어내고 있는 중이다. 그 병은 말이야, 병원 다녀봤자 아무 소용이 없어요. 감각이 둔해지기 시작했으면 아주머니도 멀지 않았네. 결국은 발가락이나 발목을 잘라야 한다니까. 나 아는 사람은 다리 수술만 세 번을 했어. 처음엔 발가락, 발목, 그러다 결국 허벅지까지 잘라냈지. 그거 무서운 병이야. 신경전달검사를 받으러 왔다는 아주머니의 얼굴이 절망적으로 일그러지며 자신의 대퇴부를 내려다본다. 남자는 아주머니가 충분히 겁에 질린 걸 보고는 자기가 효과를 본 치료기 얘기를 꺼낸다. 병원에선 안 돼. 약 먹어봤자 속만 버려요. 근본적인 치료가 돼야지. 남자는, 의자에 가만히 앉아만 있으면 되는 그 일본산 전압치료기가 아니었다면 자기는 이렇게 걸어다니지도 못했을 거라며, 종로5가에 있다는 체험실 위치까지 상세하게 가르쳐준다. 병에 관한 한 모르는 게 없다. 자신도 똑같은 병을 앓은 적이 있다고 좔좔 읊어대지만 진짜 환자들과는 달리 그들에겐 우울과 비애의 파장이 나오지 않는다.

간호사가 내 이름을 연거푸 두 번 불렀다. 진료실 문을 열고 들어서는데 여자가 문 옆에 서 있다가 한 발짝 뒤로 물러선다. 적어도 아침에 일어난 이후론 한 번도 웃어본 적이 없는 듯한 표정이다. 잠시 멀어졌던 매미 소리가, 의사 앞에 앉자 다시 들려온다. 신경과로 보낸 건 제대로 된 순서 같다. 쓰 쓰 쓰. 이 금속성의 소리가 종내 사라지지 않는다면, 결국엔 미쳐버릴 것이다.

*

……아무래도 더이상은 못 견디겠거든요.

집주인 영감에게 전화를 해서 집을 옮길 수밖에 없는 사정을 얘기하면서 나는 좀 더듬었다. 구차하게 얘기를 하다보니, 나란 인간이 매우 괴팍한 현실부적응자처럼 보일 거란 생각이 들었다. 과연 내 말이 끝나기도 전에 영감은 별걸 다 가지고 멀쩡한 남의 집을 흠잡는다며 불같이 화를 내기 시작했다.

그렇게 별나서야 처음부터 백담사 계곡으로 들어갔어야지. 젊은 사람이 특이하네. 사람 사는 동네에 사람 사는 소리가 안 들릴 수 있나.

여기서 하루만 지내보세요. 아래위에서 들리는 소음 때문에 도무지 잠을 잘 수가 없어요. 옆집 방귀 소리까지 다 들립니다.

다른 입주자들은 아무 불만이 없는데 왜 자네만 유독 그런가? 이사 철도 아니고 집이 언제 나갈지 모르는데, 어떻게 보증금부터 먼저 내주겠어. 돈을 쌓아놓고 사는 것도 아니고. 정 못 살겠으면 복덕방비는 자네가 이쪽 것까지 물 생각 하고 내놓게.

영감은 화를 버럭 내며 전화를 끊는다. 임대사업으로 근근이 먹고산다던 노인이 이 단지에만 집 다섯 채를 갖고 있다는 건 중개업소 남자가 알려주었다. 처음 계약할 때부터 여윳돈이 없다고, 보증금 올려야 하는데, 하며 징징대던 노인이 한 푼이라도 손해를 볼 리가 없다. 집이 이렇게 여러 채니 어떻게 돈에 쪼들리지 않을 수 있겠어.

나만 유난히 소리에 민감한 걸까. 남들에겐 아무렇지도 않은 소리가 내 귀 안의 매미 소리와 뒤섞이면 참을 수 없는 데시벨로 증폭되어버리는 것일까.

조용한 환경을 찾아 이곳에 집을 구했는데, 한적한 전원도시라는 말은 환상에 불과했다. 신도시와 서울을 연결하는 팔차선 도로가 단지 뒤에 나 있어 한밤중이면 굉음을 내며 질주하는 대형 트럭의 소리와 진동이 온몸을 흔들어댄다는 걸 이사 첫날 알았다. 새벽엔 도로 청소차의 기계음이 새벽잠을 쓸어가버렸다. 그것뿐만이 아니었다. 이 집은 소음이 끝없이 이어지는 특이한 장소였다. 단 한순간도 조용한 적이 없었다. 가히 소음의 오케스트라였다.

낮이면 생선과 야채와 소금과 과일을 파는 트럭 들이 저희들끼리 시간표라도 교환한 듯 번갈아 와서는 사러 나오라고 쉴새없이 외쳐댔다. 옆집 여자는 열시 무렵이면 우는 아이를 업고 복도로 나와 자장가를 부르며 걸어다녔고 아이가 잠든 후에는 곧 부부싸움을 시작했다. 그 싸움이 잦아질 때면 다른 소음에 밀려 있던 텔레비전의 사극 대사가 사방에서 들려오기 시작했다. 애국가와 변기의 물 내리는 소리가 마지막은 아니었다. 누군가의 코 고는 소리를 들으며 잠을 자야 했고 아래위 좌우 어느 쪽인지 알 수 없는 곳에서 들려오는 여자의 교성을 들으며 불가피하게 자위를 한 적도 있었다. 하루 종일 생활하수가 싱크대 쪽 배관을 타고 흘러내리는 소리가 끊이지 않았고 그 위로 잡다한 소리들이 겹쳐졌다. 이 모든 소리들이 내 귀 안의 매미 소리와 공명했다. 쓰 쓰 쓰. 더 이상 여기서 살 수 없다는 생각이 들어 영감에게 전화를 했던 것이다.

아침부터 고기라도 다지는지 위층에서 요란한 도마질 소리가 들리기 시작한다. 오늘도 내 귀에 들려오는 모든 소리에 관대해지자, 굳게 다짐하며 심호흡을 몇 번 했다. 비등점을 막 넘어서는 액체가 귓속에서 그륵그륵 끓어오른다. 곧 매미가 울기 시작할 것이다.

*

오늘은 여자가 먼저 와 있었다.

문고판 책을 한 권 펼쳐들고 있지만 집중하고 있는 것처럼 보이진 않는다. 비어 있는 여자의 뒷자리로 가서 앉는데, 여릿한 수박 향기가 스친다. 오늘 새벽에도 청소차 소리에 잠이 깨어 다시 잠들지 못했다. 먼지라도 낀 듯 눈이 뻑뻑하다. 눈을 꾹 감고 있는데 코앞의 공기가 미묘하게 흔들리고 수박향이 희미하게 흩어진다. 나는 눈을 뜨지 않는다. 아마도 여자는 뒤통수에도 눈이 있어, 자신의 절룩이는 모습을 바라보는 눈길을 또렷이 느낄 것이다.

왜 대학병원은 앞의 환자가 나가기 전에 꼭 다음 사람을 불러들이는 걸까. 진료실로 들어가니 선 채로 의사와 얘기를 나누고 있던 여자가 돌아선다. 오늘 여자의 스커트는 검은색이다. 이 여자는, 영혼의 어느 곳에서 견딜 수 없는 소음이 발생하는 걸까. 진료기록을 먼저 살핀 후에 세면대로 가서 손을 씻고 온 의사가 묻는다.

"어떤 일을 하고 계십니까?"

"강의를 나가고 있습니다."

강의를 나가는 시간보다는 아르바이트하는 출판사에서 보내는 시간이 더 많지만 그런 얘기까지 할 필요는 없을 것이다.

"전공이 뭐예요?"

별걸 다 묻는다. 쓰 쓰 쓰. 먼 곳에서 매미들이 몰려온다.

"독문학입니다."

"유학을 하셨습니까?"

"작년에 돌아왔습니다."

"낯선 나라에 온 것처럼 다시 적응하는 중이시겠네요."

지나고 보니 팔 년이었다. 그렇게 오래 걸릴 줄 알았으면 시작하지 않았을 것이다. 연밥을 먹는 나라에 갔던, 옛이야기 속의 젊은이처럼, 돌아오고 나서야 너무 오랜 시간이 흐른 줄을 알았다.

"어떤 면에선, 그쪽에 가서 적응하는 것보다 돌아와서가 더 힘들다고 느껴지지 않습니까?"

나는 오전부터 벌써 피로해 보이는 의사를 쳐다보았다. 지난주에 했던 몇 가지 검사에서도 아무 이상이 발견되지 않은 모양이다. 이 모든 게 네 성격이 예민하고 남달리 괴팍해서야, 라고 말하고 싶은 거겠지. 처음 그곳에 갔을 때의 스트레스와 돌아와서의 스트레스의 분량을 내가 무슨 재주로 측정할 수 있겠는가. 대답을 기다리지도 않고 의사는 다시 묻는다.

"귀에서 소리가 들리기 시작한 건 귀국하고 나선가요?"

"그렇습니다."

"특별히 힘들다고 지속적으로 느끼는 문제가 있습니까?"

팔 년을 공부하고 돌아올 땐 이곳에서 자리를 잡는 게 이토록 어려울 거라는 생각은 하지 않았다. 긴 시간이었지만 허송한 시간은 없었다. 이렇게까지 해야 할까, 생각이 들 만큼 지독하게 공부에 매달렸다. 어디든 써먹겠다는 작정이었다면 그렇게 열심히 하지 못했을 것이다. 공부가 적성에 맞고 소질도 있다고 생각했다. 돌아와보니 이곳의 상황은 떠날 때와는 너무 달라져 있었다. 과 동기 중 전공을 붙들고 있는 친구는 거의 없었다. 강사비보다 센 파출부 비용을 감당할 수 있는 우아한 여자 동기들이 주로 시간강의를 하고 있었다. 그 아이들은 느긋했다. 이대로 지내다 혹시 자리가 생기면 기쁘고 아니라도 할 수 없지 뭐, 그런 자세였다. 거기다 과를 개설하고 있는 학교는 이전보다 훨씬 줄어 있었다. 전공자가 턱없이 줄어들었고 급격히 부상하는 다른 외국어가 그 자리를 채워가고 있었다. 버티고 있는 학교도 수강생이 부족해 지금 있는 교수만도 차고 넘친다 했다. 날 원하는 곳은 아무데도 없었다.

출판사를 하는 J가, 조급해하지 말고 우선 제 사무실에 나와 이 도시에 적응하는 법부터 배우라고 했을 때 얼마나 고마웠는지 모른다. 오랜만에 만난 J는 학교 다닐 때보다 몸이 많이 불어 있었다. 제가 이루어낸 일상에 대한 만족감이 살진 손마디마다 토실토실 고여 있었다. J는, 괜찮은 책이 있으면 네가 번역도 좀 해주고, 라고 했지만 독어권 서적은 새로 출판을 시도하는 일이 드물었다. 대체로 오래 전 나왔던 고전들을 재출간하는 게 고작이었다. 전공 분야의 공부를 써먹을 수 있는 기획 자체가 없었다. 한 공간에 여럿이 앉아 일하는 옆에서 혼자 아무것도 안 하고 버티는 것도 참 고단한 일이었다. 일이 끝난 후 집으로 돌아가기 위해 바깥으로 나오면, 어디로 가야 할지 모르는 사람처럼 멍하니 서서 질주하는 차들을 바라보곤 했다. 교정업무를 해보겠다고는 내가 먼저 말했다. 팔 년을 모국어보다 더 많이 어루만져온 언어를 밀쳐두고, 사무실의 어린 편집자에게 일일이 배워가며 교정일을 하던 어느 오후, 귀에서 매미 소리가 들리기 시작했다. ……이 모든 얘기를 들어주기엔 이 의사는 너무 바쁠 것이다.

나는 그저 애매하게 고개를 끄덕이며 대답했다.

"힘들다기보다는, 뭐랄까 두렵다고 할까요. 거리에서도, 사람들을 만날 때도, 심지어 내 집에 혼자 있을 때도, 무언가 공격적인 에너지가 날 압도하는 것 같아요."

"아시게 되겠지만, 그게 증기기관처럼 이 사회를 끌고 가는 원동력입니다. ……나쁘지 않다고 여기게 될 거예요. 검사결과는 양호합니다. 뇌나 신경전달체계상의 문제는 없어요. 마음을 편하게 가지시고, 그 소리를 지나치게 의식하지 마세요."

오, 이명이란 벽 너머에서 들려오는 찬송가가 아니다. 어떻게 신경을 쓰지 않을 수가 있단 말인가. 한번 시작된 매미 소리는 귓구멍을, 머릿속을, 그리고 온 우주를 가득 채워버리는데. 귀를 도려내버리고만 싶어지는데. 바깥으로 나오자 복도는 진료를 기다리는 사람들로 발 디딜 틈이 없었다. 크게 떠들어대는 사람도 없는데 와글와글 소란스럽다. 사람들을 헤집고 나오는 동안 나는 말을 하고 있는 모든 인간들을 증오하게 된다.

지하주차장 출구는 외래 입구의 택시 승강장과 길이 합쳐진다. 검은 스커트 차림의 여자 앞에 대여섯 명이 서서 차례를 기다리고 있는 게 보였다. 햇살을 온몸에 고스란히 받으며 무심한 눈길로 도로 너머를 바라보고 있던 여자가 이름이라도 불린 듯 고개를 획 돌리더니 내 쪽을 쳐다보았다. 날 알아보았는지는 잘 모르겠다.

갑자기 풍경이 소란해진다. 햇빛에 희게 바랜 도로에 검은 자국이 점점이 찍히기 시작한다. 땅바닥이 거대한 도트무늬 천을 펼쳐놓은 것 같다. 빗방울이 차 지붕에 탁탁 부딪는 소리가 사뭇 위협적이기까지 하다. 이상하게도 대기는 환하다. 손바닥을 내밀어보았다. 차가운 무언가가 손바닥을 아프게 때린다. 우박과 비가 섞여 내리는 모양이다. 초여름에 우박이라니. 천장에서 콩 튀는 듯한 하는 소리가 난다. 여자가 하늘을 쳐다보나 싶더니 휘청,

흔들렸다. 한순간이었다. 종이인형처럼 부피감이라고는 없는 몸이 픽 넘어간다. 주위에 서 있는 사람들이 목만 조금씩 빼서 여자를 내려다보았다. 제복을 입은 젊은 남자가 급히 달려갔다.

택시 승강장 앞으로 차를 세우는데, 백미러 속으로 여자의 검은 스커트만 보인다. 뒷좌석의 문을 열어놓고 달려갔다. 비 섞인 바람이 스커트 자락을 걷어올렸다. 털을 뽑은 새의 다리처럼 가녀린, 살짝 뒤틀린 다리가 드러났다. 바르르 떨리고 있는 다리에 스커트 자락을 당겨 덮었다. 등 밑으로 손을 넣어 들어올리는데, 내 손을 치워버려도 허공에 머무를 것처럼 가벼웠다.

의식을 잃은 건 한순간이었나보다. 눕혀놓고 문을 닫았는데 정문을 빠져나오며 보니 여자는 등을 기대고 앉아 있다. 댁이 어디냐고 묻자, 연희동 로터리요, 체념한 듯 한마디만 하고는 오도마니 앉아 비가 어느새 그친 거리를 내다보고만 있었다. 이상하게 내가 남의 비밀을 몰래 엿본 파렴치한 같은 기분이 들었다. 핸드백 속에다 치마 속까지 들여다보게 되다니. 내내 불편한 침묵을 지키고 있던 여자는 연희동 로터리 조금 못 미친 곳에서, 여기서 내려주시면 돼요, 입을 열었다. 여자가 내린 곳은 유치원 앞이었다. 조그만 목소리로, 고맙습니다, 하고는 돌아서서 유치원으로 들어가는 여자의 뒷모습은 여전히 아슬아슬 흔들린다.

감출 것이 있는 사람은 주름과 겹을 애용하지만, 의도와는 달리 그것들은 비밀의 양감을 과장할 뿐이다. 폭이 넓고 긴 스커트는, 다리의 불규칙한 움직임과 몸의 뒤뚱거림을 더 선명하게 드러냈다. 벽돌건물 출입문 앞에서 돌아선 여자가 우는 표정과 웃는 표정 중 어느 걸 택해야 할지 잘 모르겠다는 듯 애매하게 입꼬리를 늘였다. 다음 순간, 그 미소는 애초에 존재하지 않았던 것처럼 사라졌다.

*

매번 다른 스커트를 입고 나타나는 여자는 옷장 속에 몇개의 긴 스커트를 갖고 있는 걸까.

진료를 마치고 나오는데 로비의 기둥 옆에 기대듯 서 있던 여자가 알은체를 한다. 흰 스커트 때문인지 몇 번 보던 중 여자의 낯빛이 가장 환한 것 같다. 아무 일도 없었던 듯 넘어가긴 마음에 걸렸을까.

"지난번, 너무 죄송했어요. 제가 점심이라도 대접하고 싶은데……"

잘 알지도 못하는 사람과 밥을 같이 먹는 게 내키진 않았지만 아니라고 자르기도 좀 그랬다. 나는 아이 뭘요, 하며 애매하게 한번 사양을 했다. 여자가 다시 한번 자신 없는 목소리로 그래도……, 하며 말끝을 흐렸다. 생기 있는 목소리에 반짝이는 눈빛으로 말했다면 나는 어쩌면 편한 마음으로 괜찮다고 거절했을지도 모른다. 그러지요, 나는 고개를 끄덕이고 말았다. 차를 가져올 테니 입구에서 기다리라고 할까, 하다 어떻게 생각할지 몰라 같이 주차장으로 내려갔다. 옆에서 심하게 오르내리는 왜소한 어깨에서 금세 가쁜 숨이 느껴진다. 불편하다.

주차장을 벗어나자 택시 승강장이 나타났다. 여자는 그쪽을 쳐다보지 않는다. 한 주일 간격으로 올 때마다 초록의 우듬지는 무성해지고 짙어져 마치 다른 풍경처럼 보인다. 이렇게 시간이 끊임없이 흐르는 게 눈에 보일 때면 어지럼증 같은 두려움이 엄습한다. 정체도 모를 병에 질질 매달려 한가롭게 병원순례를 하고 있을 때인가.

멀리 갈 것 없이 근처의 식당거리로 차를 돌렸다. 전면이 유리로 된 파스타 가게 창가에 앉아 여자가 먹겠다는 봉골레 스파게티를 같이 주문하고 나니 할 말이 없다. 이 상황이 귀찮고 짜증스럽다는 생각이 불쑥 든다. 창밖으로 병원건물 전체가 한눈에 보인다. 물을 마시며 여자가 물었다.

"어디가, 안 좋으세요?"

너는 이미 나의 바닥을 보았으니, 나도 너에 대해 좀 알 권리가 있다고 생각하는 걸까. 같은 계열의 질병을 다루는 클리닉에서 처음 만난 두 사람은 어떤 방식으로 관계를 확장해갈 수 있을까. 서로에 대해 전혀 모르는 채로 만난 남자와 여자가 자신을 조금씩 열어 보여주며 서로를 발견해나가는, 그런 식의 과정을 밟아갈 수는 없을 것이다. 겉으로는 드러나지 않는 신경증적 질환을 가진 사람들이, 그 치명적인 결점을 고리로 하여 얽히는 게 가능하기나 할까.

“귀에서 소리가 나요.”

“어떤?”

“뭐랄까, 물방울이 떨어지는 소리 같기도 하고, 매미가 귀 안에서 우는 것 같기도 하고…… 듣기만 해야 하는 귀가 소리를 스스로 만들어내고, 그리고 그 소리를 다시 들어야 하는 거죠.”

“너무 예민해서 그런 게 아닐까요? 우주는, 우리가 들을 수 없는 무수한 소리들로 가득 차 있다고 하잖아요. 너무 작아서 들을 수 없는, 혹은 너무 커서 들을 수 없는 소리. 예를 들면 꽃이 피는 소리, 매미가 허물을 벗는 소리, 지구가 자전하는 소리, 두 개의 별이 충돌하여 폭발하는 소리, 고래의 울음소리 같은 것들. 뭐 그런 게 그쪽 귀엔 전부 들리나봐요.”

꽃 피는 소리라. 이러니 내가 미친다. 나는 그냥 고개를 끄덕였다.

“아마, 그런 모양입니다. 꽃 피는 소리면 좋겠는데 제 귀에는 별이 충돌하는 소리만 들리네요.”

조개 껍데기를 접시 구석에 소복이 쌓아가며 여자는 스파게티를 맛있게도 먹는다. 겉으로 보이는 모습보다는, 삶에 대한 열망이 질긴 여자일지도 모르겠다. 누군가와 처음 식사를 하면서 조갯살을 파내야 하는 요리를 주문하는 여자라면 말이다. 어지간한 말에는 대꾸도 안 할 것처럼 새초롬한 첫인상과는 달리 여자는 꽤나 말이 많다. 쉴새없이 포크를 움직이며 내가 묻지도 않은 제 얘기를 풀어낸다. 비탄이나 자기 연민의 기색은 없었다. 감상으로 덧칠되지 않은 여자의 진술을 듣고 있자니 그녀가 아닌, 다른 누군가의 증세를 대신 전해듣는 듯하다. 제 몸의 병도 오래 겪다 보면, 저런 객관적인 태도를 취할 수 있게 될까.

"여고 이학년 때였죠. 열어놓은 창으로 여름풀의 향기가 밀려드는 오후였어요. 5교시였으니 이맘때쯤이었나봐. 수업중에 쓰러졌는데, 처음이었어요, 그때가. 수학시간이었고, 음악실에서는 〈오 솔레미오〉 노랫소리가 들려오고 있었어요. 졸지도 않았는데 펜을 손에 쥔 채로 내가 비스듬히 쓰러지데요. 내 손과 다리가 제멋대로 비틀린다는 걸 느끼긴 했지만, 팔다리는 내 것이 아닌 듯 말을 듣지 않았어요. 심하게 쥐가 난 것처럼 허벅지부터 종아리까지 길게 칼로 찢는 듯 아팠어요. 바닥으로 굴러떨어졌죠. 마룻바닥에 넘어진 채로, 놀라서 내려다보는 짝에게 무어라 말을 하려 했는데, 혀도 눈동자도, 움직이지 않더군요. 옆반에서 달려온 가정선생님이 날 요리조리 살피더니, 옆에 서 있는 수학선생님에게 소리는 내지 않고 입모양으로만 그랬어요. 간질, 이라고. 그렇게 달싹이는 선생님의 입술을 쳐다본 다음 순간, 난 잠이 들어버렸어요. 어떻게 그 순간 잠들 수 있었을까. 참 이상하지 않아요?"

목이 마른 듯 물을 한 모금 마시고 여자는, 내가 대답할 수 없는 그 질문을 던져놓고 내 눈을 빤히 쳐다보았다. 제 몸에 꽂히는 시선들을 받아내며, 줄지어 있는 책상 사이에 누워 잠이 든 여자의 모습을 상상해보았다. 택시 승강장에서 보았던 여자의 모습이 떠올랐다.

"……그럴 수밖에 없었겠네요."

"그럴까요? 안 가본 병원이 없어요. 병원에선 뇌도 자율신경도 이상이 없다고, 간질이 아니라고 하는데, 나는 여전히 예고 없이, 일정한 간격도 없이, 쓰러지곤 했어요. 학교에 가서 친구들에게 그랬어요. 나, 간질이 아니래. 그러면 친구들은 멀뚱히 바라보며 그래? 그뿐이었어요. 그런 나를 간질이 아니라고 말하는 사람들은 병원의 의사들뿐이었죠. 현실의 내 삶과는 아무 상관이 없는 사람들요."

여자 앞의 접시는 어느새 말끔히 비워져 있었다. 결코 식욕을 자극하는 얘기는 아닐 텐데. 식욕은, 수은처럼, 다른 정서와 늘 쉽게 엉긴다. 저 비정상적인 식욕과 등을 붙이고 있는 정서는 무엇일까. 파스타를 그리 좋아하지 않는 내 접시는 절반이나 남아 있다.

"더워지니까, 입맛이 없네요. 그나저나, 가장 아름다운 계절이 지나갔군요."

6월이 시작된 첫날이었다. 나는 날씨 핑계를 대며 포크를 내려놓았다. 대학병원 건물을 감싸고 있는 숲이, 둥실 떠오를 듯한 초록 애드벌룬처럼 보인다. 내 시선을 좇던 여자가 혼잣말처럼 중얼거린다.

"5월이 아름다운 거 같아요? 눈으로밖엔 풍경을 볼 줄 모르는 사람들이 5월을 아름답다 하죠. 전 6월을 좋아해요. 6월은, 거의 폭력적인 생기를 뿜어내잖아요. 무심히 흘러가던 강물에도 관능이 금가루처럼 녹아 흐르고, 그 물을 탐욕스럽게 빨아마신 식물까지 숨결이 가빠지는 게 6월이에요. 사랑 없는 섹스를 한다면 6월이 적당하지 않을까요? 누군가를 꼭 죽여야 한다면 6월의 저녁에 그 일을 해치워버리세요. 6월은, 어떤 죄악도 용서받을 수 있는 계절이에요."

병원 복도에서 몇 번 마주친 게 전부인 사이에 나눌 이야기는 아니었다. 사랑 없는 섹스에다 살인이라. 이 여자가, 병원 복도에서 핸드백을 놓친 채 비참하고 무력한 눈빛으로 서 있던 그 여자인가. 비 섞인 바람이 스커트를 젖혀도 맥없이 누워만 있던 그녀인가. 그러나 그 냉소적인 진술에는 어떤 강박의 기운이 있었다. 그건, 여자의 빠르지 않은 말투와 담담한 표정과는 어울리지 않는, 어떤 안간힘 같은 것이었다.

이제 겨우 여름의 시작인데, 덥다.

"시간 내주셔서 고마워요. 다음번에 선물로 스펀지 귀마개를 가져다드릴게요."

설명했음에도 불구하고, 여자 역시 내가 견딜 수 없는 게 내 안이 아니라 몸 바깥에서 들려오는 소리라고 섣불리 생각하는 모양이다.

*

"취미세요?"

현관문이 열리자마자 나는 다짜고짜 물었다. 정말 궁금해서 물어보았다. 윗집 남자는 무슨 말인지 못 알아듣는 눈치다.

"뭐가요?"

"못 박는 거요."

별놈 다 봤다는 듯 남자의 눈알이 일출 장면처럼 아래쪽으로 흰자위를 펼치며 고정된다. 나 역시, 미안한데요 사실은, 하다 돌아서려고 달려올라온 건 아니다. 남자의 얼굴에서 고까운 표정을 읽자 분노는 삽시간에 폭발한다.

"정말 미치겠거든요? 무슨 못을 그렇게 종일 박으세요?"

남자의 목이 왼쪽으로 살짝 기운다. 눈을 내리깔고 싶을 텐데 키가 내 이마에 겨우 닿는다.

"아, 취미 맞아요. 제가 목공을 좋아해서요. 벽에 못 박는 소리 하곤 다를 텐데요? 시끄럽단 소리 별로 못 들었거든요?"

"아래서 듣기엔 벽에 못 박는 거하고 다르지 않아요. 드릴과 망치 소리에 머리가 울려서 도대체 책을 읽을 수가 없어요."

"아무도 뭐라고 그러지 않는데 유난하시네요?"

"다들 참고 있는 거지, 공동생활하면서 이러시면 안 되죠."

"어쩌라구요. 못 견디겠으면 그쪽에서 이사를 가야지요."

하긴 순순히 사과하고 그만둘 사람이면, 아파트에서 밤낮없이 못질을 하지는 않았겠지. 얘기가 안 되는 인간과 더이상 말을 섞기 싫어 저녁시간만이라도 좀 조용히 해달라고, 부탁하고 돌아서기도 전에 뒤로 문이 쾅 닫힌다. 내려와 집 안으로 들어오니, 못을 박는 소리는 여전하다. 물론 일부러 약을 올리려는 건 아니겠지. 그러니까 여자의 얘기처럼, 일상을 편하게 받아들이지 못하는 그런 까탈스러움이 확실히 내게 있는지도 모르겠다. 매사에 자책부터 하고 보는 게 요즘의 습관이다. 책상에 앉아 아까부터 몇 번이나 되풀이해서 읽고 있던 구절에 신경을 집중해본다. 망치 소리가 멈추는가 했더니 나무의 살을 파고드는 드릴 소리가 콜타르처럼 내 온몸을 둘러싼다. 어느새 나는, 방금 본 남자의 두꺼운 뱃살에 드릴을 박는 상상을 하고 있다. 언젠가부터 체르니 연습곡의 한 소절이 끝없이 반복되고 있다. 배관에서 나는 물소리도 그 소리를 쓸어가진 못한다. 드릴 소리와 도마질 소리가 뒤섞인다. 나는 그만 책을 덮었다.

쓰 쓰 쓰.

귓속의 매미 소리는 그 소리들을 이겨보겠다는 듯 점점 커진다. 공간 전체가 소리로 가득 찬다. 거대한 엔진 속에 오그려앉은 것 같다. 매미 소리와 온갖 소음들이 절정의 불협화음을 이루는 순간, 나는 벌떡 일어나 다용도실에 처박아두었던 테니스 라켓을 꺼내와 천장에 대고 쾅쾅 치기 시작했다. 드릴 소리가 뚝 그친다. 소리가 멈춘 그 순간 핀이 뽑힌 듯 내 안의 분노가 터져버린다. 온몸이 부들부들 떨려올 때까지 라켓으로 천장을 마구 쳐댔다. 그런 내가 혐오스럽다. 마침내 라켓이 부러져버렸을 때, 온몸이 땀으로 젖어 있었다.

여자는 막막한 표정으로 맨 꼭대기를 올려다보았다. 도저히 안 되겠으면 지금이라도 그만두자는 내 말엔 대꾸도 않고. 우리, 그걸 한번 해볼까요? 먼저 말을 꺼낸 건 여자였다. 놀이공원에 가본 적은 있지만 회전목마조차 탄 적이 없다는 얘기를 덧붙였다. 여자는 우리, 라고 말했다. 그러니까 그건 우리에겐 놀이가 아닌 다른 무엇이었다. 가만히 앉아 있다가도 쓰러지는 사람과 귀 안과 바깥에서 들려오는 모든 소리를 견뎌내지 못하는 인간, 그런 둘이 롤러코스터라니.

거대한 검은 새 같은 것이 휙 머리 위로 스쳤다. 와악, 와악 새의 비명 같은 외마디 소리가 아래로 쏟아져내렸다. 그걸 보고도 여자는 별말 없이 내 앞에 서서 줄을 따라 걸어갔다. 뒤에서 두번째 자리였다. 간단한 설명과 함께 안전바가 내려졌다. 출발하기 전 바로 앞에 앉은 두 사람이 마주 보며 입을 쪽 맞추었다. 꼭대기를 향해 열차가 착착 올라가는 동안 손잡이를 꽉 움켜잡은 여자와 나는 각자 자기 손만 내려다보았다. 여자가 길게 숨을 들이마셨다가 천천히 내쉬는 게 느껴졌다. 정점에서 잠시 머무는 듯하던 열차가 수직으로 내리꽂혔다. 아무 생각도 나지 않는 짧은 순간이 지나자 그때부터 비명의 도가니였다. 악, 악, 으악, 왁, 으아아아. 사람들은 비명을 지르기 위해 올라타기라도 한 듯 제가끔 독특한 비명들을 질러댔다. 아예 삼백육십도 회전할 때는 차라리 나왔다. 비틀리고 쏟아지고 휙 떨어져내릴 때마다 비명소리들은 점점 더 차지게 튀어나왔다. 여자가 비명을 지르는지, 눈을 감고 있는지는 알 수 없었다. 플랫폼에 도착하자 몸이 앞으로 한 번 기울었다가 되돌아왔다. 바가 올라갔다. 앞에 앉은 커플이 다시 입을 맞추었다. 나만 여자를 부축한 게 아니라 모든 커플들이 부상자 이송하듯 기댄 채 다리를 후들거리며 계단을 내려갔다. 가까스로 바깥으로 걸어나와서야 얼굴을 마주 보았다.

"괜찮아요?"

"그쪽은요?"

내가 먼저 웃었고 여자도 웃었다.

차라리 뇌와 달팽이관을 심하게 흔들어보면 어떨까, 일종의 충격요법으로 그녀가 제안한 롤러코스터 치료는 두 사람 다 전혀 효과가 없었다. 다만 그날 헤어지기 전, 앞자리에 앉았던 커플처럼 우리도 입을 맞추었다. 그게 매우 당연하게 여겨진 게 효과라면 효과였다.

*

"와, 묘원이 있네?"

커피를 준비하고 있는데 베란다에 나가 아래를 내려다보던 여자가 탄성을 지른다. 묘원이라. 공동묘지가 아래에 있었다는 말인가. 나는 커피잔을 담은 쟁반을 들고 베란다로 나가보았다. 몰랐다. 이 아래에 묘원이 있는 줄. 흐릿한 굴곡들은 자세히 보니 무질서하게 널린 봉분들이다. 심하게 침식된 그것들은 울퉁불퉁한 흙더미처럼 보인다. 어떻게 이걸 모를 수가 있어요? 여자는 나의 둔감함을 탓했지만, 그럴 수도 있지 않은가. 난간을 짚고 아래를 내려다보았다. 여기가 내가 살고 있는 바로 그 집인가 싶어 거실 쪽을 돌아보았다. 나는 건물의 앞쪽에서, 위에서, 아래에서, 옆에서 들려오는 소리에 하루하루 미쳐가면서도 고요를 스프링클러처럼 내뿜는 이 뒤편의 풍경에는 한 번도 눈을 주지 않았다.

"한없이 고요하네요."

"여기가?"

"그렇지 않아요?"

"잘 들어봐요. 소음 때문에 난 미칠 것 같은데."

여자가 손을 제 귓바퀴에 대고 잠시 서 있더니 고개를 젓는다.

"난, 아무 소리도 안 들려요."

"눈이 나쁜 사람이 있는 것처럼 청력이 둔한 사람도 있죠."

"필요 없는 소리는 들리지 않는 게 좋은 귀라구요."

그렇겠군. 저 적막하고 황폐한 묘원은 곧 사라질 것이다. 우리가 딛고 선 이 공간도 저 묘원의 일부를 헐어내고 세운 곳이겠지. 초여름 오후의 햇살이 남실남실 흐르는데도 묘원은 적막함과 쓸쓸함을 분무하는 유적지의 냄새를 풍긴다. 커피를 마시며 말없이 그 풍경을 내려다보고 있는데, 여자는 언제부턴가 울고 있다. 쳐다보지 않아도 알 수 있다. 소리없이 눈물을 흘리며 여자는 손톱으로 난간의 쇠를 자꾸만 긁어댔다. 시선이 가 닿는 아래쪽은, 그것 때문에 울 만큼 마음을 건드리는 풍경은 아니다. 여자는 묘한 재주를 가졌다. 숨소리도 없이 울 수 있다니. 나는 무너져가는 봉분을 내려다보았다. 이렇게 고요함 속에 있었던 적은 없었다. 귀 안에서 울어대던 매미마저 고요하다.

사랑이라기보다는, 운명의 느낌으로 다가오는 관계가 있다.

누군가를 사랑한다는 건, 어쩌면 그가 어떤 인간인지 모를 때에만 시작할 수 있는 정서가 아닐까. 같은 클리닉에서 만난 두 사람의 관계에서 위험한 건, 상대에 대해 모두 알고 있다는 오해일 것이다. 이를테면 여자가 제 동생의 얘기를 들려주었을 때, 난 이미 들은 얘기를 다시 듣는 것 같았다. 어느새 나는 여자의 삶과 내 것을 겹쳐놓으려 하고 있었다.

"쌍둥이 동생이 있었어요. 그런데 어쩜 그렇게 달랐을까. 똑 닮은 건 얼굴뿐이었으니. 공부하곤 담을 쌓은 나. 백과사전을 읽는 게 취미였던 동생. 걔 책상 위엔 언제나 백과사전이 펼쳐져 있었어요. 그것만 보면 왜 그렇게 화가 났나 몰라. 늘 생글생글 웃는 얼굴도 예뻤지만 지나치는 사람마다 쓰다듬어보고야 마는 귀여운 뺨이라니. 그 아이가 활짝 웃으며 인사라도 하면, 사람들은 자기도 모르게 눈이 살짝 가늘어지며 바라보곤 했어요. ……그 아이는, 내 거울이었어요. 날마다 들여다보아야 하는 거울. 나의 초라함만이 고스란히 드러나는 거울. 나이가 들수록 우린 점점 달라졌어요. 한 자매임을 의심받을 만큼. 조례시간에 시상대에 빨간 커버가 덮이면, 아이들은 또야, 하며 동생의 이름을 쑤군거리곤 했죠. 성장을 멈춘 내 다리가 비틀어져가는 동안 그 아이의 다리는 여자인 내가 보아도 반할 만큼, 여름나무처럼 곧고 싱싱하게 자라났어요. 개를 찾는 남자애 전화를 바꿔주기라도 한 날은 사소한 일로 짜증을 부리곤 했지만, 늘 천사처럼 웃으며 그걸 다 받아주던 그 아이. 백과사전을 재미나게 읽던, 맑은 성품이 뽀얀 볼에 드러나던, 날 언니라고 꼬박꼬박 불러주던, 내 앞에선 부러 반바지도 입지 않던 그 아이. 내가 귀머거리라고 생각하는지, 사람들은 커다란 귓속말로 그렇게 말하곤 했어요. 쟤들이 쌍둥이래. 일란성이 아닌가봐. ……미워하진 않았어요. 내가 원한 건, 다만 그 아이가 내 눈앞에서 보이지 않는 것뿐이었는데……”

해의 각도가 꺾이자, 대기는 막 끓어오르는 솥처럼 황금빛 기포로 부글거린다. 비스듬한 석양을 받은 묘지들이 올록볼록 도드라진다.

“여름감기가 오래 낫지 않아 며칠 결석을 할 때도 나는 그 아이에게 따뜻한 말 한마디 해주지 않았어요. 열이 떨어지질 않아 피검사를 하고 결과가 나온 지 열흘 만에, 죽어버렸어요. 혈액암이라니. 누군가 내 귀에 대고 속삭이는 것 같았어요. 네가 그토록 바라던 일이 이루어진 거야. 기분이 어떠니? ……상상이 현실이 된 적이 있어요?”

“그 나이라면, 그렇게 자책할 수도 있었겠네요.”

“내가 처음 쓰러진 게 꼭 한 달 후였어요. 가족들은 내가 동생

을 잃은 상실감 때문에 발작을 일으키기 시작했다고 생각했어
요."

여자의 손가락에 빈 커피잔이 아슬아슬하게 걸려 있다. 받아들
까, 하는데 커피잔은 손가락에서 풀려나 수직으로 낙하한다. 파
열음이 들리기엔 너무 멀다. 발바닥이 간지럽다.

"뭔가를 간절히 원하면 이루어질 만큼, 인간이 그렇게 강렬한
존재라고 생각해요?"

그 질문엔 대답하지 않고 여자는 난간 너머로 위험하리만큼 몸
을 내밀고는 아래를 내려다본다. 여자의 말처럼 묘원이 황량한
아름다움을 지녔다면, 여자는 묘원에 비친 자신의 황량함을 읽은
것이다. 아래쪽에서 바람이 불어올라왔다. 연두색 면스커트가 날
아오르며, 오래 전에 성장을 멈추어버린 다리가 파뿌리처럼 희게
드러났다.

개인적인 상처를 증언하는 것도, 누군가의 고백성사를 듣는 것
도 나는 좋아하지 않는다. 그럼에도 내가 주치의에게도 하지 않
은 얘기를 늘어놓게 된 건 바람이 불 때마다 속절없이 드러나는
여자의 파뿌리 같은 다리 때문이었다. 겪어보지 않으면 결코 알
수 없는 이명의 고통과, 채용공고가 날 때마다 서류를 준비하고
인터뷰를 하고 희망을 품었다가 다시 절망해온 시간들에 대해,
그리고 독일로 같이 출발했다가 올 땐 각자 돌아와야만 했던, 키
가 아주 작았던 여자에 대해서도 들려주었다. 요약해놓고 보니
내 인생은 참 단순했다.

어쩌면 우리는, 같은 병원의 외래병동에서 시작된 관계에서, 어떤 식으로든 서로의 다름을 증명해야만 한다는 또다른 강박에 사로잡혀 있었는지도 모르겠다. 사춘기의 쌍둥이처럼.

"이곳으로 돌아온 후로 난, 내 모든 걸 다시 만들어야 하는, 쓸모없는 인간이 되어버린 것 같아요. 그림자까지도."

여자는, 제 발을 구두에서 꺼내 바닥에 드리워진 내 그림자를 툭툭 건드려본다. 그림자 따위로 심각해지지는 말라는 듯이. 전족을 한 듯, 발은 기형적으로 작다. 내 발을 여자의 발 아래 밀어넣어본다. 작은 발은 무게가 없다. 무게가 느껴지지 않는 건 발뿐이 아니었다. 내 몸 위에 누워서조차 여자는 떠 있는 것처럼 가벼웠다.

*

차창에 부딪친 빗방울들은 빠르게 사선을 긋고는 사라져간다. 벌써 장마가 시작되었다 한다. 버스는 간간이 비가 그친 구간을 통과하기도 했지만 먹장구름이 잔뜩 끼어 있긴 마찬가지였다. 속에서 부글부글 끓어오르던 분노가 잦아들면서 명치끝에 주먹만한 덩어리로 뭉친다. 결국엔 못난 자신에 대한 짜증이고 혐오이다.

혹시나, 했던 내가 어리석었지. 남쪽의 소도시에 있는 대학에서 인터뷰를 하고 올라오는 길이었다. 친하게 지냈던 과 선배가 그 대학에 있어 서류를 내기 전에 통화를 한번 했었다. 내정된 사람이라도 있습니까? 뭐, 그건 알 수 없지. 어째야 할까요? 물었을 때도 그의 태도는 애매했다. 어, 일단 서류를 한번 내보기는 해. 여기저기 트라이하다보면 운과 때가 맞는 자리가 나올 수도 있지. 운과 때라니. 선배의 얘기는 그랬다. 이런 지방 사립대에서 교원을 뽑는 일에 과 교수는 거의 영향력이 없다고. 일단 서류를 한번 내보는 게 힘든 게 아니라, 이렇게 돌아올 때의 모멸감과 누구에게인지도 모를 분노를 삭이는 게 괴로웠다.

말이 인터뷰지, 나라는 사람에 대해 별 관심이 없다는 걸 대놓고 알려주는 자리였다. 이런 일도 번번이 겪으니 들러리 서는 사람을 대하는 그들의 태도가 너무 빤히 보였다. 상처받지 말자 생각하면서도 견디기가 힘들었다. 버스를 타고 오는 내내, 철저하게 비실용적인 전공을 택한 십 년 전의 선택을 처음으로 후회했다. 아무도 날 원하지 않는다는 깨달음은 비참한 것이었다.

톨게이트를 지나고부터 버스는 속도를 내지 못했다. 빗방울은 사선을 긋지 못하고 수직으로 떨어져내렸다. 버스는 사십 분이나 연착했지만 그건 누구의 잘못도 아니기에, 사람들은 그저 지긋지긋하다는 표정으로 도로를 가득 메운 차들을 멍하니 내려다보고만 있었다. 비는 그쳐 있었다. 차에서 내리자 축축한 열기가 몸을 휘감았다. 바깥으로 걸어나오는데 세상의 모든 소리가 내 귓구멍으로 밀려들어왔다. 귀울음이 오기 전의 미세한 울렁거림이 시작되었다. 굴착기 소리와 경적 소리와 분쇄된 채 허공을 떠도는 잡음들이 내 귀 안에서 콘크리트 반죽처럼 뒤섞인다. 목이 마른 것처럼, 그 여자가 그리웠다. 모든 문을 닫아놓고 이제 아무 소리도 들리지 않는다고 그녀가 말해준다면 울렁거림이 좀 나아질 것 같다. 성장이 멈춘 채 오그라든 발을 내 발 위에 얹고 그 무게를 가늠해보면, 이 맹렬한 귀울음이 사라질 것 같기도 하다.

휴대폰은 꺼져 있었다. 수업은 끝났을 시간인데. 메시지를 남길까 하다 유치원으로 전화를 해보았다.

저, 오진희 선생님 계신가요?

오선생님이요? 오늘 조퇴하셨어요. 아이가 아파서요.

아이라니.

오진희 선생님…… 아이가요?

네. 감기라더니 폐렴 기운이 있다네요.

알았다며 전화를 끊는데 관자놀이에서 피가 툭, 툭 튄다.

아이라면, 이혼을 했다는 말인가. 그랬을 수도 있겠다. 그걸 내게 얘기해야 할 의무는 없겠지. 내가 물어보지도 않았잖아. 혹은 이야기하려 했겠지. 쉽게 할 수 있는 애긴 아니지만.

나는 갈 곳이 없는 사람처럼 그 자리에 잠시 서 있었다. 집으로 들어가고 싶진 않았다. 논현동에서 개인사업을 하는 Y에게 전화를 했다. 귀국한 후 한번 보자고 몇 번 연락이 온 걸, 다음에, 하며 미루어둔 친구였다. 술이나 한잔 하자 했더니, 제 사무실로 지금 오란다. 지하철로 세 정거장이었다. 일러준 출구로 나오니 빤히 보이는 곳이 그의 사무실이었다. 전공과는 담쌓고 일찍 사업을 시작한 Y는 수입가구가 전시되어 있는 일층뿐만 아니라 빌딩 전체가 제 것이라며, 층마다 데리고 다니며 구경시켜주고는 나를 제 아우디에 태웠다.

식당에 도착할 때까지 Y는 계속 제 얘기만 했다. 어떻게 가구 사업을 할 생각을 했냐고 물었더니 엉뚱한 대답을 했다. 솔직히, 여태까지 가구보단 부동산으로 번 돈이 더 많아. 그러고는 너는 뭐 하며 지내냐고 물었다. 시간 나가면서, J의 출판사에도 나가고 있다 했더니 대뜸 J 걱정을 늘어놓는다. 걔 좀 도와줘라. 만날 때마다 우는소리더라. 내 말 안 듣더니. 출판사 개업할 때 내가 가서 그랬거든. 너 대출받아서 이 건물부터 사놓고 나서 책 만들어라. 걔가 내 말 안 들은 거 지금 와서 얼마나 후회하는지 아니? 홍대 앞 땅값이 그사이 열 배가 올랐다. 인생에서 딱 한 방이 중요한 건데. 내 말 들었음 뼈빠지게 책 만들 거 없이 편하게 살 수 있었는데. 주차장처럼 도무지 차가 움직일 기색이 없는 도로를 내다보며 Y는 자족적인 목소리로 말했다. 지금도 늦지 않았다고 봐. 서울은, 돈을 벌기엔 천국 같은 지옥이지.

괴테와 토마스 만을 토론하기엔 너무 많은 시간이 흘러가긴 했다. Y는 은근히 나를, 신문도 텔레비전도 없는 오지에서 십 년쯤 면벽하다 돌아온 깡촌놈 대하듯 했다. 아는 여자 둘 나오라고 그랬어. 너도 여기서 뿌리내리려면 안면도 넓혀놓고, 그래야 하지 않겠니? 둘이 먹기엔 지나치게 많은 생선회와 반찬들이 차려진 일식집 방바닥에 앉아서도 Y는 여러 번 내 걱정을 했다. 손톱만 한 진정성도 느껴지지 않았다.

여자들은 식사가 끝나고 이차로 옮긴 와인바로 나왔다. 얼굴 윤곽과 연결되게 자른 짧은 머리를 검푸른색으로 염색한 여자는 Y와 좀 특별한 관계처럼 보였다. 와인을 마시고 치즈를 집어먹는 틈틈이 Y의 손은 여자의 블라우스 속을 들락거렸다. 내 옆에 앉은 여자는 얼굴이 너무 특징이 없어 시선만 돌리면 바로 인상이 지워져버렸다. 내가 여기 뿌리내리는 데 이 여자들이 도움을 줄 수 있을 것 같진 않았다. Y가, 이 친구 독일에서 팔 년이나 공부하고 돌아온 박사라고 소개를 했지만 여자들은 그런 것에 대해 아무 관심이 없었다. Y는 다시 주접을 떨었다. 이분들은 일산에서 왔어. 그러니까 여기서 술을 마시기 위해, 독일과 일산에서 달려온 거야. 여자들이 재미있는 농담이라는 듯 소리내어 웃어댔다. Y의 손이 여자의 가슴 안으로 들어갔다 나왔다 하더니 둘은 어느새 입술을 빨고 있다. 과 동기인 아내는 여전히 잘 지내고 있다고, 아까 차 안에서 Y가 말했었지.

귀 안에 매미 소리가 촘촘해진다. 귀이개로 파내면 끝도 없이 매미를 긁어낼 수 있을 것 같다. 독일에선 어느 도시에 계셨나요? 내 옆의 여자가 하나도 궁금하지 않은 목소리로 물어보더니, 내가 대답도 하기 전에 엉뚱한 애기를 꺼낸다. 몇 년 전에 유럽여행을 가서 쌍둥이칼을 사왔거든요. 테러가 있은 직후였죠. 경유지에서 엑스레이에 걸리는 바람에 난리도 아니었어요. 독일이라면 쌍둥이칼 외엔 생각나는 게 없는 여자에게 내가 무슨 말을 더 보태겠는가. 묵묵히 앉아 있는데 갑자기 Y가 화를 누르는 목소리

로 내게 그랬다. 야, 일산에서들 오셨는데, 좀 안아드려라. 안아
드리는 대신, 나는 와인잔을 들었다. 에로스란, 안고 싶은 격정에
서 나오는 것이지 안아드리는 데서는 나올 수 없는 것 아닌가. 지
루하고 재미없는 얘기들을 주고받으며 끊임없이 술을 마시는 세
사람을 보고 있자니 저것도 재능이다, 싶다. 여자들은 언제부턴
가 연속극 얘기하듯 자연스레 제 남편 흉을 보고 있다. 남편은 재
작년에 죽었다거나 해외에 장기체류하고 있다는 정도의 거짓말
은 해주는 게 최소한의 예의일 텐데. 내가 없는 사이, 이 땅의 대
인관계는 화기애애하게 남편 얘기를 하며, 다른 남자의 손이 젖
가슴을 주무르도록 놔둘 만큼 진화한 것일까.

*

여자는 내 일상에서 고요를 만드는 법을 가르쳐주긴 했다. 마
루 쪽 베란다 문을 닫아버리고 난간 바깥으로 몸을 한껏 내민 채
묘원을 내려다보고 있으면, 그토록 날 괴롭히던, 내 몸 안과 바깥
에서 끊임없이 들려오는 소음들이 가만히 잦아지곤 했다.

낮엔 서울에 올라온 선배를 만났다. 보자고 연락한 건 선배였
는데 마주 앉아서는 그는 말이 없었다. 어떻게 됐어요? 무심한
듯 물었는데 선배는 그냥, 결정났어. 하고 말았다. 어느 쪽으로
결정났는지 물을 필요는 없었다. 잠시 그대로 앉아 있었다. 웃자
니 실없는 놈 같고 울자니 너무 미련해 보일 것 같았다. 누구도

날 원하지 않는다는 걸 면전에서 전해듣는다는 건 생각보다 견디기가 쉽지 않은 일이었다. 집으로 돌아와, 얼음을 쏟아부은 커피를 들고 베란다로 나가 난간에 등을 기댄 채 눈을 감았다. 생각해보니 여자는 참 수다스러웠다. 같이 있을 땐 그걸 몰랐으나 베란다에 나와 서 있으니 온통 그녀의 재잘거림만이 떠올랐다.

……기왕 남이 들을 수 없는 소리를 들으려면, 매미 말고, 다른 소리를 들어봐요. 가령 바다를 유영하는 흰수염고래 울음소리라든지 아니면 꽃이 피는 소리 같은 거. 제 마음을 마구 긁어대니 귀에서도 쇳소리가 들리는 거예요.

고래 울음소리는 어떤 건데?

오우오우오우우……

그거 늑대 아니야?

그런가?

몰랐다는 듯 눈을 동그랗게 뜨던 표정은, 혼자 있을 때면 불쑥 떠오르곤 했다.

그러고 보면, 여자는 짧은 기간 동안 내 속에 꽤나 깊숙이 들어와 있었다. 그날 이후 나는 먼저 연락하지 않고 있었다. 여자가 전화를 해오면 애매한 핑계를 대고 전화를 끊어버렸다. 그럴 때면 자신이 속 좁고 치사한 인간이라는 생각이 들었다.

사람은 낯선 이에겐 얼마나 관대한 존재인지. 그녀가 아이의 존재에 대해 말하지 않은 것을, 뭐 그게 어때서, 하며 넘어갈 수는 없는 그런 촘촘한 얽힘이 이미 우리 사이에는 있었다. 얼음을 씹으며 묘원을 내려다보고 있는데 전화가 왔다. 집에 있어요? 오늘 왜 진료 빠졌어요? 바쁜 일이 있었다고, 느리게 말하는 내 말투가 몹시 마음에 들지 않았다. 집으로 갈게요. 나는 알았다고만, 그렇게 인색하게 대답한다. 언제까지 전화만 하고 있을 수도 없을 것이다.

"들어오면 나가기 싫을 것 같아서 아예 먹을 걸 좀 사왔어요."

식탁에 쇼핑백을 내려놓고는 손바닥으로 제 얼굴에 바람을 일으킨다. 걸어오느라 더웠는지 모처럼 볼이 붉게 달아올랐다. 자두가 벌써 나왔더라, 혼잣말을 하며 사온 것들을 식탁에 꺼내놓는 여자. 나의 쌍둥이. 걷지 않고 서 있으면 여자는 언제나 처연히 아름답다.

도시락 뚜껑을 벗기자 초밥이 가지런하다. 식탁에 앉은 내게 젓가락을 건네고는 날치알이 올려진 초밥 하나를 입에 넣고 맛있게 먹고 나서야 내 기색을 살핀다.

"무슨 일 있어요?"

"일은, 무슨."

내 목소리는 툭툭 부러진다. 대단한 힌트라도 주는 듯.

"왜 또. 윗집 남자가 관이라도 하나 만들었나?"

그러면서 식탁 위로 손을 뻗어 내 미간의 주름을 장난스럽게 문지른다. 여자의 손이 닿지 않게 몸을 뒤로 빼며, 단숨에 물었다.

"아이가 있어요?"

이 정도는 물어볼 권리가 있다고 생각했을까. 내가 지적하고 싶은 건 아이가 아니라, 그걸 말하지 않은 거라는 걸 확실히 하고 싶었다. 나 역시 서류상의 흔적은 없지만, 여자의 이혼에 대해 뭐라 할 입장은 아니었다. 다만 나는 그 얘기를 여자에게 들려주었고, 여자는 앙큼하게도 제 얘기는 쏙 빠뜨린 것뿐이다. 마음속으로 그렇게 정리를 하고 있었다. 젓가락을 물고 잠시 내 눈을 쳐다보던 여자는 식탁 위의 한 지점으로 시선을 떨어뜨린 채 입에 든 걸 꼭꼭 마저 씹어 삼켰다. 그러고는 날 똑바로 쳐다보았다.

"아이도 있고, 남편도 있어요."

귀 안에서 뭔가가 톡, 터지는 것 같다. 가까운 곳에서 체르니의 한 소절이 반복된다. 얼마 전 일본에서 위층에 사는, 피아노 전공의 여고생을 목 졸라 죽여버린 사건이 있었지.

"결혼은, 일찍 했어요. 뒤틀린 내 다리에 입 맞추며 너무나 사랑한다고 말하는 남자하고. 사랑했다기보다는, 나 같은 여자하고 결혼하기를 원하는 사람이 더이상은 없을 거라는 생각 때문에 서두른 일이었어요. 결혼하고 나서야 알았는데 그 사람은, 우리집에서 나하고 패키지로 엮어서 줄 것들에 더 관심이 많았어요. 끊임없이 뭘 요구하는데, 정말 질리겠데요. 나 때문에 온 가족이 구덩이 속으로 같이 빠질 순 없잖아요. 중간에서 내가 다 잘라버렸어요. ……손해 보는 장사를 했다고 생각했겠죠. 내 앞에서 다른 여자와 다정하게 통화를 하고, 병신이라고 소리치며 무섭게 폭력을 휘두르곤 했어요. 그 사람과의 관계에서 몇 가지는 제대로 배웠어요. 타인의 눈에 비치는 내 객관적인 모습이 어떤 것인지, 사람이 얼마나 많은 얼굴을 갖고 있는지, 영원히 변치 않는 건 다만 이 초라하고 지리멸렬한 삶 그것뿐이란 것도. 붙들고 있는 쪽은 나예요. 그 사람과 헤어지면 내 딸의 아빠가 되어줄 사람은 이제 없다고 생각했어요. 많은 걸 기대하지 않으면, 그럭저럭 견딜 만해요. 얘기가 좀 늦었지만, 이게 나예요. 남편도 있고 딸도 있고, 아무하고나 자는, 다리를 저는 여자."

"왜 이렇게 사는데?"

나는 목이 메었다. 담담히 쳐다보는 여자의 흰자위가 희푸르다.

"그럼 어떻게 살까?"

담담한 여자의 목소리 사이로 앞집 아이의 울음소리가 비집고 들어온다. 위층의 도마 소리가 울음소리를 잘게 토막낸다. 여자는 제 핸드백을 열더니 내게도 낯익은 약봉투를 꺼내든다.

"사소한 것들을 바꾼다 해서 내 운명이 달라질 거라는 기대는 오래 전에 버렸어요. 하루에 세 번, 한줌씩 먹어야 하는 이 약 말고, 내겐 다른 약이 필요해. 지루하게 나이들어가는 나, 구더기가 기어나오는 상한 꿈만이 전부인 나, 절룩이면서라도 걸어가야 하는 나에겐, 다른 약이 필요했어."

여자는 속눈썹 하나 까딱하지 않는다. 자신도 누군가의 갈망의 대상이 되고 싶었다고, 듣기 좋은 거짓말이라도 해주었다면, 나는 짐짓 모든 걸 이해한다는 표정을 지었을지도 몰랐다.

"너, 병원에서 그날, 일부러 넘어진 거야. 차창으로 내 얼굴을 확인하고는 쇼를 한 거야. 내가, 그렇게 만만하게 보였나?"

여자의 입 언저리에 희미한 웃음이 떠올랐다가는 사라진다. 여자는 일어나 식탁 옆으로 나와 섰다.

"날 쳐다봐요."

나는 두 개가 비어 있는 초밥도시락을 노려보았다. 고리를 푸는 소리가 들리고 스커트가 바닥에 툭 떨어진다.

"이게 나야. 체중은 삼십육 킬로. 서른네 살의 유치원 계약교사. 약을 먹어도 쓰러지는 건 멈출 수가 없어. ……봐. 이렇게 다 벗고 걸으면, 정말…… 봐, 쳐다봐."

고집스럽게 식탁을 내려다보고 있는 내게, 여자는 뒷걸음치며 자꾸만 자기를 보라 한다.

"말을 했으면, 뭐가 달라졌을까. ……그래, 사실을 말해줄까? 필요하면 쓰러지는 흉내쯤은 어렵지 않다고, 그 인간을 견디려면 나도 다른 남자가 필요했다고, 사랑해서 너와 잔 건 아니라고, 사랑하지 않으니 미안하지도 않다고. 또 뭘 더 알고 싶은 건데?"

매미들이 미친 듯 울어댔다. 쇠날개를 비벼대듯 날카롭게. 절정의 불협화음이 신경을 찢는 것 같다.

견딜 수가 없다, 이 소리는.

귀를 틀어막았을 뿐인데, 손에 잡히는 매미 한 마리를 힘껏 쥐었을 뿐인데, 손바닥 아래서 무언가 팔딱거린다. 손아귀에 붙들린 그 한줌의 무게는 종이인형처럼 가볍다. 속이 메슥거린다. 여자의 얼굴은 놀란 것 같지도, 아픈 것 같지도 않다. 다만 어떤 표정을 지어야 할지 막막하다는 듯 입술을 살짝 늘여본다. 팔딱거림은 내 손바닥 안에서 미약해지고 파뿌리 같은 다리가 가늘게 파닥거린다. 베란다 바깥으로 6월의 저녁이 두툼한 커튼처럼 내려와 있다. 내 손가락과 손가락이 진득하게 얽힌다. 그 안에서 한 움큼으로 줄어든 여자가 내 귓구멍 안으로 재빨리 튀어들어가 울기 시작했다.

쓰, 쓰, 쓰……

시그널 레드

사랑을 가진 사람은 상대방의 공격을 느긋하게 견뎌준다. 그래, 모든 걸
다 이해한다, 는 표정으로 쏟아지는 폭우를 고스란히 맞는 사람은 사실은
이긴 자이며, 완력이든 말로든 이긴 것처럼 보이는 사람은 그저 분풀이를
하고 있는 것에 불과한 것이다. ……그렇게 생각했다. 그날은.

*시그널 레드(signal red) ; 원색에 가까운, 표준이 되는 빨강. 신호등 색깔로 쓰이는 데서 유래한 이름이다.

*

잊고 있었다.

난, 카트를 밀며 걸어가다 심장이 멈추고, 돌연사했으면 좋겠어. 복도 양쪽에 산더미처럼 쌓인 물건에 둘러싸여 눈을 감을 수 있다면, 내겐 그게 가장 행복한 죽음인 것 같아, 라고 K가 말했던 것을.

비오는 날, 환하게 불이 밝혀진 지하의 쇼핑센터에서 카트를 천천히 끌며 쇼핑을 하는 것이 유일한 취미, 라고 언젠가 말한 적도 있다. 자신은 삶의 물질적인 측면만을 사랑하며, 사람과의 관계란 늘 부서지기 위해 시작되는 것 같다고 덧붙이듯 말했지만, 나는 그의 취향보다는 그 솔직함에 점수를 주었다. 무대미술이 전공이고 예술감독이 직업인 사람이라면, 적어도 자신이 만든 무대 뒤에서, 쏟아지는 박수갈채 아래서, 심장을 움켜쥔 채, 천천히 쓰러지는 마지막을 꿈꿀 만도 하지 않은가. 그 말을 할 때, 그가 끌던 대형 카트는 이미 가득 차 있었는데도 그는 양쪽 진열대를 곁눈질하며 끊임없이 무언가를 집어넣고 있었다.

그날 그가 카트 속에 집어넣었던 것들 중 기억나는 것은 사과 봉지뿐이다. 나는 그의 취미생활을 방해하고 싶지 않아 호주머니에 손을 넣고 내내 그의 곁을 따라다니고만 있었지만, 더는 관망만 하고 있을 수 없는 사태가 발생했다. 산더미처럼 쌓인 사과더미 앞에서 사과를 고르는 K를 보다 못해 봉지 속에서 크기만 하고 푸르뎅뎅한 몇 개의 사과를 도로 끄집어냈다.

"이런 건 뻑뻑하고 맛이 없어요. 빨갛고, 윤기가 나는 걸 골라야지. 소품으로 쓸 것도 아니고."

그랬는데도 다시 푸른 사과 하나를 집어든 K는 애매한 웃음을 지으며 그랬다.

"난, 네가 보는 것과는 다르게 봐."

"어떻게?"

"음, 난 네가 아닌데, 그걸 어떻게 알겠어? 다만 다르다는 것 외엔."

그때는 K가 말한 다르다, 는 것을 나는 내 방식대로 해석했다. 언젠가 그가 목재와 못이 널린 무대 위에서 했던 얘기, ……고정관념부터 버려라. 눈에 보이는 형태와 색에 집착하지 마라. 사람들이 무대에서 찾는 건 일상이 아니야. 뭐 그런 말들을 떠올리며 이 사람이 사과를 고르는 독특한 기준은 뭘까, 생각했다.

"난, 적색에 대해 맹(盲)이야."

쇼핑을 마치고 돌아오는 차 안이었다. 이건 추상적 관념에 대한 이야기가 아닌지도 모른다, 그제야 그런 생각이 스쳤다. 나는 몇 번 눈을 깜박이다 물었다.

"색맹이란 얘기예요?"

K는 미간을 살짝 찌푸렸다.

"글쎄, 내 증상이 색맹과 같은 건지는 나도 모르겠어."

신호등 앞에서 정확하게 정지선을 지켜 브레이크를 밟는 K의 옆얼굴을 보며 물었다.

"저 빨간 신호가 어떻게 보여요?"

"설명할 수 있을 거라고 생각해?"

그랬다. 나는 색맹이 무엇인지 잘 안다고 생각했는데, 내가 갖고 있는 생물학적인 지식은 K가 바라보는 세상에 대해 아무것도 알려줄 수 없었다. 몇 가지 질문들이 앞뒤 없이 떠올랐지만, 물어보지 않았다. 그 질문들에 대해 K는 대답할 수 없을 것이며, K가 무어라 설명하든 내가 알아들을 수 없을 것이라는 생각 때문이었다. 근시가 심한 내게 보이는 사물의 형태를, 정상시력인 사람에겐 결코 명확히 전달할 수 없는 것처럼.

K가 무면허 운전자이며, 동시에 무사고 운전자이고 한 번도 교통순경에게 면허증 제시를 요구받은 적이 없다는 것도 그날

알았다.

어쨌든, 붉은색에 대한 맹(盲)도, 쇼핑에 대한 열광도 수명과는 아무 연관이 없는 질병이었다.

그랬는데도 K가 죽었다는 얘기를 조감독에게 듣는 순간, 바로 그 쇼핑센터에서 카트를 밀던 K가 천천히 쓰러지는 장면이 연극의 한 장면처럼 내 머릿속에 펼쳐졌다. 난, 카트를 밀다 돌연사했으면 좋겠어, 그 말을 할 때의 차라리 명랑하던 그의 목소리가, 너무 현실감이 없었기에 죽음을 희롱하는 것처럼 들리던 그 방자함이, 죽음이 무엇인지 아직 모르는 어린 새처럼 깜박이지도 않던 그의 단호한 눈빛이 마치 하루 전의 일이기라도 한 듯 선명하게 떠올랐다. K가 정말 좋아했던 게 물질적 측면이었을까. 사람들 사이의 뒤엉킨 관계에 숨이 막힐 때면, 산더미처럼 쌓인 채 침묵하고 있는 물건들 사이로 달아나곤 했으리라는 짐작도 그를 떠난 후에야 해보았다. 그러나 이 모든 생각들은 내 머릿속에서 동시다발적으로 일어나 아우성을 쳤을 뿐 내 입술에선 한마디의 말도 나와주질 않았다.

내 침묵을 못 견디고 전화선 너머 조감독의 목소리가 먼저 튀어나왔다.

살고 있던 아파트에서 뛰어내렸다는데, 그럴 만한 아무 이유도 없었대.

조감독이 내게 전화를 한 건 K의 죽음에 내가 어떻게든 연관이 되어 있을 거라고 짐작했기 때문이겠지만, 나는 그냥, 알았다고 만 말했다.

자기 삶을 결정할 수 있는 인간은 그리 많지 않다. 그런 독특한 인간의 행보 뒤에서 무슨 말을 더 보탤 수 있을까. 폴더를 덮고 나서 창밖을 내다보았다. 일조량이 부족한, 겨울도 봄도 아닌 3월 의 흐린 오후였다.

*

누가 먼저 서로에게 다가갔을까. 이런 질문에 대해, 동시에, 라 고 생각하는 사람이라면, 그 자신이 먼저 상대에게 다가갔을 가 능성이 크다.

만나기 전에 나는 K를 알고 있었고 K는 나를 알지 못했다.

이름이 브랜드가 되지 못한 사람에겐 소속이 필요하다. 이런 쪽 의 일은 비어 있는 시간이 사람을 지치게 한다. 여기저기 합류해 서 부정기적으로 일을 하며 먹고사는 일은 늘 아슬아슬했다. 놀고 있는 시간은 자신의 재능에 대해 끊임없이 회의하게 하고 주눅이 들게 했다. K의 컴퍼니는 그 분야에선 이름이 높았다. 지명도가 일을 부르는, 냉엄한 시스템은 오히려 문화 쪽이 더했다. 연극무 대에서 시작했지만 그가 돈을 번 건 영화 쪽 일이었고, 명성을 얻 은 건 뮤지컬 무대의 작업이었다. 등장인물의 심리를 해석하고 구 현하는 그의 세트와 색채는 독특했다. 모호한 주인공의 내면은 그의 무대에서 충전이라도 된 듯 생생한 빛을 뿜었다. 당연히, 어떤 식으로든 같이 일하기를 원하는 사람들이 줄을 이었다.

유럽에서 크게 성공한 공연의 무대감독을 맡게 되어 스태프를 충원한다는 공고가 났을 때도 서류 응모자가 너무 많아 일차 심사를 거친 후에야 실기 테스트가 있었다. 입시도 아니고 뭐야, 싶었지만 오디션 장소에 갔더니 나와 비슷한 처지의, 아는 얼굴이 대부분이었다.

테스트의 문제는 두 개였다.

아래 텍스트를 읽고 무대 구조물을 스케치하시오, 가 1번이었고, 구조물 없이 색채만으로 세트의 배경을 표현하시오, 가 2번이었다. 그 아래 부연설명이 있었다.

—붉은색 계열만을 사용해야 하며, 직접 칠하지 말고 각 면을 나누어 넘버링한 후 아래쪽에 컬러 이름을 명시할 것.

절대음감이라는 말은 들어보았지만, 절대색감이란 말은 못 들어봤는데 무슨 수로 색 이름만으로 효과를 뽑으라는 거야. 문제도 독특하네, 싶었다.

주어진 지문은 〈니벨룽엔의 반지〉 중 '신들의 황혼' 도입부였다. 뮤지컬 무대 스태프 뽑으면서 웬 무겁디무거운 반지? 게다가 색채 테스트라니. 대부분의 무대는 무채색 계열로 처리해서 조명으로 효과를 내는 방식을 썼다. 제작비 문제도 있고 연출자의 취향을 알 수 없으니 그쪽이 안전하기도 했다. 제출하면서 보니 다른 스케치들은 지난 가을에 있었던 러시아 오페라의 내한공연 무대에 짓눌려 있었다. 풍화된 이스터 석상을 연상시키는 거대한 입상이 있는 그 무대에 대해서는 열광과 비난이 엇갈렸지만, 개인적으로 나는 그 무대가 썩 마음에 들었었다. 그 무대의 인상은 엄청 강렬했고 여전히 사람들의 기억속에 남아 있었다. 그랬기 때문에 나는 아주 다르게 갈 수밖에 없었는데, 거대 구조물들을 배치시킨 다른 응시자들의 답안을 보며, 내 스케치가 너무 얌전한 건 아닌가 걱정을 했었다.

연락이 온 건 바로 다음날이었다. 나오라고 한 공연장으로 갔더니 목공작업이 한창이었다. 못과 나무판이 널린 무대 위의 누군가에게 K의 이름을 대자 무대 뒤로 연결된 계단 쪽을 가리켰다. 키가 크고 몸매가 유난히 가는 남자가 계단에 기대서서 서류를 들여다보고 있었다. 인사를 하자, 처음엔 왜 왔는지 모르겠다는 표정이었다. 손에는 내가 제출한 스케치가 들려 있었다. 그걸 가리키자, 아, 하더니 고개를 끄덕였다. 뭘 전공했어? 작업한 공연이 뭐가 있지? 프랫에서 이 년 있었네? 야망, 있어? 대뜸 반말에다 이력서에 전부 써놓은 걸 다시 물어대는 매너는 또 뭐람. 야망이라니, 비웃는 거야 뭐야, 싶었지만 갈구는 소리 들어내는 건 이제 이골이 났다. 공손한 표정으로 성실하게 대답을 했는데, 대뜸 엉뚱한 질문을 했다.

"혹시, 왜 뽑혔는지 아나?"

눈만 깜박이며 가만히 서 있는데 그는 친절하게도 가르쳐주었다.

"내가 원한 건 소심함이거든. 깊이도 없는 것들이 무대를 저도 이해하지 못하는 철학으로 꾸미려는 건 질색이야."

망치와 드릴 소리가 시끄러웠다. 실내가 어둑해서 부유하는 먼지는 보이지 않았지만 목구멍이 매캐해왔다. 조감독. 이리 와봐요. 그가 소리를 지르자 등을 돌린 채 작업을 하고 있던 사람 중 하나가 이쪽을 돌아보았다. 뒷모습으로는 여자인 줄을 몰랐다. 이마의 절반을 겨우 가리는 쇼트커트가 아주 잘 어울리는, 동그란 이마가 매력적인 여자였다. 이력서 보니 빵빵하긴 한데 조감독이 신경 좀 써줘요. 첫인사를 하면서 의례적인 미소도 짓지 않는 여자에게 결코 좋은 감정을 가질 수는 없는 법이다. 여자는 인사하는 날 빤히 쳐다보며 제 이름만 겨우 말하고는, 고개를 숙이는지 살짝 치켜드는지도 모를 고갯짓을 까딱 하고는 일하던 곳으로 돌아갔다.

첫인상은 하나같이 정이 가지 않는 팀워크였다. 그래, 공연 끝나면 흩어질 사이인데 뭘, 하는 심정이었는데 애초에 기대치가 너무 낮았던 건지, 지내보니 오히려 같이 일하기 편한 성격들이었다. 피로가 쌓이면 사소한 일에 짜증들을 냈고 서로 비난하거나 화를 폭발하기도 했다. 다시는 말을 안 섞겠구나 싶지만 그걸로 끝이었다. 잘난 척하는 목수와 언쟁을 하다 엉엉 한 시간이나 울어댄 여자 스태프가 있었는데 이해는 가지만 보기 좋진 않았다.

조감독이라는 여자도 그랬다. 약간은 체념한 심정으로 조팀장님, 하고 부르자 여자는 탱탱한 이마에 자잘한 주름을 확 잡으며 입을 딱 벌렸다. 나, 팀장님이라고 불리는 거 무지 싫어하거든요? 그냥 조감독이라고 불러요, 그랬다. 공연 일정에 쫓기다보면 구석에서 쪽잠을 자며 며칠씩 밤샘작업을 해야 하는데 밤낮없이 좁은 공간에서 같이 일하면서 가장 견디기 어려운 건 어쩌면 너무 다정하고 자상한 오지랖인지도 몰랐다. 네가 챙겨주면 나도 그만큼은 챙겨주어야 하고, 네가 웃으며 얘기하는데 나만 무표정하게 말할 수는 없는 게 인간 사이의 수식이라면, 매우 경제적인 성격이라고 볼 수 있었다.

그렇게 생각하면서도, 한순간 눈물이 왈칵하는 서러움과, 어쩌면 이럴 수가, 싶었던 적이 있었다. 나무벽에 소품용 액자를 걸기 위해 못을 하나 박는 일쯤은 목공 축에도 못 낀다. 만만하게 생각하고 못 하나와 망치를 집어들었는데 합판이 얇은데다 뒤의 벽과 약간의 공간이 있어 못이 힘을 받지 못하고 칠 때마다 자꾸 드러누웠다. 왼손으로 못을 쥔 채 주먹으로 합판을 밀어붙이며 조준을 하여 힘껏 내려쳤다. 못은 보기 좋게 드러누워버렸다. 엄지손톱 모서리에 망치가 닿는 순간 비명이 터져나왔다. 못대가리에 걸렸는지 피가 주르르 흘러나왔다. 무대 아래서 연출과 얘기를 하고 있던 K가 달려올라와 내 손을 움켜쥐고는, 그러나 움켜쥐던 기세와는 다르게 피가 솟는 손가락을 가만히 들여다보았다. 마치 피를 처음 본 사람처럼. 조감독이 달려와 제 손수건을 꺼내주며, 피 색깔은 다 똑같아, K에게 면박을 주었다. 손가락 위에 손수건을 덮은 K가 내 손가락을 감싸며 지그시 힘을 주었다. 망치를 내려치던 순간보다 더 아팠다. 비명을 질렀다. 그렇게 꽉 쥐면 어떡해요, 지혈될 정도로만 눌러야지. 조감독이 K의 손아귀에서 내 손을 잡아뺐다. 그러고는 여전히 내 오른손에 들려 있는 망치를 받아들며 말했다.

"뼈는 안 상했을 거야. 뼈를 다치면, 비명도 안 나오거든."

쳐다보고 있던 K가 무대 아래로 내려가자, 조감독이 제 손바닥을 내 눈앞에 펼쳐 보였다. 오래 막일을 해온 사람의 손처럼 굳은 살과 상처가 엉긴 손이었다. 그리고 내게만 들리게 뭐라 속삭였다. 위로를 하는 줄 알았다.

"나, 손이 이렇게 될 때까지 비명 한 번 지른 적 없어. 이 일 계속하려면, 내가 여자라는 그 생각부터 버려."

어울리지 않는 교태를 부리다 매섭게 지적을 당한 것처럼 심장이 화끈했고, 이것 봐라, 싶었다. 그뿐이었는데 왜 그런 생각은 들었을까. 돌아서 가는 조감독의 등을 보며 K와 조감독이 평범한 동료가 아닐 것이라는 생각이 확신처럼 들었다. 조감독이 억눌린 듯한 신경질을 부리며 돌아서 간 건 나와 K 사이의, 나도 모르고 있던 인력(引力)을 본능적으로 감지했기 때문일까. K는 몇 살 어리지도 않은 나를 늘 어린아이 대하듯 했다. 언젠가는, 이러고 다니다 또 넘어지지, 하면서 쪼그리고 앉아 끈이 풀린 내 운동화 매듭을 지어준 적도 있다. 나는 그 앞에서 한 번도 넘어진 적이 없었다. 회식이 끝난 거리에서 춥겠다며 내 코트를 여며 단추를 채워주기도 했다. 그리 춥지 않은 날이었다. 상투적인 펠트 천의 색깔이 마음에 안 들어 동대문 상가를 뒤져 비슷한 색감의, 면으로 된 원단을 찾아 왔을 때도, 내 색채의 안목을 지나치다 싶게 칭찬하기도 했다.

누군가 그 무렵의 나를 유심히 바라보았다면, 그가 내 코트를 여며주고 싶어질 만큼 추운 표정으로 옆에 붙어 서 있었다는 걸 알았을 것이다. 여자라는 생각부터 버리라는 조감독의 한마디에서 그녀 마음의 색깔을 읽어낸 건 그러니까, 내가 유달리 예민해서가 아니라, 하나의 대상을 향한 주파수가 똑같을 때, 마치 어느 순간 전화가 혼선되어 통화가 뒤엉킨 것과도 같은 일이라고나 할 수 있을지.

뮤지컬 무대작업은 제작회의로부터 시작되었다. 기본 개념은 오리지널 공연의 무대를 그대로 가져올 수밖에 없지만 K는 그 무대에 제 색채를 더하고 싶어했다. 공연이 끝나면 못 하나 남김없이 해체해버려야 할 그 무대에다 말이다. 구체적인 재질과 사이즈, 면의 비율까지 끊임없이 토론하고 버리고, 다시 바꾸어보고 하느라 회의에 하루 빠지면 다음날엔 완전히 다른 시안을 받아들게 될 때도 있었다. 원작과 많이 달라지면 제작사측에선 하나도 좋아하지 않을 걸 뭐 하러 고생을 하냐며 멤버들은 뒤에서 짜증을 내기도 했지만 K는 완전히 새로운 무대를 만들기라도 할 것처럼 열정적으로 덤볐다. 모험은 맨몸일 때 하는 거지, 엄청난 제작비 투입하는 마당에 위험하게 새로운 거 고집하느니 안전하게 가자, 회의는 대체로 그런 분위기였다.

"어때, 조감독 얘기 좀 해보지?"

노골적으로 마땅찮은 표정으로 앉아 있는 조감독을 일부러 지적까지 했지만 그녀는 딴소리를 늘어놓았다. 한마디로 웃기는 거지. 우리끼리 얘기지만 이 공연에서 봐줄 건 솔직히 음악밖에 없다고 봐. 원작의 명성에 눌려서 아무도 뭐라 못 하는데, 역시나 지긋지긋한 남근주의야. 모든 남자들의 무의식을 뻔뻔스럽게 드러낸 스토리지. 내 외모는 추악하지만 내 영혼의 아름다움을 보고 나를 선택할 여자는 없는가. 내가 가진 건 없지만 그것이 나를 판단하는 기준이 되지 않았으면 좋겠다. 그 얘기 아냐? 남자들은 꿈도 커. 형편없는 외모 속에 더 추악한 내면을 감추고 있으면서. 돈도 없으면서 따뜻한 마음마저 없는 주제에. 저희들은 성질 나쁜 여자는 용서해도 못생긴 여자는 용서 못 한다고 공공연하게 외치면서, 뭐야. 에스메랄다도 그래. 얼굴이 예쁘면 다리라도 못생겼든지, 성격이나 더럽든지. 잘생기고 인간성 좋은 남자하고 꼽추 여자가 사랑에 빠지는 스토리라면 나도 아이디어가 막 샘솟을 것 같은데, 이건 영 아니네. 난, 꼽추지만 내 혹 속의 아름다움을 읽어다오. 웃기네. 튀어나온 혹보다 더 추한 내면을 한 겹 가죽으로 근근이 감추고, 때론 가죽이 찢어져 그 속이 비어져나오는 것도 모르는 인간들이. 숨 가쁘게 쏟아낸 조감독은 담배에 불을 붙이고는 잘근잘근 마저 약을 올렸다.

"사실 나 같으면 OST나 사서 듣고 말겠어."

분위기가 꽤나 싸늘해졌다. 조감독은 K에게 어깃장을 놓고 있

었고, 나머지 사람들은 이유를 좀 안다는 표정으로 눈을 내리깔았
다. K만 아무것도 모른다는 얼굴로 혼자 이것저것 이야기를 했다.

"노트르담, 하면 뭐가 가장 먼저 떠오르나?"

"노트르담의 꼽추죠 뭐."

누가 농담이랍시고 그렇게 대답을 하자 K는 결국 화를 버럭
냈다.

"이게 그 얘기 아냐. 그러니까 뭔가 다른 걸 찾아서 접근해보자
구."

K가 하필 옆에 앉은 날 쳐다보았다.

"배낭여행 갔었지? 뭐가 제일 기억에 남나?"

"그러니까, 저는, 상상했던 것보다 작다는 느낌이 들었구요."

갑자기 지적을 당한 나는 좀 더듬고 있었는데, 머릿속으로 가
장 먼저 떠오른 건 사실 사원의 뒤뜰에서 오렌지주스를 팔던 젊
은 흑인 여자의 입술이었다. 더위에 지친 내게 오렌지주스보다
싱싱한 생기를 불러일으키던. 그 얘기까지 늘어놓으면 K는 바로
폭발할 분위기였다.

"그런 거 말고, 이미지 말야. 스테인드글라스는 어때? 어떤 느
낌이었어?"

사람들이 일제히 내 얼굴을 쳐다보았다.

"지난달 갔을 때 감독님은 노트르담도 안 가보셨어요? 감독님
은 어떻게 봤는데요?"

듣는 사람이 아슬아슬할 만큼 조감독의 목소리엔 묘하게 속을

긁는 갈고리가 들어 있었다. 여자라는 생각을 버려, 그 사건 이후로 나도 인간인 이상 조감독에게 꼬인 게 좀 있었다. 노트르담 천장의 스테인드글라스의 느낌이랄. 나는 조감독의 시선을 의식하며, K의 눈동자를 빤히 쳐다보며 약간 과장되게 이야기를 풀어나갔다.

"그게 그러니까, 올이 성긴 검은 레이스 부채 사이로 보이는 고급 창녀의 웃음 같다고나 할까요. 붉고 검은 수천의 유리조각 틈으로 시시각각 햇살의 분량이 달라지면, 만화경을 돌릴 때처럼 색의 조합이 바뀌는데, 색깔이 속삭인다고나 할까. 용연향 풍기는 웃음소리가 나른히 들리는 것 같기도 하고……"

조각낸 색유리를 모자이크해놓은 스테인드글라스의 인상에 대해 논리적인 설명을 한다는 게 가능할까. 말문을 열어놓고는 그걸 어떻게 구체적인 작업과 연결시킬 수 있을지, 아이디어가 떠오르지 않아 말끝을 흐리는데 K가 얼굴을 바짝 들이밀었다.

"그래? 검은 레이스 사이로 보이는 붉은 웃음이라. ……그렇게 한번 웃어봐, 어디."

나는 순간 얼굴이 빨개졌고 잘, 모르겠어요, 하고는 얼버무리고 말았다. 나는 붉은 웃음, 이라고 말한 적은 없었다. 웃어봐, 어디. 말하는 순간, 그곳에 있던 나머지 사람들은 모두 먼지가 되어 흩어져버리고 K와 나, 두 사람만이 높은 천장에서 떨어지는 조명 아래 앉은 것처럼 동그랗게 묶였다. 그가 내게 다가오는 순간을 나는 놓쳤으나 조감독은 놓치지 않았다. 동그란 이마 아래 눈에서 파란 불꽃이 일었다.

금기는 열정의 풀무다. 조감독은 그걸 몰랐다. 그녀의 존재가 아니었다면 K와 내가 가까워지는 데 좀더 긴 시간이 필요했을지도 모르겠다.

적어도 우린 서로가 동시에 한발씩 내디디며 다가간 셈이다.

*

붉다, 고 말할 수 있는 색은 몇 가지나 될까.

버밀리온, 코발트 바이올렛, 로즈 레드, 루비, 마젠타, 버간디, 라즈베리 레드, 제라늄, 레드 바이올렛, 보르도, 오렌지, 스칼릿, 카드뮴 레드, 로즈 핑크, 카디널 레드, 크림슨…… 그리고 모든 붉은색의 기준이 되는 시그널 레드. 조금 확장하면 번트 엄버, 번트 시에나 같은 것도 붉은색의 범주에 넣을 수 있겠지만, 결국 눈에 보이는 모든 붉은색에 이름을 붙인다는 것은, 꼭 그만큼 이름 지을 수 없는 붉은색의 스펙트럼을 확장하는 게 되고 말 것이다. 어떤 사물이나 사람을 한 단어로 확정해버리면 그 외의 다른 속성들을 놓쳐버리게 되는 것처럼.

"보이는 모든 색에 이름을 붙이려는 시도는 어쩌면 무지개를 손으로 붙들어보겠다는 것과도 같아요. 사람이 눈으로 식별할 수 있는 색깔은 일천만 가지가 넘으니까. 그걸 단지 몇 개의 색깔군으로 분류해버리는 건 색에 대한 횡포가 아닐까. 타오르는 노을

빛은 날마다 달라지고 핏빛 단풍이라고 부르는 색깔도 해마다 일교차와 일조량에 따라 미세하게 달라지잖아요. 모닥불도 물가에서와 숲속에서의 색깔이 다르고 태양마저 매일 다른 색으로 떠오르는데 뭘."

붉은색을 구별할 수 없는 것 때문에 K가 눈에 띄게 의기소침한 적은 없었다. 다만 붉은색 앞에 서서 고민하는 분위기가 느껴질 때면, 나는 이런 말로 위로를 하곤 했다. 그 위로들은 대부분 실패로 끝났다. 읽어낼 수 없는 색 앞에 서서, K는 안타까운 게 아니라 목이 마른 듯한 표정으로 붉은색 면을 노려보곤 했다.

같이 작업하면서도 K가 색에 대해 섬세한 구별을 할 수 없다는 걸 알지 못했다. 지하의 쇼핑센터에서 같이 사과를 고르고, 스스로 붉은색의 맹이라고 고백하기 전엔.

K는 그러나 자신이 색의 맹일 뿐, 색맹은 아니라고 우겼다. 왜냐하면 붉은색을 보지 못하게 된 게 선천적인 게 아니고, 그래서 유전질환인 색맹은 아니라는 것이다. 색의 맹과 색맹은 어떻게 다른 것일까.

"눈을 다친 적이 있어요?"

"응."

나는 눈을 K의 눈앞에 바짝 붙여 들여다보았다.

"아무렇지도 않은데?"

"넌 그렇게 삶의 껍데기만을 바라보지."

"정말 그렇게 생각해요?"

“몰랐어?”

“좋아. 인정해요. 그렇지 않은 사람을 별로 본 적이 없으니까. 눈은, 어쩌다 다친 건데?”

이번엔 K가 내 눈을 들여다보았다.

“내 눈알을 찌르고 싶어졌을 때, 진정으로 그러고 싶어졌을 때, 눈이 스스로 붉은색을 거부해버렸어. ……듣고 싶어?”

그렇게 K가 물었을 때 나는 듣고 싶다고 대답하지 않았다. 때려, 라고 말하면 주먹을 쥔 누구라도 주춤해져버린다. 스스로 색의 맹이라고 고백했을 땐, 그리고 그것이 후천적인 어떤 일의 결과라면, 그는 울음을 터뜨리듯 쏟아내고야 말 것이었다. 언제가 되든, 누구에게라도.

*

새로 온 어머니는 무녀였어.

크고 푸르뎅뎅한 사과에 칼을 박으며 K는 그렇게 말을 시작했다.

몇 년씩, 길게 혹은 아주 짧게 아버지 곁에 머물다 떠난 여자들은 하나같이 예뻤다. 그 여자들을 어머니라 부르는 게 힘들진 않았다. 친어머니에 대한 기억이 전혀 없었기 때문이기도 했고 그 여자들은 옛이야기 속의 계모들과 달리 내게 꽤나 잘해주었다.

그녀들이 제 자식을 낳지 않은 게 아버지 뜻이었는지, 그 여자들의 선택이었는지는 모르겠다. 더이상 씨를 뿌리지 않는다는 것 외엔 아버지는 그녀들에게 그리 나쁘지 않은 남편감이었다. 늘 다정했고 세심한 성격이었다. 돈 문제로 쪼들리게 한 적도 없었고 폭력을 휘두르는 것도 보지 못했다. 그랬는데도 여자들은 대체로 삼 년을 채우지 못하고 떠나버리곤 했다. 지나고 보니 모든 게 타이밍의 문제라는 생각이 들었다.

그 여자는 내가 고3 때 집에 들어온 여자다. 외항선을 타던 아버지는, 출항이 길어지면 몇 달 만에 한 번씩 돌아오는 자신만을 기다리게 하는 게 부담스러웠던지 그전의 여자들에겐 조그만 가게를 하나씩 차려주기도 했다. 신발가게나 양품점 같은, 사람에 대한 갈증은 생기지 않을 그런 가게들이었다. 그건 아버지 계산법이었고 여자들의 입장에선 또다른 어려움이 있었던 모양이었다. 여자들은 언제나 내가 학교에 가고 없는 동안 집을 떠났다. 그러고 나면 나는 한동안 혼자 지냈고, 그러다가 또 내가 학교 다녀오는 사이에 낯선 여자가 집에 들어와 있곤 했다.

아침 일찍 학교에 갔다 밤늦게야 돌아오던 내가, 여자가 무녀란 걸 안 건 여름방학이 되고 나서였다. 집에 들어왔던 여자들 중 가장 부지런한 여자였다. 새벽같이 일어나 집 안팎을 청소하고 아버지가 있으나 없으나 내게 정갈한 아침상을 차려주었다. 아침을 먹고 나면 흘린 밥알도 주워먹을 수 있게 부엌을 말끔히 치우고 나서, 여자는 거울 앞에 앉아 화장을 시작했다. 안방 문을 열어놓고 허리를 꼿꼿이 세운 채 화장을 하는 여자는 이미 아침을 차려주던 그 여자가 아니었다. 화장대 앞에 앉아 여자는 먼저 석고처럼 푸르스름한 빛이 나도록 낯빛을 희게 만들었다……

깎아서 여덟 조각으로 잘라놓은 사과엔 둘 다 손도 대지 않았다. K는 이제 칼로 껍질을 자잘하게 쪼개며, 이야기를 이어갔다.

여자의 화장은 늘 입술에서 끝났다. 신(神)이 얼굴에 내리기라도 한 듯 뚫어지게 거울을 바라보며, 부적을 그릴 때 쓰는 경면주사 빛깔의 립스틱을 꼼꼼하게 칠했다. 마지막으로 아래위 입술을 살짝 맞물었다 놓으면 여자의 얼굴은 손바닥만한 부적으로 완성되었다. 맞물었던 입술이 더할나위없는 붉은 꽃으로 피어나는 그 순간이면 나는 갑자기 오줌이 마려워지곤 했다. ……서울에 있는 대학에 들어가면서 나는 방을 구해 집을 나왔다. 첫해에는 방학이 되어도 집에 내려가지 않았다. 귀향할 때면 아버지는 먼저 서울로 와서 내 방을 둘러보았고 적지 않은 용돈을 주고는 집으로 내려가곤 했다.

입대했던 해의 여름, 휴가 나와서 바로 집으로 내려간 건 단지 그곳 외엔 마땅히 있을 곳이 없어서였다. 그 또래 아이들이 다 그렇듯 친구들은 가정을 굴레처럼 여기며 기를 쓰고 바깥으로 떠돌았지만 내 안에는 가족이 없는 자의, 근원적인 결핍이 있었다. 나는, 아버지보다는 낯선 여자들의 집 같았던 그곳을 그리워하고 있었다. 자원해서 특전사로 갔고 예상보다 훨씬 더 가혹했던 훈련을 끝내고 늦가을 뱀처럼 독한 군기에 들린 채 첫 휴가를 나와 집으로 갔다. 아버지는 5월에 한 보름 다녀갔고 여름의 끝에나 돌아오실 것 같다며, 여자는 꽤나 살갑게 반겨주었다. 마늘과 인삼을 듬뿍 넣고 토종닭을 고아 상을 차려와서 다리를 죽 찢어 손에 들려주던 순간엔 마음이 한없이 말랑말랑해지기도 했다.

늦장마가 이어졌다. 종일 내리는 비를 커튼 삼아 며칠 동안 먹고 자기만 했다. 돌처럼 뭉친 피로와 독기가 가시면 그 아래 고여 있던 피로가 다시 꾸역꾸역 떠올랐다. ……낮잠을 자고 일어나 마당을 내다보니 비가 그쳐 있었다. 물웅덩이 위로 내린 햇살이 잘게 찢어진 양철 조각처럼 빛을 되쏘며 엉켜 있었다. 지금이 아침인지 오후인지, 잠시 생각했다. 내가 늘 어머니, 라는 호칭을 생략하고 부르듯 여자도 언제나 내 이름을 생략한 채 말을 건네곤 했다. 저, 하는 소리에 돌아보니 여자는 경면주사빛 입술을 오물거렸다. 보름 치성을 드리러 가야 하는데, 아무래도 비에 길이 허물어졌을 것 같다고, 짐을 좀 들어주었으면 좋겠다고 했다. 그 집으로 여자가 들어온 이후 내게 뭔가를 부탁한 건 처음이었다. 뭐가 들었는지 보통이는 두 개나 되었고 여자 혼자 들기엔 무거웠다. 짧은 머리를 가릴 모자를 하나 찾아 쓰고 따라나섰다.

택시를 내려 산 입구로 들어서자 계곡과 비탈 구분 없이 쏟아지는 물소리로 귀가 왕왕거렸다. 초입에서부터 사람 다니는 길과 물길의 구분이 어려웠다. 게다가 산속은 짐작보다 훨씬 더웠다. 공기는, 소리만 질러도 물방울로 맺혀 떨어질 듯 무겁게 몸에 감겼다. 여자의 발걸음은 느린 듯 가벼웠다. 우듬지 위로 햇살이 작열하고 있었다. 앞서가는 여자의 요요히 흔들리는 허리에 가 있는 내 시선을 끌어올려 조각난 푸른 하늘을 올려다보곤 했다. 햇살이 지르는 함성처럼 매미 소리가 숲에 가득 차올랐다. 길이 끊긴 곳이 나타나면 여자는 치맛자락을 모아쥐고 서커스의 여자처럼 한 손으로 균형을 잡으며 잘도 걸어갔다. 헐떡거리는 건 나였다.

이상하도록 집요한 더위였다. 고개를 두 개째 넘었을 때, 허공에 살짝 떠 있듯 나폴거리며 걷던 여자의 한복도 완전히 젖어버렸다. 선이 곱고 여린 몸매였다. 어쩌면 내가 짐작하는 것보다 여자의 나이는 훨씬 아래일지도 몰랐다. 더위를 먹었는지 가슴이 답답해왔다. 등성이 하나를 넘어서자 고인돌 유적처럼 커다란 바위 서너 개가 맞물려 횅한 공간을 만들어놓은 곳이 나타났다. 촛농 자국이 여기저기 눌어붙어 있었다. 여자는 보퉁이를 뒤져 타월을 꺼내 건네주며, 바로 아래 샘이 있으니 좀 씻고 오라 했다. 바위가 끝나는 곳에 맑은 물이 찰랑이며 넘치는 샘이 있었다. 물이 어찌나 찬지 손바닥을 넣자 온몸의 더위가 싹 달아나버렸다. 땀에 흠뻑 젖은 셔츠를 벗고 있는데 여자가 따라 내려와, 엎드려라, 하더니 물을 등에 한 바가지 끼얹고는 손바닥으로 내 등을 문질렀다. 허리와 옆구리 깊숙이 손바닥이 밀려들 때면 핑 하니 어지러웠다. 타월로 등을 닦아주며, 먼저 올라가 있거라, 하는데 왜 한 번도 본 적 없는 여자의 벗은 몸이 눈앞 가득 출렁이는지. 바위굴로 올라왔더니 과일과 마른 포, 생쌀과 양초, 비닐로 포장된 형광빛 과자와 종이꽃이 차려져 있었다.

목욕을 한 여자가 새 한복으로 갈아입고 올라왔다. 날고기를 찢어먹은 고양이에게서 나는 듯한 비린내와 단내가 살짝 풍겼다. 차려진 상을 사이에 두고 여자와 내 눈이 마주쳤다. 입술이 아침 꽃처럼 살짝 벌어지며 여자는 내게 물어보았다……

사과는 생생한 단면의 물기를 잃고 약간 갈색을 띠고 있었다. 더이상 잘게 쪼갤 껍질이 없었다. K는 이번엔 접시에 놓인 사과에 칼질을 하기 시작했다.

……하고 싶냐?

암호 같은 그 문장의 뜻을 내 몸은 놀랍도록 정확하게 이해했다. 내 목구멍에서 처음 듣는 낯선 자의 목소리가 흘러나왔다.

네……

여자의 몸은 차갑고도 뜨거웠다. 그리고 지독하게 달았다. 탁한 기름에 튀겨낸 아이스크림처럼. 차갑고 달콤하며 뜨겁고도 역겨운 덩어리 속으로 나는 끝장을 보겠다는 듯 파고들어갔다. 어머니. 마지막 순간에 왜 내 목구멍에서는 그 말이 흘러나왔는지.

일어나 저고리 고름을 야무지게 묶은 여자가 바닥에 쏟아진 쌀

알과 뭉개진 종이꽃을 내려다보며 담담한 목소리로 말했다. 오늘은, 그냥, 내려가자. 부정을 타서. ……휴가를 마치고 돌아가는 날까지, 우리는, 날마다, 하루 종일, 그것도 모자라 밤을 새워 보름 기도를 드렸지.

귀대를 하는 날, 횡단보도 앞에서 붉은 신호등을 보며, 나는 눈을 몇 번이나 깜박였다. 신호등의 붉은색이 묽은 번트 시에나로 보였다. 시에나 지방의 철분 섞인 흙을 태워 얻는 색. 물감 튜브를 짤 때나 볼 수 있었던 탁하게 흐린, 오래된 녹물 같은 색. 고장이 났나. 주위를 두리번거렸다. 마침 불자동차 하나가 신호를 무시하고 달려와 눈앞을 지나쳤다. 신호등과 같은 색이었다. 내 시야에서 시그널 레드 빛깔이 사라진 것을 안 순간, 머릿속 어딘가에 경면주사 붉은 빛깔의 점이 비에 젖은 꽃잎처럼 착 들러붙었다.

잘게 다져져 갈변한 과육의 무덤과 껍질의 무덤 사이에 K는 얌전히 칼을 내려놓으며, 사실은 이 말을 하기 위해 그 긴 얘기를 했다는 듯, 그렇게 덧붙였다.

그러니까, 머릿속에 경면주사빛 얼룩이, 들러붙은 순간, 모든 붉은빛을 잃어버렸어. 내 눈은.

*

말해봐.

K는 내 몸 위에서 내 볼을 두 손으로 감싸며 그렇게 자주 물어보았다.

저 색은 어떻게 보이니?

열어놓은 창으로 반포대교가 내다보였다.

해가 지고 있었고, 교각을 감싼 스모그 위로 노을이 가장 붉게 타오르는 시각이었다. 처음 만났을 때처럼 K의 흰자위는 여전히 붉었다. 그럴 때면 나는 아득해졌다. 지나 반도 어느 오지의 원주민과 마주 선 것처럼, 그 순간 우리 사이엔 소통할 언어가 없었다. 나는 짧은 그의 옆머리를 귀 뒤로 자꾸만 넘겨주었을 뿐이다.

말해봐.

K는 이제 자신이 기억하고 있는 붉은색은 시그널 레드밖에 없다고 했다. 눈을 감으면 안구 위로 가득 차오르는 그 경면주사빛은 눈을 뜨면 사라진다고 했다. 볼 수 없다 하면서도 집요하게 물었다.

말해봐. 어떻게 보이니.

핑크 바이올렛, 버간디, 크림슨, 마젠타…… 디자인을 전공한 사람이라면 기억할 수도 있는 그 색들의 이름이 내 입술에서 흘러나오면, 그는, 앞이 보이지 않는 사람처럼 눈을 꾹 감았다 뜨곤 했다.

K가 알고 싶었던 게 단순히 눈에 보이는 색깔이었을까. 자신의

심연을 채우고 있는 색이었을까.

사람들은 자기 자신에 대해 모두 알고 있다는 오해를 하며 살아가지만 어쩌면 끝까지 자기 자신을 모른 채 끝나는 게 인생일 것이다. 우주를 유영할 수는 있어도 지구의 한가운데는 만져볼 수 없는 것처럼. 나 역시 스물여섯에 미국으로 유학을 떠나서, 라이선스를 신청하러 가서야 내 눈이 '블랙'이 아니고 '브라운'이라는 걸 알았으니까. 창구에 앉아 있던 녹색 눈동자의 여자가 내가 작성한 서류와 나를 번갈아 한 번씩 보더니 또박또박 말했다. 당신 눈은 블랙이 아니라 다크 브라운이에요. 그 나이 되도록 제 눈알 색깔도 모른 채 살아온 한심한 인간 보듯 하는 녹색 눈동자 역시 녹색과 검은색과 투명한 점이 섞인, 무어라 하나로 집어 말할 수 없는 색이었다. 그때까지 나는 내 눈이 블랙이라고 믿고 있었다. 그러니 내면의 색깔로 들어오면 어떻겠는가.

이제 희미해져가는 기억 속의 색깔을 끄집어내보려는 K의 집요한 갈망이 제 눈의 핏줄을 터뜨리는 걸 보며, 나는 이미 짐작하고 있었을지도 모르겠다. 벗어나고 싶다는 포즈를 취하는 그 기억들로부터, K가 사실은 멀어지는 걸 두려워하고 있다는 것을.

*

불구경이 재미있다지만 바로 코앞에서 벌어지는 싸움 구경만 할까. 차 두 대가 급정거를 하고 운전석에서 각각 튀어나온 두 남자가 윗도리를 벗는 것으로 다짜고짜 시작되는 싸움도 재미있고 늦은 밤 술집 골목에서 느닷없이 뒤엉기는 싸움도 재미있다. 뭐니뭐니 해도 가장 재미있는 건 한 남자를 둔 두 여자의 싸움이 아닐까. 그럴 때 두 여자는 사랑 때문에 싸우는 게 아니다. 제 속에 있는 허기 때문에 싸운다. 나만을 바라보지 않는 남자가 미워서, 한 사람의 마음 하나 온전히 갖지 못하는 스스로의 보잘것없음이 쓸쓸해져서, 그래 너 가져라 굳은 빵조각 던지듯 줘버리고 씩씩하게 돌아서지 못하는 제 사랑이 불쌍해서 싸운다. 이런 싸움에서는 이기는 것처럼 보이는 사람이 이미 져버린 경우가 대부분이다. 사랑을 가진 사람은 상대방의 공격을 느긋하게 견뎌준다. 그래, 모든 걸 다 이해한다, 는 표정으로 쏟아지는 폭우를 고스란히 맞는 사람은 사실은 이긴 자이며, 완력이든 말로든 이긴 것처럼 보이는 사람은 그저 분풀이를 하고 있는 것에 불과한 것이다. ……그렇게 생각했다. 그날은.

리허설을 하고 나면 그래도 한숨 돌린다. 우주를 막 빚어낸 조물주의 심정으로 여유롭게 전체를 바라보게 된다. 보완하고 수정하는 작업이 이어졌고 공연이 시작되었다. 근처 호프집을 빌려 조촐하게 뒤풀이 모임이 있을 거라 했다. 오랜만에 백화점에 가서 원피스와 샌들을 샀다. 여름이 오고 있었고, 뒤풀이 자리에서까지 인부처럼 보이고 싶지 않기도 했고, 무엇보다 K에게 예쁘게 보이고 싶었다.

목선이 둥글게 파인 흰 원피스에 하늘색 샌들을 신고 문을 밀고 들어서자, 다들 한마디씩 떠들어댔다. 오늘 드레스 코드, 노가다야. 오호. 혼자 너무 튄다. 예뻐요, 진짜. 맥주와 와인, 마른안주와 여름과일이 풍성하게 차려져 있었다. 누군가 뚜껑을 연 맥주병을 쥐여주었다. 차가운 느낌 뒤로 행복감이 밀려왔다.

여러 곳에 실린 공연 리뷰에서 K의 무대는 빠짐없이 호평을 받았다. 원래 무대를 기본틀로 하면서 K가 새로 시도한 부분들이 주인공들의 내면을 매우 잘 상징화했다는 얘기들이 나왔다. 섬세하기 짝이 없는 조명은 국내 공연예술의 차원을 한 단계 끌어올렸고 그 자체로 하나의 볼거리였다는 칭찬도 많았다. 리뷰기사를 스크랩한 파일이 테이블에 쌓여 있었다. 공연기획사 홍보부에서 나온 여자가 K를 붙들고 얘기를 하고 있었다. 푸른빛이 도는 블랙으로 머리를 염색한 여자는 옷과 구두와 가방까지 온통 검정 프라다 일색이었다. 공연예술 쪽 사람들은 유난히 검정을 교복처럼 여겼다. 다음 공연도 아마 K가 맡게 되지 않겠느냐고, 스케줄을 미리 잡아놓으러 온 것 같다며 누군가 아는 척을 했다. 검정 프라다가 생색을 내며 비용을 계산했다. 그러려고 왔을 것이다. 차례를 기다리던 또다른 남자 하나가 K를 붙들었다. 대체로 작업복을, 그것도 검은 옷들을 입고 있는 가운데 흰 원피스를 입고 맥주병을 들고 서 있자니 등이 뻣뻣해왔다. K가 얘기하고 있던 남자와 내가 서 있는 테이블 쪽으로 다가왔다. K가 내 이름을 얘기하며 소개를 했다.

"아이디어가 너무 좋았습니다. 오리지널 무대의 암석 세트만으로는 사실 좀 암담했거든요. 모자이크된 유리조각 틈으로 쏟아져 내려오는 햇살의 느낌이 너무나 사랑스러웠어요."

K가 내 아이디어였다고 얘기를 한 모양이다. 들어오는 날 제대로 쳐다보지도 않던 조감독이 손가락에 와인잔 세 개를 아슬아슬하게 끼우고 와서 하나씩 건네주고는 와인을 따라주었다. 남자와 K에게 먼저, 그 다음에 내 잔에. 술병을 기울인 채 웃으며 남자에게 무어라고 말을 건네던 조감독의 손목이 획 꺾였다. 순식간에 잔을 채우고 넘친 술이 원피스 자락으로 주르륵 흘러내렸다. 서서 오줌을 눈 듯, 하늘색 샌들 위로 붉은 술이 졸졸 떨어져내렸다. 누군가 냅킨으로 내 스커트를 두드려댔다.

"어머, 미안해서 어떡하지."

조감독은 정말 고의가 아니었다는 듯, 제 손목을 분질러버리고 싶다는 뻔한 표정연기를 하고 있었다.

"……괜찮아요."

붉은 와인의 흔적은 흰 천 위에서 푸르스름하게 남았다. 옷은 클리닝을 해도 못 쓸 것이었다. 희미한 얼룩 한 점도 감추기 어려운, 지나치게 흰색이었다. 뭐든 넘치는 건 좋지 않다고 말로 해주었으면 좋을 뻔했다.

즉각적이고 차원 낮은 공격을 받고 보니 내 속에서 전의가 슬슬 피어올랐다. 나는 원피스쯤이야 아무렇지도 않다는 표정으로 K를 쳐다보았다.

"옷, 갈아입게 나 좀 데려다줄래요?"

　K는 호주머니에 손을 넣더니 키를 꺼내 들고 계단 쪽으로 먼저 걸어갔다. 조감독의 시선을 따갑게 느끼며 걸어나올 때, 그 이전 투구의 싸움에서 져줌으로서 이긴 건 나라고 생각했는데, 그건 그리 간단한 수식은 아니었다.

　다음날 사무실에서 마주친 조감독이 커피나 한잔 하자며 복도로 불렀다. 옷 얘기는 꺼내지도 않은 채 자판기에서 커피 두 잔을 뽑아 하나를 건네며, 다음 공연에 참여하느냐고 물었다. 나는 고개를 저었다. 아직 모르겠어요. 그 대답은 승자로서의 배려였다. 참여하지 않을 이유는 없었다. 조감독은 호주머니에서 뭔가를 꺼내 내 손바닥에 올려놓았다.

　"난, 그만 할 거야."

　동그란 금속고리가 달린 키였다. 회사를 그만두겠다는 건지, K를 그만 포기하겠다는 건지, 둘 다인지, 조감독은 설명하지 않았다. 키의 플라스틱 부분에 K의 이니셜이 새겨져 있었다. 왜 이걸 내게 주느냐고 묻지도 않았지만 내가 이걸 당신을 통해 받을 이유는 없다는 말도 하지 않았다. 무엇보다도 주인 모르게 출입문의 키를 누군가 다른 이에게 주는 건 말도 안 되는 일이었다. 그러나 피가 튀는 전장엔 논리 따위는 없는 법이다.

　"K가 붉은색을 읽지 못한다는 얘긴 들었지?"

　나는 대답하지 않았다.

　"물론, 제 의붓엄마하고 눈이 멀도록 그것을 했다는 얘기도 했겠지?"

그렇다고도 아니라고도 말하지 않고 나는 조감독을 빤히 쳐다 보았다.

"그리고, 네가 그 여자하고 닮았다는 얘기도?"

그녀의 어투는, 꼭 그랬다. 그거 누구한테나 하고 다니는 이야 기야. 물론 나한테도 얘기했었지. ……너만 모르고 있는 것 같 아서.

키를 가방에 집어넣으며 나는 그렇게 말해주었다.

"열어놓은 문 틈으로 보이던 그 여자의 웃는 모습을 떠올리게 한다는 말은 들은 기억이 나네요."

조감독도 설마 내가 그 키를 제 눈앞에서 내 가방에 쑥 집어넣 을 줄은 몰랐을 것이다.

"그 사람이 거기서 벗어나고 싶어한다고 생각하니?"

나는 그 질문의 뜻을 얼른 파악하지 못했다. 거기라니. 조감독 이 여름감기라도 걸린 듯 가라앉은 목소리로 중얼거렸다.

"사람이 앓는 질병 중에는, 스스로 붙들고 놓아주지 않아서, 낫 지 않는 병도 있어."

*

나는 외로움에 민감하지 않다. 오히려 견디지 못하는 건 외롭 지 않음이라고 생각했다. 누군가와 한 공간에서 지내게 된다면, 그 외롭지 않음을 힘들어할 것이라고도 생각한 적이 있을 만큼.

그랬는데 둘이 함께 있을 때 그 사이에서 피어나는 외로움이란 참 묘한 것이어서, 집착의 그림자 같기도 하고 거울 같기도 하다.

이제 막 시작된 연인 사이에도 섹스리스라는 말을 쓸 수 있을까. 우리 사이에 섹스가 없는 건 아니었다. 가끔 커피잔을 들고 있는 그의 가늘고 섬세한 새끼손가락이 살짝 쳐들린 걸 보며, 이 남자 혹 잠재적인 동성애가 아닐까, 생각할 만큼 그는 섹스엔 썩 관심이 없었다. 신체적인 문제가 있는 것도 아니었다. K와 잘 때마다 매번 몸이 두 개로 나뉘는 순간, 시트에 등이 닿는 순간, 이 상한 외로움에 사로잡히는 이유가 뭘까. 굳이 말하자면, 그와의 섹스는 식물성에 가까웠다. 억지로 분석하자면 정신적인 섹스리스하고나 할까. 그를 더이상 만나지 않게 되었을 때, 내 수첩에 그려진 하트는 열 손가락으로 셀 만큼 적기도 했지만, 배와 배를 맞대고 있으면서도 한 번도 질퍽이는 땀을 느껴본 기억이 없었다. 그의 몸을 쓰다듬을 때 델 것처럼 뜨거운 열기를 손바닥에 쥐어본 적도 없었다. 오히려 몇 년 같이 살아온 부부처럼 대형 마트에 가서 카트가 넘치도록 장을 봐오고 군것질을 하며 수다를 떨거나 비디오를 보는 게 그에게는 더 편안해 보였다.

날 불편하게 한 건 그러니까 무엇이었을까. 등뒤에서 느껴지는 기척에 고개를 휙 돌렸을 때, 재(灰)의 그림자처럼 휙 날리는 어떤 존재의 자락을 엿보게 되는 순간이 있었다. 그 그림자의 흔적은, K와의 관계가 언제까지 이어지든 결코 그에 대해 완전히 알지 못하리라는, 한숨을 자아냈다.

여자에게는, 한 남자가 자신의 전 존재를 던져오기를, 자신 안에 그만큼의 강렬한 자력이 있음을 확인받고 싶은 순간이 있다. 둘만 있을 때, 극도로 유치해지는 감정의 무장해제가 일어나지 않는다면, 그게 사랑일 수 있을까. K와 헤어져 돌아올 때면, 그 비슷한 생각에 복잡하게 빠져들곤 했다.

*

사람의 운명이란 그날의 날씨 따위에도 좌우되는, 사실은 매우 불안정한, 먼 곳에서 오는 별빛 같은 건지도 모르겠다.

여름의 끝 무렵에 있었던 대학 친구의 결혼식날이었다. 강남의 특급호텔에서 치러진 예식은 일곱시쯤 마쳤지만, 웨딩카의 연노랑 데커레이션을 향해 손을 흔들어주고 친구들과 다시 옮겨간 술자리가 끝난 건 열한시가 가까운 시간이었다. 언제까지 혼자라서 다행이라며 오기를 부릴 수 있을까 마음 한구석이 먹먹해지는 게, 그렇게 친구의 결혼식날 혼자 밤의 길거리에 남겨지는 시간이었다. 사람들은 여전히 반소매 옷을 입고 있었지만 별로 덥진 않았다. 그날 나는 여름에나 쓰는 왕골가방을 들고 나왔다. 날씨가 조금만 더 서늘했어도 다른 가방을 들고 나왔을 것이다. 가방 옆의 지퍼를 열어보았다. 키는 여전히 그곳에 들어 있었다. 한 번도 꺼낸 적이 없었으니까. 흐릿한 불빛 아래 K라는 이니셜은 보이지 않았다. K의 집은 그리 멀지 않은 곳에 있었다. 키를 손바닥에 꼭 쥐자, 잠들어 있는 그의 얼굴을 잠시 들여다보고 나오자는 생각이 들었다.

택시에서 내려 K의 방을 올려다보았다. 아직 돌아오지 않았는지도 모르겠다. 그의 집 창의 불은 꺼져 있었다. 키는 부드럽게 소리없이 구멍 속으로 미끄러져 들어갔다. 살며시 문을 열자 농익은 바나나를 으깬 듯한 냄새가 코로 밀려들어왔다. K는 바나나를 먹지 않는데. 어둠에 눈이 익을 때까지 현관에 잠시 그대로 서 있었다. 책상 하나가 놓인 작은 거실 옆에 샤워기만 달린 간이욕실이 있고 그 앞을 지나면 칸막이 역할을 하는 시멘트벽이 있다. 그 시멘트벽 너머에 침대가 있다. 실내의 동선은 너무 단순해서 출입문에서 눈을 감고도 그 침대까지 걸어갈 수 있을 정도였다. 그러나 어둠은 눈을 감은 것보다 훨씬 밝았다. 밝은 어둠 속에서 청각은 밤의 꽃처럼 활짝 피어나 실내의 소리를 쓸어담았다. 숨소리가 들려왔다.

숨소리는 가팔랐고 잠든 자의 숨소리가 아니었으며 한 사람의 숨소리가 아니었다. 숨소리와 침대의 스프링이 출렁거리는 소리와 목이 졸리는 듯한 신음소리가 동시에 들려왔다. 입에 든 사탕 대신 혀를 깨물었을 때의 달콤한 고통 같은 교성이 끊길 듯 겹쳐졌다. ……그건 두 사람이 사랑을 나누는 소리였다. 나는 달아나는 대신 침대 쪽으로 가만히 발걸음을 옮겼다. K의 몸 위로 올라와 있던 여자의 얼굴은 못 보았지만 조감독의 뒤통수는 아니었다. 사내처럼 짧은 조감독의 머리 대신 어깨 길이의 머리카락을 K는 움켜쥐고 있었다. K와 여자의 배 사이에서 미끈거리는 땀이 휘발되어 농익은 바나나 냄새로 번져왔다. 손바닥을 대보지 않아도 K의 이마가 독한 신열로 들떠 있음을 읽을 수 있었다.

나는 돌아서서 걸어나왔다. 문으로 걸어가 숨을 멈춘 채 천천히 문고리를 돌릴 때까지 두 사람의 숨소리는 집요하게 날 따라왔다. 서로의 숨소리 외엔 아무것도 듣지 못하는 그들을 위해 조용히 문을 닫고는 문을 잠그지도 못하고 그제야 누가 쫓아오기라도 하는 것처럼 지하철역까지 쉬지 않고 달렸다.

지친 얼굴들이 유령처럼 드문드문 서 있는 역구내의, 먼지 낀 듯한 푸르스름한 불빛 아래 서서야, 왜 내가 달려온 거야, 하는 생각이 들었다. 누르죽죽한 얼굴들이 숨을 헐떡이는 날 무심히 쳐다보았다. 붉은 등을 이마에 단 전철이 달려오는 걸 보며 그때까지도 손에 꽉 쥐고 있던 키를 철로 위로 던졌다.

사랑이란 끊임없이 그 무게를 달아보고 싶어하는 속성을 가진 것이어서 조감독과 나는 서로를 바라보며 천칭에 올라선 듯 위태롭게 파들거렸지만, 우리는 둘 다, 잘못된 과녁을 노려보고 있었던 셈이다. 묽은 어둠 속에서 모르는 여자의 뒤통수를 본 순간, 나의 저울은 뚝 부러져버렸다.

*

마지막으로 만났을 때, K는 어머니를 떠날 수 없다고 했다. 어머니, 라고 말했다.

"그건, 나와는 상관없는 일이야."

담담하게 그렇게 말하는 나를, K는 붉은 녹물이 고인 듯 충혈된 눈으로 바라보았다. 너의 눈 속에 경면주사 붉은빛이 담겨 있다고 말해주고 싶었다.

"……자기 삶을 결정할 수 있는 인간은 그리 많지 않다. 때로 욕망의 절정 앞에 절벽이 있을 수도 있다. 살아서 체험하는 죽음 같은 욕망 말이다. 떨어질 줄 알면서도, 그때 사람들은 벼랑 끝에서 한 발을 내딛는다. 두 눈을 뜬 채로. 어리석은가? 그렇지만 허공인줄 알면서도 발을 내디디게 하는 그런 순간이 꼭 있더라. 사람들이 그것에 어떤 이름을 붙이는지도, ……안다."

K가 미안하다는 말 같은 건 하지 않고 다만 그렇게 말했을 때, 나 역시 미쳤다고 쏘아붙이는 대신, 몹시 초라함을 느꼈다. 누군가에게 미쳤어, 라고 말해버리면, 끝내 미치지 못하는 스스로의 차가움에 진저리를 치게 될 것만 같았다.

시그널 레드의 신호등 앞에서 매번 아주 조심스럽게 브레이크를 밟던 K. 가없는 벌판에 붉은 천이 펄럭이던 장이모의 화면 앞에서 매우 피로한 듯 미간을 찌푸리던 K. 붉은 사과와 푸른 사과를 섞어서 봉지에 담던 K의 애매한 웃음. 제 흰자위가 얼마나 붉은지 모른 채 모래 같은 이물감에 고통스러워하던 K. 무엇보다도 모든 붉은색을 만날 때면 네겐 어떻게 보이냐고 끊임없이 묻던 K. 만나지 않게 된 이후에도 그를 가끔, 아니, 하루에 한 번쯤은 꼭 떠올렸다.

일조량이 유난히 부족했던 그 오후에, 조감독이 전화를 해주지 않았더라면 좋았을 것이다. 누군가에게, 한순간에 붉은색을 사라져버리게 하든, 아니면 사라진 그 색을 마술처럼 되돌려주든, 그 둘 중의 하나는 되고 싶었다고, 그렇게 말해줄 사람을 나는 잃었으니.

밤이여, 나뉘어라

잠은 우주 밖으로 달아나버렸다. 일어나 나무덧창을 연다. 나무들은 정령처럼 그림자가 없다. 밤은 끝내 어두워지지 않는다. 나도 저 투명한 밤이 두렵다. 하얀 밤이여, 나뉘어라. 슬픔도 아닌 것이, 회한도 아닌 것이, 물이 되어 내 눈에서 밀려나온다. 밤은 그제야 출렁이듯 왜곡되며, 둥글게 소용돌이친다.

*

부우우우.

뱃고동 소리는 미세한 입자로 흩어지며 아침안개와 섞인다. 습기를 머금어 비릿해진 그 소리가 살갗으로 스며든다. 들숨을 쉴 때마다 속이 울렁거린다.

바다 위의 호텔 같은 거대한 여객선이 천천히 선회하자, 선창 밖으로 예테보리 해안의 풍경이 파노라마 사진처럼 길게 펼쳐진다. 어젯밤 떠나온, 북독일의 키일로 되돌아온 게 아닌가 싶을 만큼 두 항구의 모습은 닮았다. 거대한 화물선과 대륙간 여객선, 파도에 흔들리는 작은 어선들, 무채색의 하역창고들부터 대기의 빛깔까지도.

다른 여행객들과 달리 내 짐은 단출했다. 이른 아침의 텅 비어 있던 선착장이, 배에서 쏟아져나온 사람들로 차츰 번잡해진다. 밤사이 해협 하나를 건넜을 뿐인데 기온은 느낄 수 있을 만큼 낮아졌다. 어깨에 둘렀던 스웨터를 서둘러 껴입는다. 드러난 목이 선득한 게 뜨거운 차를 마시고 싶어진다.

객실 아래의 차량칸에서 꾸역꾸역 밀려나오는 차들과 사람들로 뒤엉킨 부두를 빠져나오면서 혹시나 싶어 이리저리 둘러보았다. 아직 P의 얼굴은 보이지 않는다. 부두 입구의 쇼핑몰에 있는 카페테리아에서 보자 했으니 그곳에 가서 기다리면 될 것이다. 쇼핑몰 입구는 열려 있는데 상점들은 아직 문을 열지 않았다. 긴 복도의 끝으로 주황색 불빛이 따스한 카페가 보인다. 막 문을 열었는지, 테라스로 연결된 문이 활짝 열려 있다. 긴 앞치마를 착용한 젊은 남자가 의자를 들고 나가 정리를 하느라 어수선하다. 따스한 불빛과 달리 의자는 차갑고 딱딱했다.

여행지의 기차역이나 항구 주위의 식당은, 예테보리나 상하이나 순천이나 다 비슷하다. 자기부상열차의 식당칸에 앉은 듯 지상에서 약간 떠 있는 느낌이랄까. 어딘가로 다시 출발하기 위해 불안정한 위장 속으로 무언가를 구겨넣어야 하는, 존재의 동물성이 슬프게 느껴지는 공간일 뿐 따스함도 아늑함도 없다. 어떤 메뉴도 포만감을 주지 못하며, 그러니 대충 배를 채우고 어서 떠나라고 등을 미는 기운만이 가득하다. 화장기 하나 없는 웨이트리스가 건네준 샌드위치는 뻣뻣하고 차갑다. 각성이 필요하지 않아도 커피를 들이켤 수밖에 없는 모래 같은 끼니다. 몸은, 여전히 배 위에 실린 듯 느리게 흔들리는 감각을 털지 못한다.

먼 곳에서 지진이 일어난 듯 바닥이 울렁거리는 느낌의 진원지
는 다름아닌 내 가슴속일 것이다.

P는 굳이 나오겠다고 했다.

바쁠 텐데, 라고 짐짓 말했지만 P가 나오는 건 당연하다고 생
각한다. 나 역시 함부르크에서의 시사회 일정 끝에 굳이 오슬로
를 연결한 것도 P가 아니었다면 잡지 않았을 스케줄이다. 사실을
말하자면, 함부르크까지 온 것부터가 P를 한번 만나고 싶다는 생
각에서 시작된 여행이었다. 마지막으로 본 게, 벌써 구 년? 십
년?

그러니 내가 미친놈 소리 들어가며 전공을 버리고 영화판으로
뛰어든 것도 십 년이 가까워온다. 어려운 순간들이 많았지만, 불
운했다고는 생각하지 않는다. 만든 영화가 다섯 편이 넘어가면서
평론가들은 내게 작가주의, 라는 이름을 붙여주었다. 언제부턴가
새 영화가 나올 때마다 매스컴에선 호의적이거나 악의적이거나
어쨌든 제법 큰 박스기사로 다루어주었다. 요즘은 영화제라도 참
석하면 내 필모그래피를 줄줄 외우며 신이시여, 하는 눈빛으로 바
라보는 팬을 만나는 일도 드물지 않다. 국내 관객 수는 늘 어느 선
을 넘지 못하지만 그건 내 능력의 문제라기보다는 애초에 내 지향
점이 아니었다고 생각할 만큼, 나는 조금은 오만해져 있었다.

유럽에서의 내 평판은 꽤 괜찮다. 남유럽에서 열리는 영화제에

처음 초청되었을 때, 잠들지 못하고 설레던 밤에도, 나는 P를 생각하고 있었다. 과장되긴 했지만 출발하기 전 어느 국내 신문은, 유럽 현지에서 엄청난 논쟁을 불러일으키고 있는 아무개 감독의 유럽 영화계 순방, 이라는 특집기사를 싣기도 했다. 함부르크의 시사회 초청장을 받는 순간, 이번 여행의 진짜 목적은 P를 만나는 것이라고 생각했다.

P를 향한 신의 특별한 은총을 지켜보는 일로, 내 청년기는 지나갔다. 모차르트와 살리에리? P와 난 그것과도 달랐다. 재능에도 불구하고 불우한 현실을 살아야 했던 모차르트와는 달리 P는 현세에서 이미 더할 나위 없는 영광을 누리고 있었다. 여행가방을 쌀 때 나는 오직 P에게 보여주기 위해 모아놓은 기사 스크랩을 챙겼다.

커피를 리필하러 가자, 북구의 처녀는 갓 뽑아낸 커피를 가득 채워주며 당신, 배를 타고 왔군요, 명랑하게 웃는다. 블론드보다 더 밝은 머리칼. 음모도 저 색깔일까, 부질없는 생각이 스친다. 욕정과는 상관이 없다. 지금 내 마음속에서 자글거리는 초조함도 연거푸 마신 진한 커피 외엔 아무 까닭이 없다고 생각하고 싶다.

복도를 달려오는 P의 모습이 보였다. 나도 모르게 자리에서 벌떡 일어났다. 눈을 들여다보며 손을 먼저 잡고, 그리고 끌어안았다. 그도 나도, 오랜만이다, 따위의 말은 하지 않는다. 짐을 하나씩 나누어 들고 밖으로 나왔다. 8월의 햇살이 눈부시긴 해도 여전히 서늘하다. 차는? 하며 두리번거리자, 바로 앞에 세워진, 잘

못 말린 바가지 엎어놓은 것 같은 시트로엥의 문을 연다.

"너, 여전하구나. 이건 뭐야. 최신 유행의 그라피티야?"

P는 예의 자신만만한 미소를 살짝 짓는다. 포르쉐를 사도 색깔별로 살 수 있는 녀석이, 군데군데 칠이 벗겨져 설치예술처럼 보이는 경차라니. 모든 걸 다 가져본 자의, 제겐 너무 쉬운 생에 대한 희롱일까. 그래도 좀 심하다. 조수석 바닥엔 동전도 빠질 만한 구멍이 몇 뚫려 도로가 다 보일 지경이다.

"시사회는 어땠어?"

어디서부터 얘기를 시작할까, 실마리를 찾고 있는데, P는 바로 어제의 일을 묻는다. 어쩌면 그게 당연한 순서일 것이다. 십 년의 세월을 더듬으려면, 이렇게 거꾸로 시작하는 게 빠르고 정확하게 길을 찾는 최선의 방법일 것이다.

"음, 성황이었어. 변방에서 온 예술가를, 우리라면 제삼세계 작가를 이렇게 대접해줄까 생각이 들 만큼 진지하게 접근하더라."

"그 이상은 아니지. 오래 살수록 느끼게 되는데, 그뿐이야. 결코, 가슴으로 받아들이진 않는다는 거야."

"그럴까?"

"하긴, 영화감독도 괜찮은 직업이라고 봐. 영화를 만드는 동안은 자기가 신인 줄 착각할 수 있잖아."

이게 P지. P는 여전하다. 그의 몇 마디가, 함부르크에서의 며칠 동안 내가 빠져 있던 들뜬 기분에서 바로 깨어나게 한다. 내가 알고 싶은 건 P의 근황이다. 내 시야에서 멀어진 후 얼마만큼 달려와 있는 걸까.

"요즘도 바빠?"

"늘 그래."

P는 미간을 살짝 찌푸린다. 변함없는 삶의 성취가 조금은 지루한 듯.

시가지를 벗어나기 전 P는 차를 세우더니 잠시 기다리라 하고는 길가의 마켓으로 들어간다. 도심이라기엔 행인이 너무 없다. P마저 시야에서 사라지니 커다란 풍경화 속에 들어와 있는 기분이다. 이 큰 도시 인구가 오십만이 안 된다니 길을 가다 사람을 만나면 거의 반가울 지경이기도 하겠다. 오래지 않아 P가 비닐쇼핑백 두 개를 들고 나와 차 트렁크에 싣는다. 부피에 비해 꽤 무거운지 비닐이 축 처져 터질 듯 아슬아슬해 보인다.

"여기까지가 스웨덴이야."

국경의 흔적만 남은 초소를 지나자 노르웨이였다. P의 집은 북쪽으로 한 시간 반쯤 가야 한단다. LA에서 잘나가던 외과의였던 P가 왜 이곳으로 옮겨왔는지, 그리고 왜 현장을 그만두고 연구의로 들어앉았는지, 지난번 통화에서 P는 얘기하지 않았다.

"요즘 넌 뭐 하니?"

"나? ……면역학 쪽인데, 논문이 나오면 획기적인 게 될 거야."

P의 말투는, 이제 획기적인 성과도 지겹다는 듯, 심상하다.

"면역 쪽이면, 생화학에 가깝잖아. 넌 노가다 스타일 아니냐?

연구실은 갑갑할 텐데. 루푸스 치료나 새로운 바이러스?"

"그런 재미없는 거 말고. 들어볼래? 이건, 영혼의 면역에 관한 거야."

영혼의 면역이라. 둘이서 같은 대학 의대에서 공부했고, 지금도 가정의학과 정도는 볼 수 있는 나지만 영혼의 면역이란 얘기는 생소하다. 십 년 사이 의학의 영역은 또 그렇게 확장되었단 말인가, 아니면 정신과 영역을 얘기하는 걸까. P는 약간 뜸을 들이며 컵홀더에 꽂힌 볼빅을 집어 한 모금 마시는데, 휘발성의 향이 살짝 코끝을 스친다. 병 속의 물은 노르께한 색깔을 띠고 있다.

"기억에 대한 면역이라고나 할까. 예컨대 면역이란 게 뭐니. 한번 앓은 질병에 대한 육체의 기억이라고 얘기할 수 있잖아. 홍역이나 수두를 한번 앓으면 평생 다시는 앓지 않는 것처럼, 약물로 뇌의 특정 부분에 있는 기억 메커니즘을 해제할 수 있느냐에 대한 연구야."

"이론은 알겠는데, 그게 현실적으로 가능할까? 그 특정한 기억이 뭔데?"

"사랑, 이야."

나는, 농담이냐고 묻고 싶은 걸 참는다. 하긴, 내가 의학 공부를 할 무렵에, 줄기세포로 새 장기를 만들어낼 수 있다는 얘기를 누가 했다면 정신나간 사람 취급을 받았을 것이다.

"가능할까?"

"모든 건 상상력의 문제지. 나라면, 가능하다고 봐."

P는, 만나자마자 나를 빨아들이기 시작한다. 듣고 있는 사이, 그라면 가능할 수도 있다는 생각이 든다. 상상력에 관한 한 P를 대적할 인간은 없을 것이니. 오래 전, 상상력 따위는 손톱만큼도 허용될 것 같지 않은 외과수술실에서조차 늘 기발한 상상력을 발휘한 놈이니까. 개복수술 후 환자에게 위급한 불명열이라도 발생하면, 무수히 많은 처치방법 중 두세 개를 조합해서 시술하는 그의 감각은 거의 환상적이었다. 급박한 순간일수록 P는 냉정해졌고 칼끝 같은 그 긴장의 순간을 매번 즐기는 것처럼 보였다. 외과수술시의 그의 바느질은 도무지 흠잡을 데 없는 수준을 지나, 환자가 원한다면 오장육부 어느 곳에라도 데이지꽃이나 장미꽃을 수놓아줄 수 있을 정도였다. 수술실에서 노교수들이 뒷마무리를 맡기는 유일한 레지던트였다. 진정한 아름다움은 내면에서 나오는 것이라며 위장 성형은 왜 안 하는지 모르겠다는 P에게, 당시 상영하던 영화에서 따온 별명을 붙여준 건 나였다. 코리안 퀼트, 라고.

"거칠게 요약하면, 이렇게 말할 수 있어. 큐피드의 화살도 갖지 못했던 사랑의 동시성과 동분량, 그리고 지속성. 뇌파에 작용한 약의 효능에 의해 오직 그 한 알의 약을 나누어 복용한 사람만을 사랑하게 하는 약. 원한다면 방사성 동위원소의 반감기만큼이나 오래 사랑할 수 있는 약. 사랑에서 비극의 원인이 뭐라고 생각하냐? 결국 사랑의 비동시성이야. 한 사람은 아직 뜨거운데 한 사람은 오래 전에 불에서 내려놓은 냄비처럼 싸늘한 거지. 아스

피린과 페니실린, 그리고 비아그라가 인류가 만들어낸 삼대 신약으로 꼽히지만, 이 약은 그것들을 능가하는 폭풍을 일으킬 거야. 지난 세기부터 인간을 위로해왔던 비아그라나 보톡스 따위 해피드러그의 결정판이라고나 할까."

P의 프로필은, 진지하다.

"혈류량의 변화라는 육체적 메커니즘에만 작용했던 비아그라 류의 약과는 차원이 다른 거지. 뇌의 특정 부위에 작용해서 몸과 정신을 동시에 조절할 수 있는 이 약은 과학과 영혼이 상호보완적으로 결합하는 획기적인 신약이 될 거라고 봐. 프로젝트 이름은, 러브피아야."

러브피아.

P, 답지 않다. 누가 들어도 러브와 유토피아라는 단어의 조잡한 합성에 불과한 그 단어는, 편의점에서 이름만 읽어도 내용물을 짐작할 수 있게 하는 콘돔 상표명처럼 들린다.

"용법은 매우 간단해. 두 가지 색으로 나뉜 타원형 알약을 쪼개 두 사람이 나눠 먹는 거야. 십 초면 물속에서 완전 분해되는 발포정 방식이지. 어떠한 부작용도, 습관성도 없어. 당뇨 혹은 고혈압은 물론이고 암 환자조차 현재 복용하고 있는 약과 충돌 없이 사용할 수 있어. 말기 암 환자들은 지상의 삶을 마감하기 전 마지막 하루하루를 벅찬 사랑의 광휘 속에서 마무리할 수 있게 될 거야. 모르핀보다 강력한 진통효과도 덤으로 얻을 수 있을 테고. 흡수기제는 알코올과 비슷해서 약효의 발생시간은 놀랍도록 짧아. 식도에서부터 흡수되기 시작하면서 효력이 발생하는데 특별히 예민한 체질은 발포과정에서 생기는 가스를 호흡하면서부터 효과를 느낄 수도 있어."

"이를테면?"

"상대방의 모든 게 사랑스러워지기 시작하지. 암사슴 같은 눈빛이야 말할 필요도 없지만 껌딱지 같은 가슴도 너무나 앙증맞아 보여서 볼 때마다 깨물어주지 않을 수가 없을 거야. 젖꼭지가 피로 물드는 게 몇 번이 될지 몰라. 발바닥에 있는 티눈 자국이 사랑스러워 늘 얼굴을 발바닥으로 한 번만 밟아달라고 애원하게 되겠지. 그녀에게 흰머리가 생긴다면 미술에 대해 아무것도 모르는 사람도 흑백 미니멀리즘의 미학을 느낄 수 있을 거야. 그녀의 땀을 핥으면서 왜 사람들이 달콤함이라는 단순함에 미혹되어 짠맛이 주는 심오한 미각적 황홀을 놓치는가 안타까워하겠지. 그녀의 명랑한 방귀 소리는 가장 아름다운 음악이 될 것이고 다섯 가지 영양소가 발효된 그 냄새는 인간이 먹어야만 살 수 있는 존재라는 철학적 깨우침까지 덤으로 주게 될 거야."

"누가 그 약을 사먹을까?"

"열정적이고 억제할 수 없으며 영원히 계속될 것 같은 사랑, 네가 아니면 차라리 죽겠다는 헌신의 언약이 조금씩 희미해지다가 어느 순간 냉랭해지는, 반감기가 서로 다른 사랑 때문에 아파본 사람들은 이 약의 출현에 열광할 거야."

차는 북쪽을 향해 수직 방향으로 올라가는 것 같다. 기온이 조금씩 내려가며, 이끼류의 식물이 들판을 뒤덮고 있는 풍경으로 바뀌어간다. 공기는 투명하다 못해 유리로 만든 것처럼 단단해 보인다. P의 얘기는, 스치는 풍경만큼이나 낯설고 환상적이다.

"사랑의 상실이 질병이라고 생각하나?"

"글쎄, 의사들은 저희들이 고칠 수 있는 건 병이라 부르고 못 고치는 건 본성으로 분류해버리지. 이를테면 외로움이나 질투, 슬픔 같은 건 병이라고 부르질 않잖아. 수면제가 나오기 전엔 그 냥 잠이 안 오는 것이었지 불면증은 아니었어. 프로작이 나오면 서 우울함은 우울증이 되었잖아. 이 약이 완성되면 열정의 소멸 은 질병이 될 거야."

긴 열변 끝에 목이 마른 듯 P는 볼빅을 집어서 몇 모금 마신다.

이 프로젝트는 어디까지 진행되어 있는 걸까. 쉬 믿을 수 있는 얘긴 아니지만 믿지 않을 수도 없는 건, P의 꿈이 하나도 남김없 이 이루어지는 걸 가장 가까운 곳에서 지켜보아왔기 때문이다. 그의 인생에 불가능이란 없었다. 신의 특별한 은총을 받는 자는 주위 사람들로부터 똑같은 분량만큼의 질시를 받게 되어 있지만, P에겐 그를 향한 은총이 당연해 보이도록 하는 재능까지도 함께 있었다.

P와 처음 한 반이 된 건 고3 때지만, 그는 교내에서 이미 걸어 다니는 신화였다. 새로 배정받은 고3 교실에 들어서면서 P가 앉 아 있는 걸 본 순간, 제일 처음 스친 건 내가 올해는 일등을 한 번 도 할 수 없을 거라는 생각이었다. 쉬는 시간에 P가 참고서 따위

를 들여다보고 있는 모습을 본 적이 한 번도 없었다. 그의 집안이 찢어지게 가난하다는 얘기도 있었지만, 그에겐 눈을 씻고 찾아도 빈한함의 한 조각도 보이지 않았다. 형편없이 구겨지고 낡은 티셔츠도 P가 걸치면 최신 유행의 빈티지룩으로 보였다. 수석 합격자들이, '학교 수업만 들었고 잠은 충분히' 운운하면 사람들은 거짓말이라 치부해버리지만, 나는 P를 보며 세상엔 그런 사람도 있다는 걸 알게 되었다.

P의 옆모습을 훔쳐볼 때면 박탈감과 매혹을 동시에 느꼈다. 사타구니에 습진이 생기도록 책상에 앉아서 여름방학을 보냈지만, 이학기 첫 모의고사에서 나는 여전히 이등이었다. 같이 지망한 의대에 P는 수석으로 합격을 했고, 몇등인지는 모르지만 나도 합격을 했다. 내겐 과분한 결과였다. 어쩌면 한 번이라도 P를 이겨보려던 나의 눈물겨운 노력이 가져다준 열매였을 것이다.

대체로 우리 모교에 남으려면 가문과 재산과 실력과 천운을 동시에 겸비해야 한다는 전설이 있었지만, P가 대학병원에 남을 것을 의심하는 친구들은 없었다. 그런 P가 논문발표장에서 취한 태도에 대해서는 의견들이 분분했다. 발표를 앞두고는 지독한 긴장 때문에 식사도 제대로 못 하는 건 기본이고, 발표 후에 의도적으로 기를 죽이려는 기이한 질문이라도 몇 가지 받으면 한겨울에도 속옷까지 식은땀으로 흠뻑 적시는 게 발표장 분위기였다. 그런 심사장소에, P는, 칼라도 없는 티셔츠에 구깃구깃한 면바지를 입고 앞에 나갔다. 빈손이었다. 아무런 준비물도 없이 서 있는 그를 보자니 내 이마에 땀이 다 흘렀다. 누가 봐도 방약무인이었지만, 그의 논문발표는 간결했고 핵심을 정확하게 드러냈다. 무엇보다도 기존 이론들의 짜깁기가 아니라 탁월한 독창성을 드러낸 논문이었다. 내용은 제쳐두고라도 어쩌면 가장 아름다운 문장으로 씌어진 의학논문이었다는 데 이의를 제기할 사람은 없을 것이다. 그는 명백히 오만했고, 그 오만은 눈부셨다. 그 오만함이 끝내는 나를 비참하게 했다는 것도 나는 아직 기억한다.

들려오는 풍문에 의하면 그날의 평가점수는 교수에 따라 매우 기복이 심했다 한다. 심사위원 중 누군가 그의 지나친 오만방자함을 사유로 격렬한 반대를 했고, 그 자신의 반대를 관철시키기 위해 사표까지 첨부했다 한다. 친구들의 분석대로, 아카데미즘의 모독에 대한 분노였든, 그의 자리를 노렸던 누군가의 막판 메치기였든, 그는 심사를 통과하지 못했다. P는 미국으로 떠나버렸다. 그의 가장 가까운 곳에 같이 있었지만 그의 언행에서 끝내 후회도 원망도 읽을 수 없었다. 그가 없는 빈자리에서 나는 내게 질문을 했다. 의사로 사는 것이 네가 진정으로 원하는 길이었나. 이 일이 너를 행복하게 해줄 것이라고 생각하나.

내게 P는 라이벌이었을까. 그러지 못했다. 라이벌이란, 강을 사이에 두고 그 양안을 달리는 자, 에서 어원을 가져왔다 했던가. 서로의 모습을 곁눈질하며, 터질 듯한 심장과 경련을 일으키는 다리를 질질 끌고라도 기어이 나를 달리게 하는 자. 그러나 나는 한 번도 P와 나란히 달려보지 못했다. P의 뒤에서 늘 숨이 찼다.

강 저쪽 아득한 앞에서나마 그의 모습이 완전히 사라지자 나는
바로 길을 잃었다. 그가 사라졌을 때의 좌절이 그가 있을 때의 좌
절보다 크게 다가온 것은 예기치 못한 감정이었다. P는 내 인생
의 내비게이션이었고 보이긴 하지만 거리를 좁힐 수 없는 무지개
였다. 이즈음도 가끔 꿈을 꾼다. 안개 짙은 강변. 푸르스름한 안
개 저편 강가에 차갑고도 단정한 프로필로 달려가는 한 청년의
모습이 보인다.

그는 결코 나를 돌아보지 않는다.

미국으로 가서도 P의 소문은 늘 실시간으로 한국으로 날아와
떠돌았다. 그가 서부 최고의 의대에 들어간 것도, 거기서 확고한
터를 잡은 것도, 태평양의 파도가 정원의 가장자리를 어루만지는
저택을 산 것도, 오래지 않아 외과 팀의 캡틴이 된 소식도, 우리
들에겐 그리 놀랍지 않았다. 그라면, 그랬을 것이다. 그가 놀기엔
너무 작아 떠나버린 연못에서 나는 오글오글 헤엄치고 있었다.
그가 떠난 후로 그에 대한 의식의 부피는 머릿속에서 더 크고 더
생생하게 부풀어올랐다.

나는 그를 떠나보내지 못했다.

나는 의사의 길을 포기했다. 인체의 내부를 들여다보는 대신
영혼의 내부에 카메라를 들이대는 쪽을 선택했다. P야, 네가 바
람 부는 강변을 달리겠다 하면 나는 길 없는 들판을 달려보겠다.
그렇게 멀리 있는 P와 나 사이에 보이지 않는 강은 계속 흘러왔
다. 언젠가는, 그는 할 수 없었지만 내가 해낸 것을 그 앞에 내밀

고 싶었다. 어느 날, P가 알 수 없는 이유로 미국생활을 정리하고 북구로 갔다는 얘기를 듣기 전까지는, 나는 P의 일거수일투족까지는 아니어도 그의 좌표를 늘 확인하고 있었다. 그 이후의 소식에 대해서는 알 수가 없었지만, 같은 시기에 공부했던 친구들을 가끔 만나면, 언젠가는 P가 놀라운 프로젝트를 들고 나와 세상을 놀라게 할 날이 있을 것이라는 데 이견이 없었다.

러브피아라. 너는 또 어디까지 달려와 있는가. 손을 뻗으면 얼굴을 만질 수 있는 곳에 앉아 있는 너는, 또 얼마만큼 앞으로, 저 먼 곳으로 날아가 있는가.

*

"거의 다 왔어."

북쪽으로 하염없이 올라가던 차는 이제 큰길을 벗어나 들판 사이로 들어간다. 마을 하나에 집 한 채가 있는 형국이다.

M은 어떻게 변했을까.

하긴 삼십대는 인간의 외형이 가장 느리게 변하는 시기 같다. 내면의 격렬한 변화에 비한다면. 오슬로를 행선지에 넣었을 때 나는 P와의 만남만을 생각하고 있었을까. 윤기 흐르는 암갈색 말 몇 마리가 한가로이 놀고 있는 목초지를 지나 경사진 길을 따라 올라가자 붉은 지붕의 집이 하나 나타났다. 조촐하고 아담한 게 농가주택처럼 보인다. 천장만 있는 주차장에 차를 세우고 밖으로 나오자 잘 익은 밀빛 털의 덩치 큰 개 한 마리가 줄레줄레 걸어와 짖지도 않고 P의 다리에 코를 부빈다.

오래도록 손질을 하지 않은 듯 뜰은 무척 황량하다. 지난해의 넝쿨식물 줄기가 노랗게 마른 채 뒤엉켜 있는 위로 새 넝쿨이 벋어 있다. 손톱만한 보랏빛 꽃들이 마디마디 피어올랐다. 마당가엔 잘린 통나무더미가 녹슨 듯 붉은빛을 흘리며 쌓여 있다. 전지를 하지 않아 함부로 벋친 나무들이 집에 그늘을 드리웠고 밟는 사람이 없어서인 듯 집까지 이어지는 좁은 길 외에는 샛노란 야생화가 지천이다. 숨을 들이쉴 때마다 공기가 흘러들어오는 길이 싸하게 느껴진다. 대기는 시리도록 투명하다. 가장자리에 몇 그루 서 있는 사과나무엔 조막만한 사과가 붉게 익어 크리스마스 전구처럼 아기자기하게 달려 있다. 초현실주의 화풍의 그림 같은 풍경 앞에서 나는 잠시 말을 잃는다. 황량하면서 또 지독하게 아름다운 뜰이다.

내겐 그렇게 보인다.

어쩌면, 그가 가진 모든 것에 대해 나는 그렇게 받아들여왔다. 아름다운 것은 아름다운 대로, 추한 것은 추한 그대로, P의 아우라 아래서는 모든 것이 경외를 본질로 하는 오만한 존재감을 획득하곤 했다. 거친 칼맛마저 숭고한 고통의 재현처럼 보이는 목판의 이콘처럼.

가방을 들어내고 트렁크를 닫으며 P는 날 바라본다.

"와이프에겐 말하지 마."

"뭘?"

"아까 그 얘기. 이건, 다국적 제약사와 국경 없이 일하는 몇몇 연구진의 극비 프로젝트야. 길게 봐야 하는 연구이기도 하고."

"그렇겠지."

대답했지만, M이 그 내용을 들었다 한들 이런 곳에 살면서 누구에게 얘길 할 것인가. 황량한 뜰에 서서 그렇게 주고받고 있는데 문이 열리고 M의 얼굴이 나타난다. 언 몸을 갑자기 불 앞에 들이댄 듯 나는 좀 일렁인다.

"오랜만이에요."

"정말, 오랜만이에요."

오랜만에 만난 걸 누가 모른다고 이런 인사밖엔 할 수 없는 건지. 뜰에 선 채로 우리는, 서울에서 여기까지의 이동경로와, 지금 서울의 더위가 얼마나 지독한지와, 오슬로에서의 일정에 대해 얘기를 나누었다. 서울의 더러운 공기와 시도 때도 없는 교통체증에 대해 얘기할 때 M의 눈이 아련하게 가늘어지더니, 탄식하듯 내뱉는다. 난, 그 탁하고 걸쭉한 공기가 그리워, 한 번만 마셔봤으면 좋겠어. 우리는 오랜만에 들은 농담이라는 듯 하하, 과장되게 웃었다. M은 변하지 않았고, 그리고 많이 달라졌다. 변하지 않은 부분은 알겠는데 달라진 부분이 어딘지는 알 수가 없다. 말이 끊어지는 짧은 틈새로 절대적인 고요가 밀려든다.

실내는 매우 간결했다. 통나무 민박집처럼, 작은 부엌과 긴 원목식탁이 전부다. 식탁 위엔 식사 준비가 되어 있었다. 밥을 먹으러 그 먼 길을 달려온 것처럼 우리는 먼저 식탁에 앉았다. 된장찌개와 가지구이, 오이무침, 샐러드. 식탁은 간소하기 짝이 없다.

"야, 너 이런 데서 사는구나. 천국이 따로 없네."

너무 조촐한 식탁에 내가 오히려 창밖을 내다보며 너스레를 떨었다. M이 밥을 푸는 사이 P는 바깥으로 나가더니 와인을 한 병 들고 들어온다. M이 그런 P를 쳐다보며 지나가듯 묻는다.

"낮술을?"

"먼 곳에서 친구가 왔는데…… 얘가 사온 거야."

나는 아니라고, 말하지 못한다. 참 그렇다. 빈손으로 오다니, 뭐에 정신이 팔렸는지.

어묵과 감자만 넣고 끓인 된장찌개는 맛있었다. 여긴, 한식 재료를 구하기가 너무 힘들어서, 하며 M은 내내 미안해한다. P는 밥은 먹는 둥 마는 둥 하며 와인만 마시고 있다. 밥을 먹고 나서 M이 방에 들어가며 P에게, 나 좀 봐요, 한다. P는 들어가며 방문을 닫는다. 내용을 알아들을 수 없는 M의 목소리가 조금 높고 빠르게 이어진다. P의 목소리는 들리지 않는다. 무슨 일일까. 꽤 오래 나오지 않는다. 십 년 만에 만난 친구 옆에서 부부싸움을 하진 않을 텐데. 방문을 똑똑 두드리고 대답을 기다리지도 않고 방문을 열어본다. 왜 그래? 눙치듯 묻는 내 쪽으로 M이 고개를 돌려, 잠시만 나가 있을래요? 이건, 우리 부부 사이의 일이라. 웃지도 않고 그런다. 나는 좀 머쓱해져서 문을 닫고 창가로 가서 밖을 내다보며 서 있었다. 방에서 나온 둘의 표정은 아무 일도 없었다는 듯 또 태연하다.

M이 내가 묵을 방을 보여준다며 좁은 계단을 앞서 올라간다. 다락처럼 경사진 천장 아래 일인용 침대 위의 이부자리가 새로 준비한 듯 정갈하다. 오래 비워놓은 곳인 듯 묵은 곡식창고에서 나는 듯한 냄새가 난다. 귀찮게 한 건 아닐까, 싶다.

"오슬로에서 묵으면 되는데."

"그럴 필요가 뭐가 있어요. 저이도 외롭고, 방도 남는데."

"말, 놓지."

그 말에 M은 날 빤히 쳐다본다. M은 조금도 변하지 않았다. 그렇지만 내가 알던 M, 몰려다니며 팥빙수를 같이 먹고 영화를 같이 보러 다녔던 M은 아니다. 말 놓으라는 얘기 말고, 만나면 할 얘기가 참 많을 것 같았는데.

"이 마을 이름이 뭐지?"

"운자 크레보."

"……운자 크레보. 천국처럼 아름다운 곳이다."

M이 갑자기 돌을 집어던지듯 외친다.

"천국? 난, 서울이 그리워. 돌아가고 싶어."

아까 마당에서는 더러운 공기마저 그립다는 말에 웃었지만, 반복되는 그 말은 암호처럼 들린다. 누군가가 해독해주기를 바라며 허공으로 띄우는 암호. 그러나 암호를 읽어내기엔 우리는 너무 오래, 너무 먼 곳에 떨어져 지냈다. 나는 가방을 내려놓고 창밖을 내다보았다. 오슬로의 호텔에서 묵는 게 더 나았을까. 나무덧창이 달린 창밖으로 보이는 호수의 물빛이 푸르고 차갑다.

"호수가 옆이구나."

M이 가늘게 한숨을 쉰다.

"협만이야. 나중에 내려가봐. 여기 사람들은 곧잘 수영도 하던데, 내겐 저 물이 너무 차가워."

M이 나가고 나서 옷을 갈아입고 내려가니 P가 마당에서 따왔다며, 빨갛게 익은 사과 접시를 밀어준다.

"껍질째 먹어라. 필름 가져온 거 있어? 같이 보자. 내일은 난 연구소 일 때문에 아무래도 같이 못 갈 것 같다. 저 사람하고 둘이 다녀와."

"그러냐?"

담담히 대답했지만 사실을 말하자면, 매우 실망스러웠다. 나는 내일 P와 시사회에 같이 갈 거라고 생각하고 있었다. 내 작품을 시스템이 제대로 갖춰진 곳에서 P에게 보여주고 싶었다. 그의 것보단 작지만, 내 몫의 갈채와 영광 속에 서 있는 나를 보여주고도 싶었다.

메이킹 필름을 먼저 넣었다. 카메라를 든 누군가가 웃기라도 한 듯 화면은 흔들리며 시작된다. 촬영 현장의 어지러운 풍경들, 반바지를 입은 나, 모자를 쓴 나, 스태프들에게 지시를 내리고 어딘가로 달려가는 나, 마지막 촬영을 끝내고 거품이 이는 맥주잔을 높이 치켜들고 웃고 있는 나. 똑같은 필름인데 왜 한국에서 볼 때와 느낌이 다른 것일까. 웃고 있는 내 얼굴도 낯설지만 목소리는 더 생경하게 들린다. 불안정하고 조급하게 외쳐대는 내 경박한 목소리 때문에 나는 조금 의기소침해진다.

세상 모든 사람에겐 아니지만, 누군가에겐 정오의 공작처럼 보이고 싶은 순간이 있는데.

M이, 자신은 시사회에서 보겠다며 잠시 나갔다 오겠다 한다. 장을 봐오려는 것 같다. 나는 P에게 화가 좀 난다. 가장 가까운 마켓이 한 시간이 넘게 걸린다니 왕복 세 시간이다. 아까 들어오면서 장을 봐오는 게 뭐 어려운 일이라고. 바가지 모양의 시트로엥이 밀밭 사잇길을 꼬물꼬물 기어가다 이윽고 사라져버리는 게 소파에 앉아서도 보인다. P가 일어나더니, 술병 하나와 잔 두 개를 들고 온다. 반주로 마신 와인도 아직 깨지 않았는데. 내가 그러하듯, P 역시, 오랜 시간의 틈이 쉬 메워지지는 않는 모양이다.

잔에 그득히 부어서 하나를 건네주고는 술잔을 부딪는다. 쨍, 소리가 너무 크게 울린다. 화이트와인인 줄 알았는데 독주였다. 한 모금 마시고 얼굴을 찌푸리고 있는데 P는 단숨에 벌컥벌컥 마셔버린다.

"칼바도스야. 레마르크의 『개선문』, 읽어보았어?"

"아니."

"그래? 읽었어야 되는데. 할 수 없지 뭐. 그 소설 속에서 라비크라는 남자가 끊임없이 마시는 술이 이거다. 사과주지. 노르망디 산이야."

P는 마치 그 남자 때문에 할 수 없이 마신다는 듯 다시 한 잔을

부어서는 라비크를 위하여, 하고는 원샷을 해버린다. 농익은 사과향이 스치는 것 같기도 하다. 스트레이트로 마시기엔 무리라고 생각되는 도수였다.

"나는 영화를 좋아하지 않아. 영화는, 삶의 표면만을 보여줄 뿐이야. 한번 보고, 네가 제대로 영화를 만들 수 있을 것 같으면, 내가 시나리오를 하나 써주지. 영화는 시나리오가 절반이잖아."

시나리오를 써줄 수 있다는 P의 얘기는 빈말은 아닐 것이다. 나는 P가 고3 때 쓴 소설의 제목과 내용을 지금도 기억한다. 포르노였다. 나는 그의 최초의 독자였고, 유일한 공짜 독자였다. 친구들은 P의 활달한 글씨로 쓰인 그 불법출판물을 보기 위해 빵 두 개와 우유 하나를 제공해야 했다. 열풍이었다. 웨이팅 리스트가 따로 있었다.

오후 수업시간이었다. 그 소설에 너무 깊이 빠져든 친구녀석은 짝이 옆구리를 찌를 때까지 선생님이 제 옆에 서서 같이 내려다보는 줄도 모르고 있었다. 햇보리와 마선생, 이라…… 노트를 집어든 선생님이 제목을 천천히 읽자, 절반쯤 졸고 있던 반 아이들은 모두 잠에서 깨어나 흘러내린 침을 손등으로 문지르며 장차 이 사태가 어떻게 진행될지를 지켜보았다. 노트를 한 장씩 넘겨본 선생님이 P의 이름을 불렀다. 아, 뭐 자랑스러운 내용이라고 맨 앞에 제 이름까지 적어놓았는지. P가 자리에서 일어났고 선생님은 P의 옆으로 느리게 걸어갔다. 선생님은 지난 시간의 수업내용을 확인하는 투로 물어보았다. 햇보리가 뭐니? P는 망설임 없이 대답했다. 여자 거기랑 꼭 닮았잖아요. 선생님은 실실 웃었다. 그 웃음은 분필가루 마시며 교단에서 보낸 세월이 헛되지 않았다는 듯, 제자의 천재성을 발견한 늙은 사부의 웃음처럼 흔연했다. 우리는 선생님이 봐줄 거라고 전망했다. 전교 일등 앞에서 선생님들의 팔은 늘 근육무력증을 일으켰다. 마선생은, 뭐야? P가 재빨리 대답했다. 애마부인의 남성형입니다. 아이들이 키들거리기 시작했다. 얼굴이 긴 그 국어선생님을 우리는 마선생이라 부르고 있었다. 그래? 선생님은 조용히 몸을 굽히더니 신고 있던 슬리퍼 한 짝을 벗어들었다. 나중에 P는, 마선생이 자신의 뺨을 개화기 예배당 종 치듯 했다고 표현했다. 신성모독적인 표현이었지만 속도와 열정을 비교하기엔 더없이 적절한 비유였다. 나는 P의 뺨을 보고서야 선생님 슬리퍼 바닥이 다이아몬드 무늬라는 걸 알았다. P는, 그런 역경에도 불구하고 두 편의 소설을 더 써서 시리즈를 완결했다. 반응은 열광적이었다. 두 덩이의 빵이 있으면 하나를 팔아 장미꽃을 사라는 코란을 언제 읽었는지 친구들은 그 글을 위해 기꺼이 하루치 간식을 바쳤다. P의 소설에서 클라이맥스가 너무 늦게 온다는 불만도 있었지만 P는, 독자의 요구에 흔들리지 않았다. 야, 진짜 좋은 건 하기 전까지라구. 우리는 그걸 명랑 포르노라 불렀다.

  P는 이미 그 글에서 여자의 그곳에 대한 산부인과적 지식을 구사하고 있었다. 일테면 클리토리스라는 용어를 써가면서 패팅의 테크닉을 생물학적이면서도 시적으로 기술하고 있었다. 물론 그

런 유의 소설책을 일부 베꼈으리라는 혐의가 없는 건 아니었지만, 무엇보다 놀라운 건 노골적이면서도 일정하게 유지하고 있는 격조였다. 아이들 중엔 혼자 할 때, 누드사진보다 P의 소설을 읽으며 하는 게 더 좋다고 주장하는 놈도 나왔다. 훗날 여자의 몸을 실제로 만질 때마다 나는 늘 그의 소설에서 맛보았던 그 미칠 듯한 몽환의 느낌을 찾았지만, 현실은 번번이 그가 보여준 세계에 미치지 못했다.

돌이켜보면, 자기가 얼마나 예쁜지 모르는 열세 살 소녀처럼, 그 작품은 포르노라 폄하하기엔 확실히 눈부신 데가 있었다. 삶이 왜 끝내 아름다운 것인가를 허망하고 불온한 그릇에 담아 그려낸 예술이었다. 감출 수 없는 생의 에너지가 정오의 분수처럼 뿜어져 나오던 그 문장들. ……내 기억 속에서 P의 그 시리즈는, 점점 더 불온하게, 슬프도록 탐미적으로 승화되어갔다. 이후로 종이든 필름이든, 어떤 포르노도 그것만큼의 환(幻)을 내게 주지 못했고, 인간이 가진 짐승의 속성을 그것만큼 슬프고도 아름답게 표현한 것을 보지 못했다. 내 영화는 어쩌면 그것을 뛰어넘고 싶었던 내 욕망의 자식들이었다. P는, 아직도 그 소설의 내용을 기억할까. 그렇다 하더라도, 나만큼 세세히는 기억하지 못할 것이다.

P는 눈으로 화면을 보며 이야기를 시작한다. P의 말 사이사이로 영화의 대사가 토막토막 잘린다.

"저기가 서울인가? 돌아간다면, 여기서보다 더 이방인으로 살겠군."

"변한 곳만 그렇지. 어떤 덴 이십 년 전이나 지금이나 똑같은 데도 있어."

"네 얘기 좀 해봐. 어떻게 지냈나."

"내 얘긴 저 필름 안에 전부 들어 있어."

화면을 바라보는 P의 눈은 조금씩 풀려가는데, 나는 그가 조금은 더 열중해서 보아주기를 원한다. 흘려보내듯 보아버리기엔, 너무 많은 열정과 에너지를 저 필름에 쏟아부었다. 등장인물의 그림자 하나도 소홀히 하지 않았고, 시선의 각도까지 노트에 기록해가며 촬영한 필름이다. 너의 손은 코리안 퀼트일지 몰라도 죽었다 깨어나도 저런 영화는 만들지 못해. P는 어느새 산만하게 제 얘기만 하고 있다.

"그래? 내 프로젝트에 대해선 어떻게 생각하니? 늦어도 내후년이면 『오버 더 네이처』에 이 신약에 대한 기사가 실린다. 인류가 달에 첫발을 디뎠을 때나 혹은 복제인간이 지구상의 어딘가에서 탄생하기 위한 초읽기에 들어갔다는 뉴스처럼 지구를 흔들게 될 거야."

"테크놀러지에 있어서의 판도라의 상자가 아닐까."

나는 좀 삐딱해진다. P는 개의치 않는 표정이다.

"과학이 핵산과 단백질의 차원을 넘어서는 거지. 태우면 한줌 무기물일 뿐이지만, 살아 숨쉬는 인간이란 핵산과 기억, 단백질과 욕망이 혼합된 기이한 존재가 아니겠어? 사람들은 불가능하다고 말했지. 난 할 수 있어. 난, 기억과 욕망을 관리할 수 있게 된 최초의 의과학자로 영원히 기억될 거야."

연구에 대한 얘기를 끊임없이 늘어놓는 사이에 화면엔 어느새 엔딩 크레딧이 올라가고 있었다.

"……근데, 마지막 장면 있잖아. 이랬으면 어떨까."

이제 P는 입을 열 때마다 술냄새를 풀풀 풍긴다.

"아까, 우는 여자의 얼굴 말이야. 여자를 비추지 말고, 차라리 실내의 어두운 모퉁이와 계단만 화면에 잡으면서, 목소리로만, 그의 이름을 부르게 하는 게 낫지 않을까? 이를테면, 보이지 않는 여자의 표정에 더 커다란 슬픔을 담을 수 있지 않을까? 감정이 없는 무생물을 화면에 담으면서 말이다. 시들어가는 화병의 꽃도 좋겠지. 슬픔과 후회와 미칠 것 같은 분노를 담기엔 저 마지막 장면은 스스로를 제한하고 있는 것처럼 보인다. 저건 말이지, 이래도, 이래도 안 울 거야? 하고 들이대는 것 같아. 안 그래, 신파?"

P의 목소리는 낮지도 높지도 않다. 말을 더듬거나 혀가 꼬부라지지도 않았다. 헝겊으로 둘둘 싼 빈 술병으로 뒤통수를 가격당한 느낌이었다. 나는 왜 그 생각을 못 했을까. 모든 가능성을 열어두었다고 생각했다. 무수히 시놉을 바꿔가며 어리석어 보일 만치 많은 데모 필름을 만들어보았다. 더이상의 효과는 없을 거라 확신하며 고른 시퀀스였다. 왜 끝내 그쪽으로는 내 상상력이 미치지 못했을까.

"영화는 삶의 그림자일 뿐이야. 그림자는 잡히지 않기 때문에 그림자다. 무언가를 굳이 말하려 하지 말고, 말할 수 없는 것들을 그려서, 그 실체가 떠오르게 해봐. 넌, 너무 친절해. 천천히, 익사한 시체가 부패가 진행되면서 물 위로 떠오르듯 그렇게. ……친절한 건 뻔하고, 뻔한 건 지루한 거야."

M은 돌아오지 않는다. 나는 시차를 핑계로 쉬고 싶다며 일어난다. 계단을 오르는데 P가 내 이름을 부른다. 고개를 돌려 쳐다보자 P는 눈을 가늘게 뜨며 내게 묻는다.

"안데르센의 어린 시절 꿈이 뭐였는지 아니?"

나는 그렇다고도 아니라고도 대답하지 않고 P를 바라본다.

"안데르센의 꿈은, 중국 왕에게 스카웃되어 금으로 된 궁전에서 노래를 부르며 살고 싶다는 것이었어."

만난 이후 처음으로 P가 미간을 좀 찌푸렸다. 무슨 말을 하고 싶은 걸까.

"……꿈은, 이루어지지 말아야 하는 거야."

나는 대답 없이 P의 눈을 잠시 바라보다 이층으로 올라왔다. 피오르드의 물빛은 그사이 회색으로 바뀌었다. 바깥은 더이상 어두워지지 않는다. 그림자가 생기지 않는 흐릿한 밝음 속에서 노란 야생화 꽃빛이 아까보다 더 돌올해졌다. 줄기를 자르면 일시에 둥실 떠오를 것 같다. 내가 여기까지 온 건 P에게 다만 필름을 보여주려던 게 아니었다. 나는 오슬로에서 내 필름이 상영되는 것을, 평론가와 언론의 주목을 받는 나를, 그 동안의 내 영화 성과가 실린 보도자료를 P에게 보여주고 싶었을 것이다.

그런데, P는 시사회에 같이 가지 않겠다 한다. 내 영화에는 내 욕망만이 도드라져 보인단다. 집착만이 선명하단다. 친절하고 뻔하고 지루하단다. 방약무인한 태도로 논문발표를 하던 P, LA의 상류층 환자를 상대하는 병원에서 오리엔탈 익스프레스, 라 불리며 환자들의 신으로 군림했다던 P, 천국의 풍경이 이러할까 싶은 스칸디나비아 반도의 한 점, 운자 크레보에 자리잡은 채, 이제 기억과 욕망을 제어하는 신약을 출시하겠다는 P. 그에겐, 이곳의 풍경처럼 밤이 없다. 끝내 어두워지지 않는 대기와 점점 요염하도록 제 빛을 발하는 야생화와 얼어붙은 강처럼 보이는 피오르드를 바라보며, 나는 창가에 오래 서 있었다. 들판 끝에 한 점이 보인다.

귀가를 서두르는 딱정벌레 한 마리가 내게로 날아온다.

M이 돌아오고 있다. P야말로 왜 저런 차를 타는 걸까. 유머를 즐기는 P가 제 눈부신 일상에 던지는 경쾌한 농담인가. P가 가진 것 중 가장 귀한 것이, 그가 소유한 것 중 가장 하찮아 보이는 낡은 시트로엥에 담겨 다가오는 걸 보자 나는 그만 울고 싶어진다. 기억과 욕망을 조절할 수 있는 약이라.

밤은 끝내 검어지지 않는다.

*

같이 갔으면 좋았을 텐데, 라고 앞질러 말하는데 내가 더 무어라 할 수 있겠는가. 이등은 곧 꼴찌가 되는 치열한 신약 부분의 연구는, 심장에 데이지꽃을 수놓는 일보다 더 지난하고 인내를 요구하는 일일지도 모르겠다.

M은 어제 어디까지 장을 보러 갔다 왔을까. 아침 식탁엔 양파를 듬뿍 넣은 매콤한 감자국과 연어구이, 고춧가루 알갱이가 셀 수 있게 뿌려진 양배추 겉절이가 올라와 있었다. 오리엔탈 마켓이 흔한 북독일과는 또다른 이국생활의 어려움이 보였다. 라면이라도 두어 박스 들고 올걸, 싶었다. 어제 맨얼굴이었던 M은 아침에 살짝 화장을 하고 있다. 차에 오르기 전, M은 P의 옆으로 가 내겐 들리지 않게 무어라무어라 얘기를 하고는 돌아온다. P는 그저 고개를 건성으로 끄덕이고만 있다. 시동을 걸자 시트로엥은 낡은 트럭만큼이나 요란한 소리를 낸다. P에게 손을 흔들고는 안전벨트를 맸다. 시사회는 오후에 있다. 일찍 나가서 바이킹 박물관이나 뭉크 미술관이라도 둘러보라고 말한 건 P다.

완만한 높낮이가 반복되는 도로의 양쪽으로 양치식물군이 거대한 양탄자를 펼쳐놓은 듯 깔려 있다. 이제 내 마음속에 M에 대한 열정은 남아 있지 않다고 생각한다. 너무 오랜 시간이 흘렀기 때문이 아니라 P의 아내가 되었기 때문일 것이다.

삶의 모퉁이에서 가끔 M이 불쑥 떠오를 때가 있었다. 그럴 때면 M의 얼굴보다 먼저 떠오르는 건 그녀의 팔이었다. 흰 반소매 교복 아래 칠 센티쯤 보이던, 볼 때마다 가슴이 콱 막혀버리던, 교복의 흰색과는 달랐지만 희다, 고밖에는 말할 수 없었던 팔. 그 무렵 내 욕망의 대상은 M의 입술도, 젖가슴도 아니었다. 교복 아래 보이는 그 팔을 한 번만 쓸어볼 수 있기를 얼마나 열망했던가. 손바닥에 그녀의 팔이 닿는 상상만으로도 내 얼굴은 붉게 달아올랐고 숨이 막혔다. 그 팔이 내 손 아주 가까운 곳에 있다. 손등에서 팔꿈치까지 몇 개의 크고 작은 점이 보인다. 어쩌면 옛날부터 있었던 걸 내가 보지 못했는지도 모른다. 나비떼처럼 팔랑거리며 흘러든 차창 밖 햇살이 M의 팔에 내려앉는다. 점은 나비의 눈처럼 흔들리며 춤을 춘다. 처음부터 그녀에 대한 모든 것은 환상과 실체가 이런 식으로 뒤섞여 있었다. 내 기억 속에서 사람의 살갗이 아니라 천사의 그것처럼 보얗고 스스로 빛이 나듯 산란하는 느낌으로 떠오르곤 하던 그 팔은 이제 더이상 내 호흡의 가닥을 흐트러뜨리지 못한다. 다만 아릿하고 둔한 적막이 명치에 천천히 고여든다.

교내 문학서클에 가입해서 활동을 활발히 한 건 겨우 고1의 이학기 몇 달에 불과했다. 이학년에 올라와서는 벌써 입시의 중압감 때문에 친목모임 비슷하게 한 학기에 두어 차례 만나는 게 전부였다. M은 내가 자기를 좋아한다는 걸 알고 있었을 것이다. 어떤 절실함은 꼭 언어로 전하지 않아도 전해진다고 믿었다. M 역시 내게 호감을 갖고 있다는 건 느낄 수 있었다. 더이상 가까워지지 못한 건 나 때문이다. M의 앞에서 말을 하면, 목소리가 나오지 않을 것이라는 두려움이 있었다. 그건 물컵을 들면 떨어뜨릴지도 모른다는 두려움보다 더 크고 막막한 것이었다. 여럿 앞에서 이야기할 땐 아무렇지도 않다가 M에게 말을 하면 내 목소리가 나오지 않을 것이라는 강박이었다. 말을 하기 전에 벌써 드러난 팔을 보는 순간 내 호흡은 흐트러져버렸다. 삼학년 때 가입도 하지 않은 P가 M과 함께 서클룸에 들어섰을 때, 나는 불안과 분노와 체념을 동시에 느꼈다. P와 나란히 들어서는 M의 표정에서 나는 사랑, 이라는 추상을 그린 그림문자를 읽고 있었다.

P가 미국으로 갈 때 M도 같이 떠났다. 뒤늦게 영화학교에 등록하면서 내가 뉴욕으로 간 게 그 일 년 뒤다. 동부와 서부에 떨어져 있긴 했지만, 근처로 촬영여행을 갈 일이 있어도 한 번도 P를 찾아가보지 않은 것은 M 때문이었을 것이다. M이 그때의 내 마음을 몰랐을 리는 없다. 오슬로 시내로 들어설 때까지의 침묵이 꽤나 불편했던지, M은 시가지가 보이기 시작하자 명랑하게 물어보았다.

"어디부터 갈까? 민속박물관? 바이킹 박물관도 볼 만한데."

"뭉크나 보러 가지."

초행이 아닌 듯 M은 곧바로 길을 잡는다. 경사진 넓은 잔디밭 위에 세워진 미술관은 미니멀한 외형이 인상적이다. M이 티켓을 사는 동안 나는 미술관 건립이 일본의 후원으로 이루어졌다는 기록이 새겨진 유리벽 아래 서서 기다렸다. 모처럼 사람들이 웅성웅성 모인 모습을 보았다.

프린트로 흔히 보아온 〈사춘기〉 앞에 사람들이 여럿 서 있다. 낯선 사람들의 시선 앞에서 파리한 소녀의 눈빛이 불안하게 흔들린다. 발가벗은 소녀는 두 팔을 늘어뜨려 벗은 몸을 가리려 하고 있다. 이미 몸에서 움트는 관능의 기운을 감추기엔 팔이 너무 가늘다. 오므린 무릎을 벌리면, 비릿한 첫 생리혈을 흘리며 울음을 터뜨릴 것만 같은 소녀. M이 옆에서 중얼거린다.

"난, 이게 뭉크의 자화상이라고 봐."

"그래?"

"일생을 신경쇠약과 죽음에 대한 강박증에 시달린 뭉크의 표정이 저렇지 않았을까."

교과서에 실렸던 그림을 실제로 보는 일은 늘 묘한 기분을 느끼게 한다. 〈모나리자〉나 〈이삭 줍는 사람들〉 앞에 서면, 그것들이 사실은 그리 크지 않다는 것, 프린트와 다른 원화가 주는 놀라움과 충족감이 기대만큼은 대단하지 않다는 것, 충족된 욕망이 주는 포만감 앞에서 피어오르는 아릿한 허무, 같은 걸 동시에 느끼게 된다. 순간적으로 떠오른 그 짤막한 인식의 끝에 왜 P의 얼굴이 떠오르는지.

"프린트와 원화의 차이는 뭘까. 그림값 같은 것 말고."

궁금해서 물어본 건 아니다. 나는 그림에는 애초에 조예도, 각별한 애정도 없는 사람이다. 눈을 깜박이며, 쉽게 대답하지 못하는 M의 표정에서, 나는 다시 교복 아래 칠 센티쯤 드러났던 팔을 떠올린다.

"마음의 겹처럼 덧칠된 물감이 전해주는 부조감은, 프린트를 아무리 잘 찍었다 한들 살릴 수 없지 않을까? 프린트에선, 그림자가 보이지 않아."

"그래? 그런데, 〈절규〉는 왜 없지?"

실내를 둘러보며 나는 그 그림을 찾아보았다.

"절규는, 많아."

절규는, 많아. 그 말은 어쩐지 비장하게 들린다. 절규가 많다니.

마지막 방에 이르러서야, M이 절규는 많아, 라고 한 말이 무슨 뜻인지 알았다. 하얗게 칠해진 채 관람객을 위한 나무의자 하나 없는 그 방은 온통 절규의 방이었다. 기억 속의 그 표정, 처음엔 성별을 알 수 없는 한 사람의 일그러진 얼굴이 먼저 보인다. 죽음의 얼굴과 정면으로 마주친 듯 공포에 질린 눈, 영원히 닫힐 것 같지 않은 동그란 입술. 핏빛 하늘은 색채가 아니라 비명의 음파처럼 소용돌이치고 배면(背面)의 두 남자는 아무것도 듣지 못했다는 듯 유유히 걷고 있다. 자세히 보면 검푸른 물빛 사이로 작은 배와 교회당이 떠 있다.

큰 교실만한 그 방은 모두 절규 시리즈로 채워져 있었다. 단색 판화, 혹은 채색 판화, 조금씩 색채의 톤이 다른 회화작품, 연필 스케치, 큰 절규, 작은 절규, 그리다 만 절규, 무채색의 절규, 붉은 절규, 검은 절규, 희미한, 손바닥만한, 고막을 찢을 듯한, 절규. ……한순간, 나 역시 그림 속의 그 사람처럼 입을 벌리고 귀를 막고 싶었다. 그 방은, 너무 날카로워 인간의 귀에는 들리지 않는 고음역의 절규로 가득 차 있는 듯하다.

"가끔 여기 와서 시간을 보낼 때가 있어. ……이 남자, 뭉크. 그림을 보면, 일찌감치 자살이라도 한 줄 알았는데, 팔십이 될 때까지 살았더라구."

"배신감이야?"

M은 희미하게 웃는다.

"위로 같은 거지. 가족력인 폐결핵에 대한 공포, 이상성격자였던 아버지에 대한 두려움, 끊임없었던 정신병력에도 불구하고 그토록 오래 살다니. 가혹한 현실이 오히려 그를 붙들어주었다고 생각하면, 위로가 돼."

M의 목소리가 고즈넉하다. 무슨 말을 하고 싶은 걸까.

"나 대신 누군가가, 혹은 나 아닌 누군가도, 들리지 않는 비명을 지르고 있구나, 그런 위안."

M. 네게도 위로가 필요한가. 삶에 있어 불가능을 모르는 너의 남자, 천국과도 같은 운자 크레보의 집, 그리그의 음악 같은 풍광속의 일상, 젊은 나이에 이미 이루었던 부(富). 무엇이 더 필요하니.

"어느 게 진짜 절규야?"

내 질문에 M이 하, 소리를 내며 웃는다. 나도 같이 웃었다.

"대체로 완성된 회화작품을 꼽지만, 여기, 가짜 절규는 없어. 난, 이 연필 스케치가 참 좋아. 교과서에 실린 건 저 작품이지 아마."

M이, 손가락으로 섬세한 선으로만 이루어진 스케치 하나를 가리킨다.

둥글게 휘어져들어온 만의 가장자리에 있는 노상카페에 날 앉혀놓고 M은 찐새우와 생맥주 두 잔을 가져왔다. 새우는 무척 차갑다. 한낮의 파도가 애무하듯 방파제를 핥고는 한 호흡을 머뭇대다 밀려간다. 기름진 깃의 갈매기가 날아와 새우를 달라 보챈다.

"갈매기가 이렇게 큰 줄 몰랐어."

"가까이 봐서 그래."

새우의 짠물이 손가시에 배어 쓰라리다. 술기운이 퍼지면서, 방파제를 따라 정박해 있는 어선처럼 내 마음이 아슴아슴 흔들린다. 나는 P에게 물어보지 못한 걸 M에게 묻는다.

"잘나가던 외과의가 왜 갑자기 면역학으로 바꾼 거지?"

"글쎄."

M은 바다를 바라보며 입술을 살짝 깨문다. 그러더니 고개를 젓는다.

"나도 잘 몰라. 다만, 자신의 전부를 걸어보고 싶은 어떤 게 필요했던 것 같아. 때론 걸고 싶은데 늘 날아다닐 수밖에 없었다, 라고나 할까."

그게 P였다. 그래서 그에겐, 모든 것이 가능한 생이 지루했단 말인가. 중국 왕 앞에서 노래하는 가수가 되고 싶었던 안데르센의 꿈은, 이루어지지 않은 게 더 나았다는 말일까. M은 여전히 말을 아낀다.

"지금 하고 있는 연구는 어때?"

마지못한 듯 M이 대답한다.

“다른 사람들에게 불가능해 보인다는 걸 알고 선택한 프로젝
트가 아닐까?”

P는 M에게 연구에 대해 말하지 말라 했었다. 그러나 M의 대답
은 어쩐지 그녀가 전혀 모르고 있지는 않다는 느낌을 주었다.

“연구소는, 오슬로에 있어?”

대답 대신 M은 가방을 들고 일어선다.

“시사회 늦겠어.”

시사회 일정을 끝내고 나왔을 때 시내는 꽤 소란했다. 낮에 들
렀던 그 미술관에서 도난사고가 있었다 한다. 〈절규〉와 〈마돈나〉
두 점을 가져갔는데, 한낮의 미술관에서 총기를 든 그림 도둑들
은 순식간에 그림을 떼어내 그야말로 절규하는 관객들 틈으로 유
유히 사라졌다 한다. 너무도 유명해서 팔지도 못할 그림을 왜 가
져갔을까? 욕망과 어리석음이 없다면, 세상은 클라이맥스 없는
흑백의 무성영화 같겠지.

저녁시간이 지났는데 여기선 도무지 시간을 가늠할 수가 없다.
프리웨이로 들어서자 M은 쫓기는 사람처럼 운전을 한다. 가속페
달을 끝까지 밟을 때면 엔진에서 날카로운 쇳소리가 났다. 나는
구멍 뚫린 바닥을 툭툭 차며 말했다.

“이건 또 무슨 취미야. 가난에 대한 향순가?”

“누가 가난에 대한 향수 같은 걸 갖겠어? 언제 끝날지 모르는
연구에 가진 걸 전부 쏟아붓고는 한 푼도 가져오질 않는데.”

M의 목소리가 날카로운 엔진 소리에 섞인다.

"우리 요즘 생존 모드야. 언제 잔고가 전부 사라져버릴지."

갑작스런 M의 말에 나는 무슨 말을 해야 할지 몰라 바닥에 뚫린 구멍만 내려다보았다. M은 아주 길게 천천히 숨을 내쉰다. 격정적으로 한순간 쏟아버린 말을 벌써 후회하는 듯하다.

"거대과학 쪽은 원래 그래. 인내와 연구비와의 싸움이지. 그러다 어느 순간 놀라운 결과가 나올 거야. 저 녀석이라면, 뭔가 만들어낼 거라고 봐."

집에 도착할 때까지 M도 나도 더이상 한마디도 하지 않았다.

P가 돌아왔는지, 창에 불빛이 환하다.

황량한 아름다움의 극치로 보였던 뜰은 하루 만에 빛을 잃었다. 가장자리의 관목에, 몇 년 동안 정리하지 않은 넝쿨식물의 마른줄기가 켜켜이 엉긴 걸 나는 쓰라린 마음으로 쳐다본다. 쓰라림은 P가 아니라 M 때문이다. 차에서 내리기 전, 떠날 때까지 P에게 아무 내색도 하지 말아달라고 M이 부탁했지만, 굳이 그러지 않아도 내가 먼저 너 이렇다며, 간섭할 이유도 없었다. 차 문을 열자 팔에 소름이 오소소 돋아난다.

집 안에 들어가니, 전기밥솥에서는 김이 오르고 있고 참치찌개 냄새가 매콤하다.

밥을 다 해놨네? 하는 M의 목소리가 제법 명랑하다. 그 명랑한 목소리는, 너는 이방인이며, 잠시 머물다 떠나면 그뿐, 이 영역을 건드리지 말아달라는 나에 대한 경고처럼 들린다.

어쨌든 불행을 연기하기보다는 평화를 연기하는 게 쉽지. 하는 사람이나 보는 사람이나.

벽난로의 불빛이 타닥거리며 춤추듯 흔들린다. 벌써, 싶지만 장작을 피우지 않았다면 추웠을 것 같다. 붉게, 일렁이는 불은 그 색깔만으로도 마음을 데워준다. 텔레비전을 보며 혼자 맥주라도 마셨는지, 실내엔 알코올 냄새가 떠돈다. M이 식탁을 차리는 동안 P가 술 한 병을 들고 나온다. M이 P를 보며 고개를 젓는다. P는 당당하다.

"벗이 먼 길을 찾아왔는데 술 한잔이 없으면 안 되지."

밥을 먹는 동안, M과 내 잔에 부어놓은 술은 그대로인데 P는 나머지를 혼자서 다 마셔버린다. 그러고는 또 어디론가 나가더니 맥주와 위스키 병을 들고 나왔다.

"봐주는 사람 있을 때 폭탄주 제조 한번 해보자. 시사회는 어땠어?"

"괜찮았어. 관객도 많이 왔고, 관계자들 반응도 좋았고."

M이 대신 대답했지만 P는 못 들은 것처럼 묻는다.

"오슬로는 어때?"

나는 P가 만들어놓은 폭탄주를 홀짝 마셔버린다. 그랬다. 내가 마셔서 없애버리는 것 외엔 방법이 없어 보였다. 그래도 P의 속도를 따를 수가 없다. M을 힘들게 하는 P가 나는 싫다.

"이름만큼 예쁘진 않은 도시더군."

"뭉크 미술관엔 가봤나? 거기 그림 두 개가 없어졌지?"

뉴스를 보고 알았을 것이다.

"비밀을 하나 알려줄까?"

P의 얼굴은 꽤나 진지하다.

"내가 훔쳤어. 아닌 것 같아? 내가 훔쳤다니까. 마누라가 거기만 한 번씩 갔다 오면 사흘은 우울해 있는 거야. 내 예쁜 마누라가. 날개 안 달린 천사 같은 저 여자가. 그래서 내가 훔쳤다. 아주 간단했어. 철사줄을 자르고 들고 나오기만 하면 됐으니까. 보여줄 수도 있어."

그녀의 우울의 원인이 그림이라고 생각하냐고 되묻기엔 P는 너무 취해 있다. 대신.

"그래? 한번 볼까?"

그렇게 말하지 말았어야 했다.

P는 입을 길고 동그랗게 벌린 채 눈을 부릅뜨고는 두 손으로 귀를 틀어막는다. 아아, 소리지르듯 목을 길게 뽑으며. 벌린 입을 쳐다보고 있자니 내 귀에만 들리지 않는 절규가 실내에 가득 찬 것 같다. M은 못 본 척하고 설거지를 하고 있다. 매혹적인 인형극의 무대 뒤를 우연히 보아버린 어린 소년처럼 나는 눈물이 쏟아질 것 같다.

"〈마돈나〉는, 그러니까 내 마누라가, 마돈나야. 벗으면 똑같아. 절정에 이르게 해주면 꼭 그런 표정을 짓는다니까?"

P는 소파에 드러눕듯 하고는 눈을 감고 웃기 시작한다. 싱크대 앞에 선 M이 물을 켜놓은 채 고개를 숙인다. 어느새 사위고 있는

벽난로 불빛을 가리키며 P가 주절거린다.

"여긴 8월이 가기도 전에 추워져. 여보. 장작을 몇 개 더 넣어. 곧 스리 도그 나이트가 올 텐데. 북극의 어느 곳에선 못 견디게 추우면 개를 껴안고 자. 조금 추우면, 한 마리, 더 추우면 두 마리, 아주 추우면 세 마리…… 더 추운 날엔 손님에게 마누라를 내놓지. 네가 왔는데 난 줄 게 없어. 마누라밖엔. 똑같아. 절정에 이르면 똑같은 표정을 짓는다니까. 네게 줄 건, 마돈나밖엔 없어."

나는 자리에서 일어나, P의 빰을 갈겼다. 아픔을 못 느끼는 듯 어리둥절한 표정으로 쳐다보는 P의 가슴에 다시 주먹을 한 대 날렸다. 그만 해. M이 울 듯한 목소리로 낮은 비명을 지르지 않았다면, 피를 볼 때까지 주먹을 휘둘렀을지도 모른다.

강의 저쪽에서 끊임없이 질주하며 나를 유혹하던 너의 등. 그 뒷모습을 응시하며 휴가를 반납할 수 있었고, 바닷물에 몸 한번 담그지 않고 청춘을 보냈으며, 주전자 가득 커피를 끓여놓고 밤을 새울 수 있었는데. 비굴과 모멸을 비타민처럼 기꺼이 받아 삼켰는데. 어쩌면 나의 지난 생은 너의 삶의 그림자였다. 나는 너를 따라잡고 싶었고 너와 겹쳐지고 싶었고 한 번만이라도 너를 밟고 지나가보고 싶었다. 모든 걸 잃은 건 P가 아니라 나인 것처럼, 그가 일순 내가 이룬 모든 것들을 무의미한 것들로 만들어버린 것처럼, 짓밟힌 모래집처럼, 나는 의자에 푹 주저앉았다. 사실이라니까! 주절거리는 그의 목소리는 천진난만하다. 소파 위에 비스듬이 드러누운 채 입을 동그랗게 벌리고 귀를 손바닥으로 막고는 끝도 없이 떠들어댄다.

"마돈나 맞아. 감은 눈을 뜨면, 눈빛이 노래져. 저 여자, 내겐 천사야. 천사하고는 섹스를 할 수 없잖아."

남은 위스키를 단숨에 마셔버리고 P는 소파에 길게 눕는다. 그러고는 날 쳐다보며 살짝 미소를 지었다. 눈가에 가늘게 주름이 잡히며 세포 하나하나가 웃는 듯한 저 웃음. 같이 지낸 세월이 짧지 않았지만 P가 이토록 행복감으로 충만했던 순간을 본 적은 없었다는 생각이 든다.

가방을 챙기고 있는데 계단을 올라오는 M의 발소리가 들린다. 택시회사에 전화를 했더니 오십 분 후에야 도착할 수 있다고 했다. 아침에 일어나면 P가 아무것도 기억하지 못한다 할지라도 다시 그의 얼굴을 보고 싶지는 않다. M이 노크도 없이 방문을 열고 들어온다. M의 얼굴을 마주 바라볼 수가 없어 창밖을 내다보았다.

"미안해. 저 사람, 언제부턴가 마시기 시작했어. 그의 삶의 정점에서. 왜 마시기 시작했는지는 그도, 나도 몰라. ……나중엔 술을 마시고는 수술실에 들어가기도 했어. 운전도 못 할 상태로 집도를 한 거지. 그래도 의료사고를 일으킨 적은 한 번도 없었어. 그렇지만, 그건, 용납될 수 없는 거잖아. 처음엔 병원에서도 참아줬어. 환자들이 그를 찾으니까. 끝내 자르는 대신 병리학 쪽으로 보냈어. 끊임없이 마시는 중에도 그는 탁월한 논문들을 써냈어. 시도 때도 없이 손이 떨리기 시작하면, 조교가 위스키를 얼른 종이컵에 따라다 가져다주곤 했어. 병원에서 잘리기 직전에 먼저 사표를 냈어. 프랑스와 자코브 박사 팀의 면역학 연구소로 가게 됐다고 했을 때 사실인 줄 알았어. 여기 와서야, 아니라는 걸 알았지. 혼자서도 할 수 있다고 했고 연구 성과가 나타나면 찾아와서 모셔갈 거라고 큰소리를 쳤지. 사설연구소를 하나 차렸지만 개인이 감당하기엔 시스템을 설치하고 운영하는 비용이 너무 많이 들었어. 실력 있는 연구원들도 몇 명 합류했어, 처음엔. 그러다 하나씩 그만두었어. 자금도 문제였지만 연구의 성과에 대한 회의가 더 큰 이유였겠지. 가진 걸 다 쏟아부었어. 예비된 추락의 도정을 밟아가는 것처럼 보이는데, 그는 계속 큰소리만 쳤어. ……지금은, 저 사람, 아무것도 하지 않고 있어. 나는 뺏고, 그는 감추고 숨어서 마시는 게 요즘의 우리 프로젝트야."

"알코올릭은 명백한 병이야. 왜 고칠 생각을 안 해."

M이 고개를 젓는다.

"알잖아. 누가 저 사람을 컨트롤할 수 있겠어. 어제, 들어오기 전에 저 사람 술 사왔지? 밤에, 저 사람이 잠든 후에 미친 여자처럼 온 집을 뒤졌어. 어디다 숨겼는지 찾을 수가 없었어. 저이는 감추고 나는 찾아서 버리는 건 미국에서부터 시작된 전쟁이야. 병원에서 근무할 땐 특수 제작한 점퍼를 입고 양쪽에 휴대용 술병을 꽂아놓고 마시기도 했어. 나 몰래 술을 사와서는 정원 여기저기에 묻어놓고 스트로를 꽂아놓고 마시기도 해. 나는 결코 찾을 수 없는 곳에. 개처럼 땅바닥에 엎드려서, 얼굴을 흙에 박고는 술을 빨고 있는 걸 커튼 틈으로 보고 있으면, 내가, 정말, 미칠 것 같아. 끊임없이 바람을 피우거나, 다른 여자를 사랑하는 것보다, 저건 더 나빠. 이미 미안하단 생각도, 죄책감도 없어."

나란히 서서 나는 M이 소리없이 흘리는 눈물을 읽는다.

"정말 견딜 수 없을 땐, 차를 달려서 절규의 방에 가서 서 있다 오곤 했어. 내가 여기서, 누구 앞에서 울겠어? 참고 있다 돌아오는 차 안에서 늘 울었어. 소리내어 엉엉 울면서, 붉은 신호등 앞에선 브레이크도 밟으면서, 눈물이 턱에서 모여 허벅지가 뜨뜻해지도록 뚝뚝 흘러내리는데, 지나가는 사람은 없나, 좌우도 살피면서, 그렇게, 그래도 살겠다고 운전을 해서 저 길을 다시 돌아오는 거야."

나는 M의 팔뚝에 손을 얹는다. 더이상 날 숨막히게 하지도, 스스로 빛을 발하지도 못하는 팔. 제 입에서 나온 절규가 제 귀에 들리지 않도록 귀를 틀어막아야만 하는 팔. 어두워지지 않는 저녁은 시간이 흐르지 않는 공간처럼 현실감이 없다. 겨우 이틀, 나는 벌써 어둠이 그립다. 끝내 하늘은 검붉어지지도 회오리치지도 않고, 화장기 없는 스칸디나비아 처녀의 낯빛처럼 희끄무레하기만 하다.

"P가 뭐가 부족해서 알코올릭이야?"

M은 고개를 젓는다. 하긴 이러저러해서 오늘부터 술을 마시기 시작한다, 고 선포하고 시작한 사람이라면 중독에 이르지도 않았을 것이다. M의 목소리는 물속에서 들려오는 듯 젖어 있다.

"밤이 얼마나 아름다운지 모르지? 백야가 계속되는 동안은, 덧창 없이는 잠들 수가 없어. 밤이 없으면, 잠들지 않고 일하면 썩 훌륭한 인간이 되어 있을 것 같은데, 그게 아니더라. 저 사람에겐, 자기 인생이 끝없는 하얀 밤처럼 느껴졌나봐. 기억과 욕망이란, 신의 영역이란 걸 너무도 잘 알고 있기에 선택했겠지. 저 사람은, 그림자를 찾고 싶어하는 거라고 생각해."

전조등을 켠 콜택시가 밀밭 사이를 달려오고 있다. 꼭 가야 한다면, 오슬로까지 배웅해주겠다며 M은 몇 번이나 말했지만, 슬픔의 한 조각도 드러내지 않으려 애를 쓰는 M의 목소리를 더는 견딜 자신이 없다.

"미안해. 사흘 정도는 감출 수 있을 줄 알았는데."

차 문을 닫기 전 마지막으로 M은 그렇게 말하며 희미하게 웃는다. 대낮에 길을 잃은 사람처럼 그녀의 검은 눈동자가 아득하다.

이제 다시는, M을 볼 수 없을 거라는 것을 나는 안다. 호텔 오슬로 플라자. 짧게 말하고 나는 뒷자리에 몸을 묻었다. 나는 뒤돌아보지 않는다. 황량한 뜰에 백야의 희미함 속으로 스며들어버릴 듯 서 있는 M의 모습을 본다면, 나는 감당할 수 없는 일을 저지를지도 몰랐다. M의 아득한 눈동자에서 노랗고 작은 달을 들여다보고 싶은, 마돈나를 찾아 M의 옷을 벗기고 싶은 내 욕망을 눈꺼풀 속에 가두고, 나는 뒤돌아보지 않는다.

차는 사라진 밤을 찾아 달려가듯, 길의 소실점을 향해 나아간다.

*

새벽에 잠들어 열한시 무렵에야 일어났다. 식당으로 내려가 아점을 먹었다.

오후에 오슬로 대학에서 있을 강연이 이번 일정의 마지막이다. 영어강연원고는 미리 준비해왔으니 읽으면 될 것이다. 원고는 아마, 백 번쯤 읽었을까. 읽을 때, 매번 내 앞에 앉아 있었던 가상의 청중은 단 하나, P였으니 오늘 나는 아무도 없는 텅 빈 강당에서 원고를 읽어야 할 것이다. 질의응답시간에는 통역을 쓰기로 했으니 일정에 대한 부담은 없었다.

호텔에서 나와 택시를 타고 뭉크 미술관으로 가자고 했다. 기사는, 어제 그곳에서 도난사건이 있었다며, 주요한 두 작품은 볼 수 없을 거라고 한다. 그래도 갈 거냐는 질문 같았다. 그 없음을 보러 가는 것이라는 얘기는 하지 않았다. 경비가 삼엄할 거라 예상했지만 뜻밖에 미술관 주변은 별 변화가 없다. 안으로 들어가니, 실내는 걸어다니기가 어려울 만큼 북적이고 있다. 대부분의 관람객들은, 폴리스라인이 쳐진 벽 앞에서 그림이 걸려 있던 휑한 자리를 바라보고 있었다. 나 역시 그들 틈에 서서 비어 있는 공간을 오래 바라보았다.

빈 벽은 녹슨 청동거울처럼 제 앞에 서 있는 무수한 얼굴들을 소리없이 삼키고 있었다.

강연에 온 학생들의 질문과 태도는 진지했다. 그들은 뜨겁고 나는 차가웠다. 질문에 대답해가면서, 나는 점점 견딜 수 없다는 기분에 빠져들었다. ……뼈가 훤히 보이는, 앙상한 골격뿐인 영화야. 뻔하고 친절한. 매혹은 뼈가 아니라 살에서 오는 거야. 엑스레이엔 잡히지 않는 살, 말이야. 누구도 분석할 수 없는 필름을 만들어봐. 설명하려 들면, 빛은 사라진다. 나는 에밀 쿠스트리차보다 한 수 원데 너희들이 몰라주는구나, 내가 만든 건 양들의 침묵인데 이놈들이 이해하지 못하는구나, 그런 오해도 하지 마. 술에 취해 지껄이던 P의 말이 도깨비풀처럼 내 필름에 덕지덕지 들러붙어 있었다.

일정을 모두 끝내고서야 한 주일 동안의 긴장과 피로가 밀려왔다. 호텔로 돌아오는데 헛바늘이 돋고 두통이 시작되었다. 쉬고 싶었다. 가방을 싸놓고 바에 내려가 술을 한잔 마실까 하다 멜라토닌 한 알을 삼키고 자리에 누웠다. 피로했으나 잠은 오지 않았다. 약효는 한 시간이나 지나서야 나타났다.

꿈 없는 잠을 자르며 전화벨이 울린다. 수화기를 들자, 단정한 영어로 누군가 내 이름을 확인한다. 낯선 목소리가 발음하는 내 이름은 짧은, 세 번의 비명처럼 들린다. 바에서 걸려온 전화다. 바의 문을 닫을 시간인데 당신의 친구가 당신을 찾는다, 그는 카드를 가져오지 않았고 당신이 체크를 해줄 거라고 했다, 는 말을 하며 그는 P의 이름을 역시 짧은, 세 번의 비명처럼 또박또박 발음한다.

"나는 모르는 사람입니다."

그는 다시, 그 사람도 당신처럼 한국인이며, 술을 매우 많이 마셨다는 얘기를 반복한다.

"나는, 그런 사람 모릅니다. 다시는, 잠을 깨우지 말아주세요."

내 목소리는, 느리고 냉정하다. 아침이 오기 전에 그를 세 번이나 부인하기는 싫어, 전화를 끊은 후, 수화기를 내려놓았다. 오슬로에서의 사흘을 나는 내 인생에서 지워버리기로 한다.

오슬로에는 오지 말았어야 했다. P는, 내 안의 불꽃이었다. 그가 사라지면, 나 역시 불의 그림자처럼 희미하게 사그라지고 말 것을 나는 알고 있다. P를 모른다 한 것은, P를 잃지 않기 위해서다.

잠은 우주 밖으로 달아나버렸다. 일어나 나무덧창을 연다. 나무들은 정령처럼 그림자가 없다. 밤은 끝내 어두워지지 않는다. 나도 저 투명한 밤이 두렵다. 하얀 밤이여, 나뉘어라. 슬픔도 아닌 것이, 회한도 아닌 것이, 물이 되어 내 눈에서 밀려나온다. 밤은 그제야 출렁이듯 왜곡되며, 둥글게 소용돌이친다. 밤의 하얀 폭이 세로로 쪼개지며, 그 틈으로 검붉게 질퍽이는 덩어리들이 뭉클뭉클 밀려나온다. 나는 내 목소리가 들리지 않도록 손바닥으로 귀를 감싸며 혼자 중얼거린다.

나는 P를 만나지 못한 지 오래되었다, 고.

정미경 소설을 읽는, 고통스러운 즐거움

신승엽(문학평론가)

1

　소설을 읽는 일은, 두말할 것 없이 소설가가 사회에 대해 던지는 진단과 물음에 대해 독자로서 응답하는 일이다. 소설은 단순한 이야기가 아니라 주어진 사회적 조건하에서 삶의 의미를 찾을 수 있는가, 그것을 찾기 위해서는 어떻게 살아야 하는가 혹은 어떻게 살지 말아야 하는가 등을 둘러싼 소설가의 문제제기이기 때문이다. 물론 소설은 그에 대한 명쾌한 해답을 제공할 수 없다. 명쾌한 해답은 비단 소설만이 아니라 오늘날 어떠한 담론도 제공할 수 없으며, 제공한다고 주장하는 담론들이 있을지라도 그것은 일종의 이데올로기에 불과할 것이다. 하지만 소설은 지금 이곳을 살아가는 구체적인 개인들이 겪을 수밖에 없는 고통과 그로부터 벗어나려는 몸부림을 통해 '우리가 지금 이렇게 살아도 되는 것인가?'라는 질문을 던지고, 그럼으로써 우리 스스로에게 현재의 삶에 대한 반성과 새로운 윤리적 모색을 촉구한다. 소설을 읽는 일은, 따라서 소설가가 소설을 통해 던지는 이러한 존재론적 물음에 대해 윤리적으로 응답하는 일이며, 이를 통해 소설가와의 대화에 나서는 일이다.

물론 오늘날의 소설에 대해 이와 같은 역할을 계속 기대할 수 있는지 회의도 없지 않다. 날이 갈수록 소설은 '사회와의 소통'으로부터 점점 더 멀어지는 경향이 뚜렷해진다. 1980년대까지 이어지던 우리 소설의 강력한 사회적 관심과 비교해볼 때 최근 소설이 보이는 자폐적 혹은 초월적 경향은, 가라타니 고진의 '근대문학 종언'론을 수긍하지 않을 수 없게 만든다. 그러나 비록 문학을 가지고 마치 정치활동을 대신하거나 혹은 亞-정치활동으로 삼으려는 시대는 지났고 '고전적인 장편소설'과 같이 사회 전체의 구조와 발전 방향을 통째로 문제삼는 大소설은 요새 보기 드물며, 그래서 이제는 문학이 '한갓' 문학에 지나지 않는 시대가 되었을지라도, 對사회적 발언으로서의 근대소설의 형식은 여전히 유효하다. 어쨌거나 소설은 형식 자체가 태생적으로 일종의 사회에 대한 총체적 진단이자 이를 통한 삶의 의미의 모색이며, 이를 대신할 형식이 아직 나타나지 않고 있기 때문이다. 영화? 영화는 가장 소설에 근접한 형식이기는 하지만, 그러나 영화는 소설만큼 '현실'에 직핍하지 않으며 나아가 독자로 하여금 소설만큼 대화와 반성의 길로 성실하게 인도하지 않는다. 물론 소설에서도 자신이 그리고 있는 세계가 '가상'에 지나지 않음을 알게 모르게 전제하고 있어 작가든 독자든 그것을 '현실'과 혼동하지 않는 장르들도 있다. 그러나 이들은 '이야기'일 뿐이지 '근대소설'이 아니다. 그리하여 여전히 소설은 어느 다른 장르가 대체할 수 없는, 사회에 대한 총체적인 진단 형식으로서, 이를 둘러싼 작가-독자(-비평가)의 눈에 보이지 않는 '대화와 토론'은 오늘날에도 여전히 가장 의미 있고 유효한 소통의 형식이 된다.

나는 오늘날 한국에서 소설을 생산하고 있는 작가 중에서 정미경만큼 우리 사회의 삶의 모습들을 다면적으로 그려 보임으로써 독자들로 하여금 '우리가 지금 이렇게 살아도 되는 것인가?'라는 물음을 묻게 만드는 작가를 많이 알지 못한다. 그의 소설을 읽다 보면, 소설 속 인물들이 겪고 있는 고통과 불안, 성찰과 행위가 결코 그들만의 것이 아니라 바로 지금의 우리 사회 전반에 편재해 있는 것임을 이해하게 되고 나아가 그것이 어느덧 우리 자신의 것으로 전이되며, 그러는 동안 어느새 그들과 함께 느끼고 몸부림치는 나 자신을 발견하게 된다. 그리하여 주인공들이 던지거나 혹은 주인공의 운명을 통해 작가가 던지는 질문은 곧 '나는 지금 이렇게 살아도 되는 것인가'라는 독자 자신의 질문으로 전환된다. 따라서 정미경의 소설을 읽는 것은, 소설 속에 그려진 주인공의 운명을 통해 독자 자신의 삶이 처한 조건과 그것이 주는 고통 및 불안을 추체험하고 또 스스로의 삶을 반성하는 행위로 연결된다. 그러나 그 반성은 우리 개개인의 삶이 갈수록 고립화되어가는 시대에, 고통과 불안, 반성과 모색이 비단 나만의 일이 아니라, 주인공들 혹은 작가와 함께 하는 것이라는 즐거운 인식으로 전환되기도 한다. 우리 시대에 정미경과 같이 고통스러운 반성의 즐거움을 선사해주는 작가가 있다는 것은 얼마나 다행한 일인가. 이제, 정미경의 세번째 소설집 『내 아들의 연인』을 통해 그 고통스러운 즐거움의 길로 들어서보자.

2

　정미경 소설의 가장 눈에 띄는 미덕은 무엇보다 지금 이곳의 삶의 방식에 대한 다각적이고도 치밀한 접근일 것이다. 이미 상재되어 있는 두 권의 소설집과 두 편의 장편에서와 마찬가지로 이번에 출간되는 세번째 소설집에서도 다양한 직업군의 사람들이 등장한다. 자산관리인, 대학 강사, 사회운동가, 조각가, 가정주부, 교사, 영화감독, 의사(의학자), 유치원 계약교사, 연극무대 디자이너 및 스태프 등, 어느 작품에서든 그 나름의 독특한 직업 세계를 가진 인물들이 주인공으로 등장한다. 이미 상재된 기존 작품집까지 더하면 정미경의 소설 속 인물들의 직업은 한층 더 다양해지는데(인상적인 것만 거론하더라도 펀드매니저, 보험사정인, 사진작가, 화가, 백화점 판매원, 방충업자, 광고감독, 텔레마케터, 도서관 사서, 간호사와 방사선 촬영기사, 방송이나 출판계의 구

성작가 등을 떠올릴 수 있다), 작가가 이 다양한 직업세계에 대해 전혀 서투르지 않게 충실하게 그려내고 있다는 점도 놀랍거니와, 이들을 종합하면 곧바로 오늘날 한국사회의 축도가 그려질 수 있다고 해도 과언이 아닐 것이다. 강남의 부유층에서부터 신빈곤층까지, 잘나가는 전문직에서 신자유주의 시대의 프롤레타리아인 비정규직까지, 그의 소설에서 망라되지 않는 계층이나 직업군을 찾기는 쉽지 않다. 뿐 아니라, 이들 직업은 단순한 인물의 배경 역할을 하는 데 그치는 것이 아니라, 많은 경우, 그들의 삶을 조건짓도록 그려진다는 점에서도 정미경 소설의 미덕이 있다. 곧 직업이 인물의 단순한 배경이 아니라 인물의 행동과 사고에 직접적인 동인이 되도록 그려짐으로써 그의 소설의 리얼리티를 돋보이게 만든다. 그리하여 오늘날 우리 사회를 구성하고 있는 다양한 계층의 사람들의 구체적인 삶을 알려면, 나는 서슴없이 정미경의 소설을 통째로 읽으라고 권하고 싶다.

　주인공들의 직업이 다양한 만큼, 소설 속에서 그들의 삶을 문제적이게 만드는 원인도 또한 다양하다. 「너를 사랑해」에서는 경제적인 이유로 자신의 애인을 자신의 고용인의 여자친구로 소개해준 뒤 이를 되돌리고 싶어하는 주인공이 그려지고, 「들소」에서는 자본주의에 순응하지 않고 사회운동가의 길을 고집하던 남편과 이혼하려다가 남편이 암으로 죽는 바람에 혼외로 만나오던 남자친구와 헤어지고는 자신의 세계에 침잠해들어가는 주인공이 그려진다. 「내 아들의 연인」에서는 아들과 그의 여자친구가 계층

적인 차이로 인해 헤어지는 과정을 자신의 과거 추억과 오버랩시
켜 관찰하는 중년 주부의 이야기가 그려지며, 「바람결에」에서는
형식적인 부부관계를 맺어오던 주인공이 인공수정으로 아이를
가져 탈출구로 삼고자 하다가 좌절하는 이야기가, 「밤이여, 나뉘
어라」에서는 의학을 공부하다 천재였던 친구로 인해 좌절감을 맛
본 뒤 영화감독으로 입지를 세운 주인공이 천재였던 친구를 오랜
만에 찾아가 그가 망가져 있음을 발견하고는 연민을 느끼지만 망
가진 현재의 그를 기억 속에서 지워버리는 이야기가 그려진다.
또 「매미」는 독일에서 문학을 전공한 뒤 귀국하였으나 교수직을
얻지 못하고 그 스트레스로 이명현상이 생긴 주인공이 병원에서
만난 장애인 여성과 사귀게 되지만 그 여성이 유부녀로 자신과
혼외정사를 가져왔음을 알고는 그 여성과 자신의 처지를 동일시
하며 살해하는 이야기를 담고 있고, 「시그널 레드」는 젊은 시절부
터 의붓어머니와 정을 통해온 한 무대 디자이너가 자살하는 이야
기를 담고 있다. 이처럼 다양한 인물들이 다양한 문제들에 직면
해 있지만, 「시그널 레드」를 제외하면(이 작품은 일상의 도덕을 뛰
어넘는 주제와 이에 적당히 어울리는 요요한 배경을 담고 있고 또
프로페셔널한 직업세계 속에서 전개되는 '쿨' 하면서도 끈끈한 애정
관계를 그리고 있다는 점에서 정미경 특유의 분위기를 살린 작품이
라 할 수 있지만, 남자 주인공이 왜 자살하는지를 비롯해서 인물들
을 위요하고 있는 문제가 무엇인지 쉽게 이해되지 않는 모호한 작품
이다), 이 문제들이 지금 우리 사회에서 우리의 삶을 옥죄고 있는

병폐들이며, 누구든 그로부터 쉽게 자유로울 수 없음을 알아차리기는 어렵지 않다.

3

　세밀하게 분화되고 전문화된 직업의 세계와 그것을 관철하고 있는 자본주의적 생활세계는 기존의 인간관계마저 변화시켜 전통적인 정체성의 준거들을 무너뜨리고 모든 사람들을 '단자'의 세계로 내몬다. 정미경 소설에는 최근 우리 삶을 규정하고 있는 단자화의 과정이 적나라하게 그려진다. 「너를 사랑해」는, 한 돈 많은 노인의 자산관리인으로 일하고 있는 주인공 '나'가 노인의 채홍사로 나서서 노인에게 자신의 애인 Y를 연결시켜주는 이야기이다. '나'와 Y는 팔 년째 사귀고 있으나 결혼은 하지 않은 상태이며 서로의 이성친구에 대해서도 조언을 주고받는 '쿨'한 관계이다. '나'는 노인의 자산을 잘못 관리한데다가 자기 몫의 투자도 잘못되어 노인으로부터 더 많은 돈을 끌어내어 만회할 기회를 찾고 있고, Y는 지방대학에라도 자리를 잡기 위해서는 발전기금 이 억이 필요한 처지. 그래서 '나'는 Y를 노인의 여자친구로 소개해준다. Y가 처음에는 거부하다가 결국 제의를 받아들여 노인과 만나게 되고 관계가 점점 무르익어가는 과정이 이어지자, '나'는 Y에 대한 열정이 살아나서 노인과의 거래를 없던 일로 되돌리려 '너를 사랑해'라고 외치지만, Y는 단호히 거절한다.

　　우린 꽤나 멀리 왔어. 돌아서면, 그 순간 우린 둘 다 소금기둥이 되는 거야. 봐, 이렇게 비가 끊임없는데, 소금기둥이 되어 녹아내릴 일만 남는 거야. 지금은 돌아설 수가 없어. 돌아갈 곳은 다 무너져버렸고, 그냥, 앞만 보고 걸어야 되는 거야.(52쪽)

Y의 이 선언은, 비단 그녀와 '나'와의 사적인 애정관계가 더 이상 회복 불능한 처지에 들어섰음을 뜻하지 않는다. 또 노인과의 부도덕한 거래를 되돌릴 수 없다는 작품 내적인 발언에 국한되지도 않는다. Y의 선언은 이미 우리 모두의 삶이 경제적인 동기에 의해 철저하게 조건지어지고 있으며, 그래서 그에 위배되거나 어긋나는 인간관계는 이제 더이상 불가능하게 되었고, 그것은 또한 불가역적이라는 의미로 확대된다. 경제적인 동기가 모든 인간관계에 가장 우선적으로 작동하게 되면, 모두가 평등한 경제주체로, 즉 모두가 개개인으로 단자화될 수밖에 없다. 그런데 지금 이곳에서의 우리의 삶 또한 마찬가지가 아닌가. 그래서 우리는 관계를 사랑으로 되돌리자는 '나'의 제안에 대한 Y의 거부를 단순하게 부도덕하다고 평가할 수는 없게 된다. 그것은 우리 자신을 옭아매고 있는 철의 법칙이기도 하기 때문이다.

4

　단자화됨으로써 관계로부터 고통을 겪는 인물은 정미경 소설에서 너무 흔하게 찾아볼 수 있다. 특히 애정관계에 놓이는 인물들은, 피상화된 관계를 복원하기 위해 이성에게서 출구를 찾지만 그것이 결코 이상적인 방향으로 전개되지 않음을 체험하고는 다시금 절망에 빠지기도 한다. 「매미」는 다소 충격적인 결말을 보인다. 주인공은 병원에서 우연히 마주친 여인과 연인관계로 발전하지만 그녀가 유부녀이며, 다른 것을 바라고 불구인 자신과 결혼해준 남편과는 피상적인 관계를 유지한 채 외간 남자와의 데이트에서 삶의 탈출구를 찾는 여자임을 알고는 그녀의 목을 조른다. 스스로는 "운명의 느낌으로 다가오는 관계"라고 생각했었는데 그것이 연출된 것이었음(물론 정말로 연출된 것인지는 확실치 않다. 여자의 '위악적' 발언에서 표명되는 것이기 때문이다)에 배신감을 느낀 데 따른 행위라고 볼 수 있을 것이다. 그러나 그것은 다른 한편으로 "영원히 변치 않는 건 다만 이 초라하고 지리멸렬한 삶 그것뿐이란 것"이라거나 "사소한 것들을 바꾼다 해서 내 운명이 달라질 거라는 기대는 오래 전에 버렸"다는, 마지막 장면에서 여자가 털어놓는 절망적 인식에 '나'가 공감했기 때문이기도 할 것이다. 「바람결에」의 여주인공은 이성관계로부터 출구를 찾고자 한 것이 아니라 인공수정을 통해서라도 자식을 얻고자 하는 바람에서 출구를 찾고자 하였으나, 실제로는 남편도 인공수정한 아이를 원치 않을 뿐 아니라 자신 역시 마찬가지임을, 즉 아이라는 출구는 결국 무의미한 바람이었음을 깨닫는다. 그리하여 주인공은 결말에서 "모든 게 어제와 똑같아졌다. 아무것도 변하지 않았다는 생각을 하는 순간, 몸서리를" 치고 만다.

물론 정미경 소설의 인물들이 모두 다 이와 같은 절망의 확인에서 그치지는 않는다. 그러나 실제 우리 삶을 둘러싸고 있는 세계는 신자유주의적 자본주의법칙이 철두철미하게 관철되고 있고 그로 인해 진정한 인간관계가 점점 더 불가능해져가고 있지 않은가. 정미경 소설 역시 이러한 세계의 견고함에 대해 치밀하고 줄기차게 형상화해내고 있으며 바로 거기에 머무르는 것처럼 보이는데, 그러나 강철과 같이 견고한 세계의 변화 가능성을 탐색하기 위해서는, 정미경 소설에서와 같이, 도대체 변화시킬 수 없으리라 보이는 저 도저한 세계에 대한 절망적 인식과 단호한 승인이 전제되어야 한다. 세계가 철과 같이 강고하다면, 그 강고함을 간과하고서는 강고함을 극복할 방향을 찾을 수 없을 터이다. 강고함을 강고함 자체로 인식하기에 앞서 강고함을 넘어서는 방향을 찾는 데 급급하다면 결국 강고한 세계를 진정으로 넘어서기보다는 허위로, 단지 머릿속으로만 넘어서는 데 머무르고 말 것이다.

5

   도저히 변화할 것 같지 않은 세계에 대한 인식은 그 자체로도 사실은 그 세계에 대한 반성적 인식이므로, '다른 세계, 다른 삶'의 가능성에 대한 지향을 내포하고 있다. 물론 정미경 및 그의 인물들은 '다른 세계, 다른 삶'에 대한 가능성에 쉽게 유혹당하지 않는다. 그렇지만 경제적인 동기에 의해 모든 관계가 사물화되는 지금 이 세계로의 진행이 불가역적이라면, 그 불가역적인 과정이 진전된 이후에는 또다른 변화가 가로놓여 있을 것이며, 역으로 그 불가역적인 진행의 이전에도 '다른 세계, 다른 삶'이 존재하고 있었을 터이다. 정미경의 소설에도 지금 이 세계의 차가운 비정함에 대조되는 '다른 세계, 다른 삶'에 대한 추구가 없지 않다.

   그 가장 손쉬운 방향은 과거로의 여행이다. 작가에게 우리나라 유수의 문학상을 안겨준 「밤이여, 나뉘어라」도 지금의 시점에서 옛 친구를 찾아나서는 여행을 담고 있으나 기본적으로는 과거로의 여행이라 할 수 있다. 과거에 자신을 좌절시켰던 천재 친구를 오랜만에, 그것도 이국 땅에서 찾아나선 주인공이지만 친구는 알코올릭이 되어 있어 실망한다는 내용인데, 빛나던 과거에 비해 초라해진 현재가 극명한 대조를 이루므로 두드러지는 것은 과거가 되는 셈이다. 하지만 이 작품에서는 친구가 어떤 이유로 현재의 초라함으로 전락했는지가 제대로 밝혀지지 않으며, 친구를 방문하는 주인공의 의도나 지향도 뚜렷하지 않아 빛나는 과거가 지금 이곳의 삶에 대해 어떠한 '다른 삶의 가능성'으로 기능하는지 판단하기 어렵다.

과거와 현재의 대조가 현재적 삶의 문제성을 대단히 잘 비추어 주는 작품은, 이 작품집에서도 명작으로 손꼽을 만한 「내 아들의 연인」이다. 강남의 부유한 집 가정주부인 주인공이, 아마도 대학원생일 아들이 계층 차이가 두드러지는 가난한 집 출신의 여자친구(도란)를 만나 사랑에 빠졌다가 헤어지게 되는 과정을 지켜보는 이야기인데, 아들은 도란이를 만난 것을 처음에는 대단한 행운으로 생각하지만 날이 갈수록 생활 감각의 차이에서 오는 이질감에 사로잡히고, 도란이를 만나본 '나'는 그녀를 만날 때마다 과거 여대생 시절 자신을 좋아했던, 역시 가난했던 남자친구 '초핀'과의 기억을 떠올린다. 가난하지만 거리낌이 없고 부잣집 아들과의 연애와 결혼보다는 스스로의 삶을 개척해가는 것을 선택하는 데에 주저함이 없는 도란이와, "독한 여드름 자국이 선명한 얼굴 뒤에 감추어져 있던, 그(초핀)의 순정"의 기억은 등가를 이루면서, 지금 이곳에서의 주인공의 삶과 선명한 대조를 이룬다. 이 대조를 통해, 비록 물질적으로 훨씬 더 풍요로운 삶을 누리고 있음에도 불구하고, 주인공은 오히려 자신의 삶이 "피곤하진 않으나 생기는 없는, 아무 갈망이 없어 가난한 얼굴"을 하고 있음을 알아차린다. 초핀과의 과거 추억은 강렬한 생명력으로 넘치고 도란의 입술은 생생한 점막으로 갓 빚어낸 듯이 사랑스러운데, 그에 비해 과거에도 초핀 대신 '교활한 계산법'으로 남편을 선택한

이래 지금 이곳의 '나'의 삶이란, 무엇이든지 반듯하고 안정감을
갖추기를 요구하는 남편, 돈을 크리넥스 뽑아 코 풀듯이 쓰는 자
식들과 함께, 물질적인 부가 가능하게 해주는 온갖 서비스 시스
템에 '길들여져' 있다. 하지만 주인공은 아들이 도란이와 헤어지
는 것에 개입하지 않으며 방임한다. 결국 주인공은 아들의 연인
과의 만남을 계기로 하여 자신의 현재 삶의 불모성에 대한 반성
적인 인식에는 이르지만 그 반성의 결과 '새로운 삶'을 도모하는
데에까지는 이르지 않는데, 이 역시 작가의 리얼리즘이 냉엄하다
는 것을 보여준다.

　그러나 그렇다고 해서 주인공의 반성이 아무런 의미를 지니지
못하는 것은 결코 아닐 것이다. 기존하는 자신의 삶의 조건과 그
것을 이루는 삶의 관계들이 어떤 문제를 내포하는지를 파악한 이
후의 삶은 외면적 조건이 바뀌지 않는다 하더라도 달라질 수밖에
없을 것이기 때문이다. 주인공은 마지막에 이르러, 도란이가 좋
았음에도 불구하고 친해지지 않으려 애쓴 자신을 돌아보며 "이젠
저지르는 죄마저 이렇게 하찮고 비겁하고 졸렬하다"고 깨닫고 있
으며, 또 도란이로 인한 자신의 '변화'에 대해 다음과 같이 확인
하고 있지 않은가.

　도란이는 내게, 어쩌면 한 권태로운 여행지에서 디지털카메라
를 들고 있다 우연히 찍게 된 유에프오 같은 존재로 남을 것이다.
나는 그걸 보았고, 내 메모리에는 그 모습이 남아 있지만, 현실의

네트워크 속에서 그저 그대로 존재하기 위해서는 누구에게도 얘기할 수 없는, 누구의 공감도 끌어낼 수 없음을 알고 있기에 침묵해야 하는, 빛을 발하는 존재. 그러나 그걸 만나기 이전과 이후의 나는 달라져버린, 미확인 비행물체.(160쪽)

「내 아들의 연인」에 비해 지금의 삶으로부터 다른 삶으로의 '변화'로 한 걸음 더 나아간 작품으로 「들소」를 들 수 있겠다. 주인공은 조각가인 수혜. 북한 돕기 운동을 하던 남편 하윤이 너무나 '천사' 같기만 한 데 질려서 대학 동창인 명조와의 사랑에서 도피구를 찾았지만, 하윤에게 더이상 같이 살지 못하겠다며 이혼을 요구한 뒤 곧바로 하윤이 말기 암 진단을 받아 죽게 되자 명조와의 관계도 정리하고서 조각작업에 몰두하면서 자신의 삶을 찾아나간다는 내용이다. 하윤이 죽기 전의 수혜의 삶은 '지금 이곳의 삶'을 대변한다. 하윤이 '명분이 아름다운' 그러나 돈은 안 되는 사회운동에 몰두하는 사이 수혜는 조각가로서 주로 팔릴 만한 작품의 생산에 골몰했고, 당연히 생활에 찌들리는 상태가 된다. 하윤과 함께 북한을 방문했을 때에도 북한 사람들의 끊임없는 요구에 거부반응을 보이지만 하윤은 아무런 내색 없이 사비(라고 해도 결국 수혜가 번 돈)까지 털어가며 활동을 계속하자, 결국 하윤의 "자신을 매료시켰던 바로 그 부분이, 더이상 그를 견딜 수 없게 만들었다"고 느끼고는 하윤에게도 "난, 천사와 살고 싶지 않아. 이기적이고 졸렬하고 제 식구나 챙기는 쪼잔한 남자와 살고 싶어"라고 내뱉는다. 하윤에 비해 명조는 수혜와 '너무 닮은' 현실주의자이며 그래서 수혜는 하윤과의 관계에 넌덜머리가 나자 명조와의 관계에서 도피구를 찾았을 터이며, 명조가 수혜의 예쁜 발을 좋아하는 반면 하윤은 조각 작업으로 거칠어진 수혜의 손을 좋아했다는 사실도 각각 명조의 현실주의와 하윤의 이상주의를 상징할 것이다. 그러나 하윤과 헤어지자고 말한 직후 하윤이 죽을 운명에 처하자 수혜는 하윤이 죽는 날까지 하윤을 위해 가능한 모든 헌신을 다하고, 결국 하윤이 죽자 명조와의 관계도 정리해버린다. "너는 나하고 너무 닮았어. 알아? 나는 내가 싫다"는 대사와 함께. 그후 수혜의 삶은 변한다. 하윤이 죽고 나서야 "우리는 모두 우주만한 추위를 이고 사는 존재임을 알게 되"고, 그래서 온몸으로 추위를 견디며 얼음 위를 걸어다녀야 했던 빙하기의 들소들을 작품의 소재로 삼아 창작활동에 전념, 일 년 후 작품전을 여는데, 이처럼 변화한 수혜의 삶은 다음 구절로 요약 가능하다.

이래도, 이래도, 하며 삶은 감당하기 힘든 일들을 툭툭 던져놓는다. 뾰족한 방법 같은 건 없다. 그저 앞으로 걸어갈 뿐이다. 꽃 핀 길이라고 멈출 수도, 얼음판이라고 건너뛸 수도 없다.(69쪽)

물질과 안락함과 예쁨과 편함을 추구하는 생활에 휘둘리는 '쪼잔한 삶'을 벗어나서 "얼음과 초원과 꽃과 사막과 돌무더기를 지나” 자신의 길을 뚜벅뚜벅 걸어가는 삶, 그것이 곧 수혜가 ‘지금 이곳의 삶’을 벗어나 새로 추구하고자 하는 새로운 삶이 될 것이다.

그런데…… 그 경지는 너무 시적이고 초월적이지 않은가? 그것은 변화하기 이전 수혜의 ‘지금 이곳의 삶’과 대조를 이루었던 하윤의 삶이 다소 현실감 없이 그려진 것과도 무관하지 않을 터인데, 그렇다면 여전히 ‘쪼잔한 삶’에 사로잡혀 있는 「너를 사랑해」의 Y(Y 역시 작품 말미에 “그냥 앞만 보고 걸어야 되는 거야”라고 주장하지만, 이것과 수혜의 “그저 앞으로 걸어갈 뿐이다”는 유사한 발화임에도 불구하고 그것이 지향하는 방향은 전혀 다르다), 「매미」와 「바람결에」의 주인공들은 어떻게 그저 앞으로 걸어갈 수 있을까? 그저 앞으로 걸어가기만 하면 이들을 옭아매고 있는 현실법칙들을 벗어날 수 있을 것인가? 아직 작가는 이러한 의문에 대해 대답을 내놓고 있지는 않은 듯싶다.

6

그럼에도 불구하고 정미경은 무엇보다 ‘생의 의미의 탐색’이라는 근대소설 본연의 ‘고전적인’ 임무를 오늘날 한국 작가 가운데서 가장 성실하게 이행하고 있는 작가로 보인다. 정미경의 인물들은 주어진 세계를 자명하게, 수동적으로 받아들이지 않는다.

어느 날 문득 모종의 계기로 해서 세계와 존재의 의미에 대한 새
로운 탐색을 강제당하게 된 주인공이 성실하게 그 탐색의 과정을
이행하는 것이 소설의 주요한 골간을 이룬다. 남편 혹은 연인의
죽음(「들소」와 「시그널 레드」 외에 「나의 피투성이 연인」, 『장밋빛
인생』 등의 과거 작품)이든, 아들의 여자친구와의 만남(「내 아들의
연인」)이든, 자기 부부가 인공수정한 배아를 현미경으로 들여다
본 모습(「바람결에」)이든, 우연히 찾아든 원룸의 이웃들과의 조우
(「달은 스스로 빛나지 않는다」)이든, 이들을 계기로 하여 주인공들
은 자신의 삶의 조건과 과정, 자신을 둘러싼 관계를 돌아보고 그
관계들을 규정하고 있는 세계를 인식하며, 나아가 이 세계 속에서
자신이 살아온 방식대로 계속 살아도 되는 것인가를 묻고 또 묻는
다. 이러한 반성의 결과 도달하는 세계인식과 자기 인식, 또 이를
매개로 하여 알아차리게 되는 희미한 변화의 기미를 제시함으로
써, 독자들로 하여금 '나의 삶은 어떠한가'를 되돌아보게 만든다.
그러므로 그의 소설 주인공들이 겪어나가는 이러한 반성과 모색
의 과정을 궁극적으로 완성하는 것은 바로 그의 소설을 읽어나가
며 작가의 문제제기에 응답하는 우리 독자의 몫이 될 것이다.

작가의 말

내 어린 시절, 앉은뱅이 싱거미싱은 엄마의 신앙이었다.

엄마는 손재주가 좋았다. 그 구닥다리 재봉틀로 여름이면 딸들에게 포플린이나 옥양목으로 날아갈 듯한 잠옷을 만들어 입혔다. 내가 대학에 다닐 땐 포목점에서 사온 꽃무늬 천으로 세상에서 하나뿐인 플레어스커트를 만들어주기도 했다. 그 잠옷이나 스커트는 여태 내가 입어본 꽃무늬 옷들 중 가장 예쁜 것이었다고 말할 수 있다. 막내인 나는, 옷본을 대고 마름질한 천을 박고 있는 엄마 앞에 앉아 바늘땀이 튀지 않도록 힘조절을 하며 천을 잡고 있어야 했다.

그럴 때면 엄마는 주로 두 가지 얘기를 즐겨 들려주었다. 그 하나는 당신의 재봉 솜씨가 얼마나 뛰어난가 하는 것이었고 다른 하나는 싱거미싱 흥망사였다. 엄마의 손재주는 정말 탁월했기에 미싱 이야기도 덩달아 믿을 수밖에 없었다. 나는 그 이야기에 이상하리만치 깊이 빠져들었다.

이 미싱은 이젠 돈이 있어도 구할 수 없게 되었단다.

이 단호한 선언은, 어린 내게 그 재봉틀이 완전무결함의 기념비처럼 보이게 했다. 싱거미싱 없이는 결코 옷을 만들 수 없는 양복점 주인이 찾아와 새 국산 미싱과 쌀 두 가마를 더 주겠다 했지만 바꾸지 않았다는 얘기를 엄마는 자랑스레 전하기도 했다. 그런데 이 싱거미싱이 왜 문을 닫았느냐?(여기쯤에서 엄마는 송곳니로 실을 똑 끊어 내가 침을 삼킬 틈을 주었다.) 이 회사에서 만든 미싱은 너무도 완벽했기에 단숨에 세계 미싱계를 평정했다. 그 완벽함의 결과, 싱거미싱은 절대 고장이 나지 않았기 때문에 한번 미싱을 산 사람들이 다시 구입하는 일이 없었다. 회사 창고엔 점점 재고가 쌓여갔고, 절망에 빠진 사장은 미싱을 싣고 가던 배를 대양 한가운데서 스스로 침몰시켜버렸다……

이 미싱의 전설은 확실히 어떤 비장미를 품고 있었다. 심해의 바닥에서 끊임없이 노루발을 까닥이고 있을 미싱이 언제까지나 미역을 박아내는 모습이라니!(이 지점에서 어쩔 수 없이 바다에 빠뜨린 맷돌의 전설과 겹쳐지는 부분이 있다.) 그러나 조금만 사고를 확장해보면 이 이야기의 허점은 너무 쉽게 드러난다. 싱거미싱 회사는 그 완벽함 때문이 아니라, 더이상 가정마다 재봉틀이 필요하지 않게 된, 공장형 대량생산체제에 밀려 쓸쓸히 문을 닫지 않았을까 싶다. 그러나 사실여부와 상관없이, 이후로도 오랫동안 나는 그 쇳덩이들이 심해에 가라앉아 있는 풍경을 안타까이 상상했으며, 생의 비밀에 대한 하나의 암시를 새기게 된 것 같다. 완벽함이란 이 세상과 불화하게 마련이며 완전함은 결국 불완전함에 이른다는.

이 년 만에 다시 소설집을 묶게 되었다.

이 책에 담을 첫 소설을 구상할 무렵, 이번엔 욕망에 대한 이야기를 다루어보자, 했다. 때론 운명보다 억척스러운 우리 안의 욕망들. 그 불가해함에 대하여. 제 안에 있는 것이지만, 결코 제 마음대로 되지 않는 그 뜨거운 덩어리는 얼마나 우리를 어리석은 존재로 만들어버리는가. 이 어리석음을 기록하는 것이 어리석음일 리는 없다고 생각했다. 그랬는데.

모아놓고 다시 읽어보니, 뭐 거창할 것 없이, 생긴 대로 살아야 하는 쪼잔한 존재들의 슬픔만이 자욱하다. 꽃 핀 길이라 쉬어갈 수도, 얼음장 위라 건너뛸 수도 없는 삶의 엄혹함에 지쳐가는 당신 그리고 나.

어쩌겠는가. 오스카 와일드처럼 '나는 나의 천재를 인생에 사용했으며 작품에는 재능만을 사용했답니다'라고 말할 수 있다면 얼마나 좋을까. 이 글들의 모호함이 싱거미싱 때문이라고는 말하지 않겠다. 어쨌거나 엄마는 그걸로 세상에서 가장 예쁜 스커트를 만들어주었으니. 다만 이 글들을 쓰는 시간만큼 온전히 나 자신이었던 적은 없었다고는 말할 수 있다.

　여름에 쓸 삼베 토시를 하나 만들어주세요, 하면 엄마는 또 전화기 속에서 싱거미싱에 대한 자부심에 가득 차 의기양양하게 소리치겠지. 아이고, 네 손은 어디다 쓰려고 달고 다니냐…… 엄마, 그 미련한 손으로 쓴 글들이에요. 내가 할 수 있는 건, 이게 다예요.

2008년 초여름에
정미경

| 수록작품 발표지면 |

너를 사랑해 ······ 『현대문학』 2007년 10월

들소 ······ 『창작과비평』 2007년 가을

바람결에 ······ 『문학동네』 2007년 봄

내 아들의 연인 ······ 『작가세계』 2006년 여름

매미 ······ 『21세기문학』 2006년 가을

시그널 레드 ······ 『문예중앙』 2006년 봄

2006년 이상문학상 수상작
밤이여, 나뉘어라 ······ 『문학사상』 2005년 12월

문학동네 소설집

내 아들의 연인
ⓒ 정미경 2008

1판 1쇄 | 2008년 6월 12일
1판 8쇄 | 2021년 4월 6일

지은이 정미경
책임편집 조연주 서현아
마케팅 정민호 이숙재 우상욱 정경주
홍보 김희숙 김상만 함유지 김현지 이소정 이미희 박지원
제작 강신은 김동욱 임현식 | 제작처 영신사

펴낸곳 (주)문학동네 | 펴낸이 염현숙
출판등록 1993년 10월 22일 제406-2003-000045호
주소 10881 경기도 파주시 회동길 210
전자우편 editor@munhak.com | 대표전화 031)955-8888 | 팩스 031)955-8855
문의전화 031) 955-3578(마케팅) 031) 955-8864(편집)
문학동네카페 http://cafe.naver.com/mhdn

ISBN 978-89-546-0603-5 03810

＊이 책의 판권은 지은이와 문학동네에 있습니다.
  이 책 내용의 전부 또는 일부를 재사용하려면 반드시 양측의 서면 동의를 받아야 합니다.
＊이 도서의 국립중앙도서관 출판예정도서목록(CIP)은 서지정보유통지원시스템 홈페이지
  (http://seoji.nl.go.kr)와 국가자료공동목록시스템(http://www.nl.go.kr/kolisnet)에서
  이용하실 수 있습니다.(CIP제어번호: CIP2008001732)

잘못된 책은 구입하신 서점에서 교환해드립니다.
기타 교환 문의: 031) 955-2661, 3580
www.munhak.com